お茶と探偵⑭

スイート・ティーは花嫁の復讐

ローラ・チャイルズ　東野さやか 訳

Sweet Tea Revenge

by Laura Childs

コージーブックス

SWEET TEA REVENGE
by
Laura Childs

This edition published by arrangement with
The Berkley Publishing Group,
a member of Penguin Group (USA) LLC,
a member of Penguin Random House Company
through Tuttle-Mori Agency,Inc.,Tokyo

挿画／後藤貴志

スイート・ティーは花嫁の復讐

謝辞

サム、トム、アマンダ、ボブ、ジェニー、ダン、それにバークレー・プライムクライムでデザイン、広報、コピーライティング、営業、ギフト販売を手がけているみなさんに心からの感謝を。インディゴ・ティーショップの仲間が繰り広げる冒険を楽しみ、わたしを叱咤激励してくれるお茶愛好家、ティーショップ経営者、書店関係者、図書館員、書評家、雑誌のライター、ウェブサイト、ラジオ局、ブロガーのみなさんも本当にありがとう。いくら感謝してもしきれません！

親愛なる読者のみなさん、シリーズはまだまだつづきますよ。

主要登場人物

セオドシア・ブラウニング……インディゴ・ティーショップのオーナー
ドレイトン・コナリー……同店のティー・ブレンダー
ヘイリー・パーカー……同店のシェフ兼パティシエ
アール・グレイ……セオドシアの愛犬
マックス・スコフィールド……美術館の広報部長。セオドシアの恋人
バート・ティドウェル……刑事
デレイン・ディッシュ……セオドシアの友人。ブティックのオーナー
ナディーン……デレインの姉
ドゥーガン・グランヴィル……デレインの結婚相手。弁護士。セオドシアの隣人
チャールズ・ホートン……ドゥーガンの前妻の連れ子
シモーン・アッシャー……ドゥーガンの元恋人
ミリー・グラント……ドゥーガンの秘書
アラン・グラムリー……ドゥーガンの法律事務所の共同経営者
フランク・ラトリング……〈レイヴンクレスト・イン〉の主人
サラ・ラトリング……フランクの妻
チェイピン……三一四号室の宿泊客
ジェド・ベックマン……ゴーストハンター
ティム・ベックマン……ゴーストハンター。ジェドの弟
ボビー・セイント・クラウド……キューバ葉巻の卸
ビル・グラス……タブロイド紙の発行人

1

　雨がステンドグラスの窓に激しく叩きつけ、雷が建物を揺るがすなか、セオドシア・ブラウニングは〈レイヴンクレスト・イン〉の奥の階段を急ぎ足でのぼった。ピーチ色をした花嫁付添人《ブライズメイド》のロングドレスを足首のところではためかせ、宿の勝手口に届いたばかりの花が入った大きな箱を運んでいく。六月の第二土曜日、友人であるデレイン・ディッシュが結婚する日の午前のことだった。いつもならこの時期のサウス・カロライナ州チャールストンは、陽射しがさんさんと降り注ぎ、蒸し暑いほどの陽気になる。しかし、こともあろうにきょうにかぎって、大西洋から到来した活発な雨雲が上空にいすわり、あらゆるものを泥沼に変えてしまっていた。困ったことに、新婦の気分も同様だった。

　最上段までのぼったところでヒールがドレスの裾に引っかかり、セオドシアはあやうく転びそうになった。しかしすぐにバランスを取り戻した。

「デレイン！」と息をはずませながら呼びかけた。「お花が届いたわよ」

　デレイン・ディッシュは暗い廊下に駆け出してくると、どうしていいかわからないと言わんばかりに両手を振りあげた。

「もう遅いじゃないの。それはそうと、ひどいと思わない？　二度も停電するなんて！」

「それなら心配ないわ」セオドシアは問題をできるだけ小さくしようとして言った。「下の階はキャンドルを灯してもらったから。どのお部屋も幻想的でいい雰囲気よ」

そう言いながら、デレインのわきを急ぎ足で通りすぎ、新婦控え室がわりのスイートルームにかさばる箱を運びこんだ。新郎のドゥーガン・グランヴィルは、暗く長い廊下の先にあるべつのスイートルームに閉じこもっている。

「あたしのブーケはどんなふうに仕上がったの？」セオドシアが慎重に箱をあける横から、デレインは落ち着きなくせっついた。

「ちょっと待ってよ」セオドシアもデレインと同じで落ち着かなかった。ブーケはすべて〈フロラドーラ〉という花屋に注文したが、そこを勧めたのはセオドシアで、自身もチャーチ・ストリートにあるインディゴ・ティーショップを飾る個性的なアレンジメントをよく発注している。

「もうこんなに遅れちゃって」デレインがおろおろして言ったそのとき、またもや稲妻が光り、室内は昔のモノクロ映画のようなおぞましい様相を呈した。「お客様も心配してるにちがいないわ」

「大丈夫」セオドシアは言った。「さっきのぞいてみたけど、ドレイトンとヘイリーがピーチとジンジャーのお茶に小さなクリームスコーンを添えて出してたわ。だからお客様は満足しているはずよ」セオドシアは薄い包装紙にくるまれた花嫁のブーケ――ラン、ティーローズ、ノラニンジンが美しくアレンジされている――の包みをはがしてデレインに差し出した。
「はい、どうぞ。とてもすてきなブーケじゃないの」

「ええ、本当に」デレインは頬をゆるめてブーケを受け取った。姿見に歩み寄り、暗い奥をのぞきこむ。「ねえ、あたし、どう?」

「きれいよ」セオドシアは言った。お世辞でもなんでもない。長いつき合いのあいだには仲違いしたことも何度かあるが、この日のデレインはまさしく光り輝いていた。アイボリーのウェディングドレスは肩ひものない夜会服風で、身頃に細かなひだがたっぷりとってある。それが彼女の黒い髪と美しい肌を際立たせ、ほっそりした体を完璧なまでに強調していた。デレインはセオドシアに向かって手をのばした。「ねえ、こっちに来て」

セオドシアはデレインがいる鏡の前まで行き、表面にぽつぽつと汚れの浮いた鏡に映る自分の姿に見入った。ボリュームたっぷりの鳶《とび》色の巻き毛は手がかかるが、ときとしてそれが、ラファエロやボッティチェリが描いたルネサンス時代の女性のような雰囲気を醸《かも》してくれる。血色のいいすべすべした肌に真剣な青い目、その顔には、自立した女性――三十代なかばで事業主として成功し、充分な人生経験を積み、すてきなボーイフレンドを射止めた女性ならではの、ちょっぴり余裕の表情がしばしば浮かぶ。人生ってすばらしい。

結いあげた黒髪をぽんぽんと軽く叩いたデレインの目が、きらりと光った。彼女もまた、〈コットン・ダック〉という高級ブティックを経営する成功した事業主だ。しかし飽くことを知らない性格ゆえ、常にあらたな経験やスリルを求めている。一方、セオドシアは現状に満足していた。経営するティーショップは居心地がよくて趣があり、いつも友人やお客で混んでいる。しかも、ドレイトンとヘイリーという大親友ふたりと一緒に働いているのだ。

デレインが鏡から目をそらし、肩をすくめた。またいらいらしてきたのか、じっと立っていられないようだ。向きを変えたかと思うと、すぐに反対を向いて尋ねた。

「姉を見かけなかった？　ナディーンはいったいどこ？」

「遅れてるみたいね」セオドシアは言ったが、ナディーンが遅れるのはいつものことだ。

「この調子じゃ、自分のお葬式にも遅れかねないわよ、まったく！」

廊下からドスン、ドスンという音がしたのにつづき、「お待ちどう！」というはしゃぎすぎた声が響いた。部屋に飛びこんできたナディーンはびしょ濡れで、まわりのことなどおかまいなし、おまけにこれっぽっちもすまないと思っていないようだった。

「遅くなってごめんなさいね。でも、ベイ・ストリートが冠水してたのよ、知ってた？　タクシーの運転手さんが何マイルもまわり道しなきゃならなくて」

デレインは口をあんぐりあけ、体重が数ポンド多いほかは瓜ふたつの姉をぞっとした顔で見つめた。ナディーンがカーキ色のトレンチコートについた雨粒を払いつつ、ピンクのペイズリー柄の傘をひらこうとしていた。

「傘を閉じて！」デレインは大声で言った。

ナディーンは手をとめ、いらだたしげに顔をしかめると、手に持った濡れて半分ひらいた傘を見おろした。

「どうしたのよ、いったい？」

「縁起が悪いでしょ。家のなかで傘をひらくのは絶対にだめなの」デレインはしるしや前兆、迷信のたぐいを深く信じているのだ。

「悪かったわ」ナディーンはぼそぼそと言ったが、すぐにとげとげしい口調で言い返した。「あなたは知らないかもしれないけどね、外はどしゃ降りの雨なのよ！」

「そんなの知ってるに決まってるでしょ」デレインは歯を食いしばるようにして言った。「そもそも、あたしがこんな天気の悪い日をわざわざ選んだと思ってるの？　気象庁に電話して、聖書に書かれてるみたいな大洪水に見舞われる正確な日を訊いたとでも？」

傘と格闘していたナディーンが身を硬くした。

「そんな意地悪な言い方しなくたっていいじゃないの！」

「うるさいわね」デレインはそう言うとそっぽを向いた。

セオドシアは姉妹喧嘩に巻きこまれたくなくて、ティーローズとカモミールでできた小ぶりのブーケ五つを箱から出す作業をつづけていた。これもまた、みごとな出来映えだった。可憐でかぐわしく、ふんわりとしている。

「よかったら、このブーケを隣の部屋に持っていってもらえないかしら」セオドシアはナディーンに声をかけた。「ほかのブライズメイドのみなさんに渡してほしいの」

「いいわよ」ナディーンはまだぷりぷりしながらため息をついた。

ようやくデレインとふたりきりになると、セオドシアは言った。

「さてと、ほかになにをすればいいかしら？」

ブライズメイドを代表して花嫁の身のまわりの世話をするのは思っていた以上に大変だとわかってきた。ものの数時間で終わるのが、せめてもの救いだ。

デレインが小さくくるりとまわると、たっぷりしたスカートがふわりと大きく広がった。彼女はあらためて鏡をのぞきこんだ。

「ねえ、本当にあたし、変じゃない？」

「とってもきれいよ」

セオドシアはあくびをこらえながら言った。下の暖炉室の飾りつけやら席次決めやらで、遅くまで起きていたせいだ。

「もうちょっと計画を練るべきだったわね」デレインは言った。

「しかたないわ」セオドシアは言った。「婚約から結婚までが短すぎたんだもの。たったの四週間しかなかったのよ」

「だから会場はここで妥協したんじゃない」デレインの声が急に暗くなった。

「ここだってすてきよ」

セオドシアは言った。とは言え、ヨーロッパ風のイトスギを張りめぐらした壁、狭い廊下、歴史地区における不気味な存在である〈レイヴンクレスト・イン〉は薄暗くて、少々みすぼらしかった。部屋は息がつまりそうだし、調度品はどれもちぐはぐ、水まわりは妙な音がしてやかましい。それでもデレインは、チャールストンでもトップクラスの弁護士と大急ぎで婚姻の契りを交わすべく、光の速度で話を推し進めた。赤ちゃんができたわけではないが、典型的な南部の強制結婚のパターンだ。

「ここ、屋根にバルコニーがついてるんだけど、見た？」デレインが訊いた。

「風情があっていいじゃない」セオドシアは言った。

「みすぼらしいだけよ」とデレイン。

「でも、このお部屋はすてきだわ」

セオドシアはわずかでも明るい面を見ようとして言った。デレインは頭に血がのぼったハチドリのように部屋を落ち着きなく動きまわり、鏡をのぞいたり、喉をうるおしたりと、一瞬たりともじっとしていない。

「そうかしら」デレインは生気のない目でふたりを見つめている棚のアンティーク人形を指差した。「あれを見てごらんなさいよ。まったく、ひどいコレクションもあったものね」

「わたしはおもしろいと思うけど」とセオドシア。「部屋ごとにちがうコレクションが飾ってあるのよ。ティーポット、人形、天使、革装の本、といろいろ揃ってる」

「だけど、あたしが人形をどう思ってるかは知ってるでしょ」デレインは足をこつこついわせた。

「知ってるわけないじゃない」でも、きっと教えてくれるのよね。

「あんなの気味が悪いったらないわ。ガラスみたいなちっちゃな目も、唇をすぼめたようなゴムの顔も。それに見てよ」デレインはピンクのマニキュアを塗った指で、問題の棚を指差した。「悪趣味なぼろぼろのレースをまとった、花嫁人形まであるのよ。『チャイルド・プレイ／チャッキーの花嫁』みたいな気味の悪い映画を思い出しちゃう」

「なにも自分の結婚式の日に、そんなことでぶつぶつ言わなくてもいいじゃないの」セオドシアはいちいち取り合わないことにした。「ほら、こっちに来て。ベールをピンどめしてあげる」

デレインはしずしずと部屋の奥に進んだ。

「実を言うとね、けさ、ドゥーガンと喧嘩しちゃったの」

セオドシアはフランスレースの長いベールをかき寄せ、デレインのねじってまとめた髪の数インチ上で持った。

「そんなのよくあることよ。神経をすり減らしているとね」

「喧嘩の原因を知りたくないの？」

訊けとけしかけられているのはわかっていた。「べつに」ベールの中心を合わせてからデレインの頭に慎重にのせ、剝き出しの肩をベールで覆った。

「ドゥーガンたら、新婚旅行を早めに切りあげたいって言い出したの。仕事があるからって。もう大声で怒鳴り合ったわよ。きっと、ここにいる人全員に聞こえたと思うわ」

セオドシアはブーケを取って、小刻みに震えている友人の手に押しつけた。

「そろそろ式の時間よ」これでも精一杯、愛想よくしているのよ。少しでも早く式を始めようと急いでいるのがわからないの？「さあ、ブライズメイドのみんなと階段のてっぺんに並んで、最後の確認をしましょう。そしたら、あなたはお客様の前に女王のように堂々と登場するの」

またもや電気がちらつき、雷が鳴り響くなか、ほかのブライズメイド五人とセオドシア、そして緊張気味の花嫁が階段のてっぺんに集まった。

「いいこと」セオドシアはいちばん前にいるブライズメイドに念を押した。彼女はデレインの遠縁で、先頭を歩くことになっている。「オルガンの最初の音が聞こえたらすぐ……」

シュッ、シュッ、タタタ……。誰かが奥の階段を急ぎ足でのぼってくる。全員がシルクやレースをさらさらいわせながら一斉に振り返った。

お茶の専門家にしてセオドシアの大切な友人、ドレイトン・コナリーだった。細身のヨーロッパ仕立てのタキシードに格子柄のカマーバンドを合わせている。白髪交じりの髪の下で、貴族を思わせる顔がやつれ、頬がわずかに上気している。いつも冷静沈着な彼にしてはめずらしく、心配事でもあるのか、眉間にしわが寄っていた。

セオドシアは彼のもとに駆け寄った。

「どうかした？」と小声で尋ねた。

ドレイトンは激しく脈打つ心臓を鎮めようと、胸に手を置いた。六十代後半に差しかかった彼にとって、昂奮したガゼルよろしく二階分の階段を駆けあがるなんてもってのほかなのだ。「問題発生だ」

「電気がつかないの？」

「花婿がいない」

「やっぱりね」デレインの声がふたりのところまで届いた。「部屋にこもって携帯メールを打ってるのよ、きっと。大事なお客さんか大物政治家とやりとりしてるに決まってるわ」彼女はそこでため息をついた。「そういう人なのよ、ドゥーガンは。いつだって仕事がいちばんなんだから」

デレインがさらに辛辣《しんらつ》な言葉を繰り出すより早く、セオドシアは言った。

「わたしがなんとかするわ。彼を連れてくる」

「お願いね」デレインはあまり深刻でもなさそうな声で言った。

「助かるよ」ドレイトンは踵《きびす》を返し、下の階に姿を消した。

セオドシアはドゥーガン・グランヴィルの部屋に狭い廊下を小走りで向かった。奇妙な偶然もあるもので、グランヴィルはセオドシアのお隣さんだ。彼女は歴史地区の中心部にある、童話に出てくるみたいなメルヘンチックな家に住んでいるが、そこはもともとグランヴィルの広大な敷地の一部だったのだ。

グランヴィルのスイートルームのドアをノックした。

「ドゥーガン、時間よ」彼は仕事熱心な弁護士だから、ぎりぎりまで仕事をしているにちがいない。

なんの反応もなかった。動く気配もなければ、返事もない。

前かがみになって、ドアに耳をつける。もしかして……ちょっと具合が悪くなったとか？

まさか花婿さんまで緊張していたりして？

「ドゥーガン？　グランヴィルさん？　セオドシアです。みなさん、お待ちですよ」

それでも反応がない。

こういう場合、どう対応すればいいのかわからず、セオドシアはしばしためらったものの、すぐにそんなことを気にしている場合ではないと思い直した。お客様が待ちかねているのだ。いいかげん、早く始めないと。彼女はドアノブをつかんでまわし、ドアを六インチほど押しあけた。

「ドゥーガン」声にいくらかおどけた感じをこめて、もう一度呼びかけた。「花嫁がハンサムな花婿はまだかといらいらしてるわよ」

雨が屋根を叩く単調な音と樋《とい》をいきおいよく流れていく音をべつにすれば、なんの音も聞こえなかった。

セオドシアはドアを全部あけ、部屋に足を踏み入れた。

「ドゥーガン？」

室内は真っ暗で、不気味なほど静かだった。

まっすぐ前方に目をやると、張り出し窓に分厚いビロードのカーテンがかかっているのがぼんやり見えた。

眠っているのかしら？　きっとそうだわ。まったくもう、自分の結婚式だというのに、緊張感がなさすぎよ。

壁に影を躍らせながら、そびえるような衣装箪笥《だんす》や家具の前を通りすぎた。屋外の変圧器が爆発したような、オゾン臭にも似た妙なにおいが室内に立ちこめている。セオドシアは抜き足差し足でカーペットの上を歩いていった。シルクのミュールが小さくさらさらと音をたてる。ベッドの足側まで来たところで目をこらした。小型電気スタンドの光がナイトテーブルをほんのり照らしているが、ベッドには誰も寝ていなかった。ダスティピンクのベッドカバーにはしわひとつできていなかった。

どういうこと？

ひょっとして逃げたのかも。セオドシアはあわててカーテンをつかみ、乱暴にあけた。窓の外では稲妻が光り、鋭いナイフとなって黒紫色の分厚い雲を切り裂いている。

でも、あけておいたほうがいい。いくらかなりとも明るいもの。

振り返ると、なにかが目にとまった。ちらりと見えただけではっきりとはわからないが、とにかく不安に襲われた。セオドシアはそろりそろりと引き返した。完全な闇に包まれたリビングに戻ったとたん、不気味な交響曲で鳴らされるティンパニのような雷鳴がとどろいた。

その瞬間、彼の姿が見えた。

ドゥーガン・グランヴィルはブロケードのソファにのびていた。目をきつく閉じ、顎が胸にぴったりくっつくほど頭が前に倒れている。前にあるガラスの小さなテーブルには中身のないグラシン紙の封筒が一枚置かれ、白い粉が散らばっていた。

セオドシアは足音を忍ばせて近づいた。心臓が激しく脈打ち、脳が行ってはだめだと叫んでいる。驚きと恐怖でアドレナリンが否応なしに噴出し、血圧が急上昇する。それでも彼女は、催眠術にでもかかったように目の前の光景に陶然と見入っていた。

酔っ払っているだけ？　それとも……もっと深刻な事態なの？

セオドシアはさらに近づいて、おそるおそる手をのばした。指の先端が首の脈打つ場所に軽く触れた。冷たくて、とても生きていると思えない。脈はなく、息もしていなかった。

荒れ狂う火山から硫黄を含んだマグマが噴き出すように、吐き気と恐怖が迫りあがった。グランヴィルが年配の貴婦人のようにソファで気を失っているわけでないのは、理屈と直感の両方でわかった。

目の前のこの人は、完全に、疑問の余地なく死んでいる。

2

右肩のあたりでまぶしい光が炸裂した。セオドシアは驚いて振り返った。《シューティング・スター》というタブロイド紙を発行している卑劣な口先男、ビル・グラスが身を乗り出すようにしていそいそと写真を撮っているではないか。

セオドシアはむっとして片手を振りあげた。

「ちょっとやめて！　いますぐやめなさいってば！」

地元のパパラッチを自任するグラスはまったく動じなかった。

「落ち着きなって、ベイビー。こいつは大金星なんだぜ。おれのような男が夢にまで見る一大スクープってやつだ」

セオドシアは無神経な態度に腹がたち、実力行使に出た。両手を前に突き出して力いっぱい押しやると、グラスはバランスを失ってドアの枠にぶつかった。

「暴力はよせ。カメラが壊れるじゃないか」

「わたしが言ったことを聞いてないの？　いますぐ出てってって」

グラスは一歩さがったものの、カメラを高くかかげた。

「そりゃないだろ？　おれはここにいていいんだぜ。カメラマンとして雇われたんだ。独占取材を認めるって約束でさ」

「それは結婚式だけでしょ。人が亡くなったことまでは含まれないわ」

ビル・グラスは顔をくしゃっとさせ、好奇心剝き出しの表情になった。

「そいつが死んでるって？　まちがいないのか？」

彼は見るからにぶっきらぼうな感じで、髪をべったりとうしろになでつけ、オリーブ色の肌をしている。きょうは仕事着のカーキのカメラマンベストではなく、おめでたい席だからとしわくちゃのシャークスキンのスーツを着ていた。

セオドシアはぎくりとして、ふたたびドゥーガン・グランヴィルを見つめた。

「亡くなっていると思うけど」

グラスは携帯電話を出し、彼女に振ってみせた。

「なら、救急車を呼んだほうがよくないか？」

「そうして」セオドシアは最悪の事態が起こったという事実をようやく直視した。「そのあいだにわたしは……」最後まで言いたくなかった。頭に浮かんだことを言葉にしたくなかった。口に出したら最後、デレインに伝えるのは自分の役目になってしまう。

デレインになんて言えばいいの？　花婿がコカインをやりすぎたわよ、とでも？　とんでもない。だって、証拠は歴然としているとはいえ、実際はそうではないかもしれないからだ。

まあ、そんな気がするだけだけど。

グラスが電話を終えると、セオドシアは彼の襟をつかんで、力まかせに揺さぶった。「あと一枚でも写真を撮ったら承知しないわよ。ここを動かないで。ドアを閉めて、警察と救急隊員が到着するまで、誰ひとり部屋に入れないように」そう言い含めると、警告するようににらみつけた。「わかった？　ちゃんとやれる？」

「まかせとけって」グラスはセオドシアがカッカしているのをおもしろがっていた。

「もう絶対に写真は撮っちゃだめよ」

「わかった、わかった」彼はセオドシアに向かって手を振った。

「わたしは花嫁に伝えてくる」忌まわしい役目が自分に降りかかったのを呪いつつも、セオドシアは腹をくくった。

「花婿がヤクのやりすぎで死んじまったと言うのか？」グラスが言った。

「け……結婚式は中止になったと言うつもりだけど」

「だったら、下で待ってる名士連中に、家に帰るよう言ったほうがいいんじゃないか」

「だめよ」セオドシアが大きくため息をついた。「それはできないわ。なにか目撃した人がいるかもしれないもの」そう言うと、またも大きくため息をついた。「ひょっとしたらそのなかに容疑者がいるかもしれないし」

デレインはほとんど半狂乱で、絶対に信じようとしなかった。目を大きくひらき、セオドシアを見つめた。

「あなたが見たのは花婿付添人の誰かよ、きっと！」

セオドシアは首を横に振った。一部始終を説明するのはこれで二度めだ。デレインはおぞましい知らせをどうしても受けとめられないようだった。セオドシアがドアをふさぐように立っているせいで出ていこうにも出ていけず、ベッドの端にちょこんと腰をのせていた。四カラットもあるイエローダイヤモンドの指輪をしきりにいじるものだから、指がすりむけて真っ赤になっていた。

「とてもじゃないけど納得できないわ」デレインは言った。閉じたドアを姉がめいわくなキツツキよろしくしきりにノックし、ブライズメイドたちがひそひそと話しているのが聞こえてくる。「自分の目でたしかめなきゃ」

「だめ、やめたほうがいいわ」セオドシアはとめた。「せめて警察と救急隊員が来るまで待って」

デレインは身を乗り出すようにしてセオドシアの両手をつかんだ。

「まだ望みがあるってこと？　お願い、そうだと言って！」

「ううん、そうじゃなくて、つまりその、酌量すべき事情があるというか……」

デレインは目を大きくひらいた。

「もう、要領を得ないことばかり言って。いったいなにが言いたいのよ、セオ」

「いいからわたしの言うとおりにして。警察と救急隊員が来るまで待ったほうがいいわ。ドウーガンのことは彼らにまかせるの。あとで対面できるから」

「さっきからそればっかり！　しかも、なにを言ってるのかさっぱりわかんない！」デレインは力まかせにベールをはずそうとしたが、クリップでしっかりとまっていた。「もう、あなたと話してると頭がどうにかなっちゃいそう！」

セオドシアはサイドテーブルに置いてあったミネラルウォーターを手に取ると、キャップをまわしてはずし、デレインに差し出した。

「ほら、これでも飲んで。少しは落ち着いて」

「落ち着こうとしてるわよ。本当だってば」彼女はペットボトルを前後に振りながら、幼い少女のような声になって言った。「もっと冷えてるのはないの？」

「あると思うわ」セオドシアはミニバーに向かって歩き出した。

デレインはその瞬間を待っていたかのようにいきおいよく立ちあがり、ドアに駆け寄った。ドアをあけ放ち、ブヨがたかるように集まっていた不安顔のブライズメイドたちをかきわけた。片方のハイヒールが脱げるのもかまわず、ウェディングドレスとシルクのベールをなびかせながら廊下を大急ぎで走っていった。

「デレイン！」セオドシアは叫び、あとを追って走り出した。「待って！　そっちに行っちゃだめ！」

デレインは速かったが、セオドシアのほうがもっと速かった。長年、愛犬のアール・グレイとホワイト・ポイント庭園をジョギングしてきた甲斐があった。デレインがグランヴィルの部屋まであと十フィートと迫ったところで、ベールの裾をつかむのに成功した。長いフランス産チュールをしっかり握り、大物のマカジキを釣りあげる要領で、デレインをたぐり寄せた。

「やめて！　痛いじゃないの！」デレインは大声を出し、後頭部を手で押さえた。

「そっちこそやめなさい」セオドシアはきつく言ってから、すぐに口調をあらためた。ここは場をわきまえるべきだ。「お願いよ、いまは見ないほうがいいわ」

「でも、どうしても自分の目でたしかめたいの！」

そのとき、ビル・グラスがなんの騒ぎかとなにげなくドアをあけ、デレインはするりとなかに入った。

「なんてことをするの！」セオドシアはグラスに向かって手を振り動かした。「まったく役に立たない人なんだから」

「はあ？」グラスはとぼけた声を出した。

「いやあああ！」デレインが甲高い悲痛な叫び声をあげた。

「彼女があんないきおいで入ってくるなんて、おれにわかりっこないじゃないか」カメラ二台を首からさげたグラスは、煙草に火をつけようとした。

セオドシアは彼の口から煙草を奪った。

「やめなさいよ。少しは気を使ったらどうなの？」そう言うと猛然とまわりこみ、グランヴィルの部屋に飛びこんだ。

デレインはすでにフィアンセを見つけていた。しかも、彼に寄り添うようにして、ソファに倒れこんでいた。動かぬ体に全身をあずけ、両手で顔を覆って泣きじゃくっていた。

十分後、室内はラグビーのスクラムのような状態になった。制服警官がふたり到着し、時を同じくして救急隊員ふたりが金属のストレッチャーをガチャガチャいわせ、あらゆる種類の救命道具をたずさえて現われた。〈レイヴンクレスト・イン〉のオーナー、フランクとサラのラトリング夫妻も三階に駆けつけ、近くで一部始終を見守っていた。

しかし救急隊員がいくら自動体外式除細動器《AED》でグランヴィルの心臓にショックをあたえ、酸素を大量に送りこんでも、デレインがいくら神にすがって祈っても無駄だった。グランヴィルはあの世に旅立ったあとだった。

セオドシアはいつの間にか廊下に追いやられ、騒然としたなかの様子をのぞきこみながらやきもきしていた。ドラッグ、それもコカインがからんでいるのは誰の目にもあきらかで、刑事が現場に呼び出されるのは時間の問題だろう。

ふいに肩を叩かれ、セオドシアはぎくりとしておそるおそる振り返った。

ドレイトンが悲しそうな灰色の目で彼女を見おろしていた。一緒にいるのはチャールズ・ホートン、グランヴィルの前妻の連れ子だ。ホートンはずんぐり体型で歳は三十代前半、色白で血色がよく、ブロンドの髪を短く刈りこみ、ゴールドのロレックスが手首で光っていた。

「どんな様子だね？」ドレイトンが尋ねた。

「なにか反応はありましたかね？」ホートンが訊いた。ドレイトンとホートンには数分前に一部始終を説明してあった。

セオドシアは首を横に振った。「全然よ」そう言って、救急隊員に向かって顎をしゃくった。「さっきから休みなしに救命処置をほどこしてるけどね。やれることはすべてやったわ。心臓マッサージ、AED、血栓を溶解させる薬の注射」

「では、もう打つ手なしか」ドレイトンは言い、ホートンはぎょっとしたように目を丸くした。

「わたしが見つけたときにはもう、亡くなっていたと思う」セオドシアは室内をふたたびのぞきこんだ。救急隊員はいまも懸命の努力をつづけている。「恐ろしいわ。ただただ恐ろしい」

「わたしが思うに」ホートンがするりと部屋に入ってしまうと、ドレイトンは声をひそめて言った。「この結婚はそもそも初めからうまくいきそうになかったのだよ」

「それはどうかしら」セオドシアのその言葉は本心からだった。「ふたりともとても真剣に見えたわよ」

「たしかに」ドレイトンは言った。「決めつけるのはよくないな」

「下の様子はどう？」セオドシアは訊いた。「お客様は誰も帰ってないんでしょうね？」

「ああ。全員、ふてくされて少し不安な様子で残っている。実を言うとだね、グランヴィルの件はまだ伏せてある。体調を崩したため、かなりの遅れが生じているとしか言っていないのだよ」

「その説明じゃ、そういつまでもおとなしくさせておけないわね」

なにしろ、名士が何十人と来ているのだ。デレインは例のごとく、会場がはちきれそうになるほど政治家、上流階級、それに新富裕層を招待していた。となれば、全員がそうとう殺気立って、疑心暗鬼になっているはずだ。

ドレイトンがじりじりとドアに近づき、なかをのぞきこんだ。

「本当にコカインだったのかね？　彼はそのせいで死んだのか？」

「一見するとね。少なくともわたしはそう思ってる」

すでに救急隊員はグランヴィルをストレッチャーに移し、頭から先に運び出そうとしていた。デレインは切なそうな表情で隊員たちの青いつなぎ服の袖をつかみ、あと一回でいいから救命処置を講じてほしいと訴えた。

「人間としてできることはすべてやりましたから」一人の隊員が言った。上着につけた名札にはJ・エヴァンズとある。彼は若々しい顔をこわばらせ、ストレッチャーを押していた。

「まだなにかあるはずでしょ！」デレインは食いさがった。

ストレッチャーの前輪が部屋から廊下に出ていく際、セオドシアはグランヴィルに目を落とした。振動で頭がぐらぐらと揺れ、皮膚は年代物の羊皮紙のようにかさついて、もろそうに見える。片方の鼻孔の下に、白い粉のようなものがうっすらとついていた。グランヴィルはどう見ても死んでいて、肌が不気味なほど白い。だけど……腰をかがめたセオドシアは、ぎょっとなって、あらためてのぞきこんだ。頭の下のひらたい白い枕に、どす黒い小さな染みがついていた。

血かしら？

セオドシアは小さく息を吸い、大急ぎで考えをめぐらした。そして片手をあげ、気味が悪いほど落ち着いた声で言った。

「あとひとつ、やるべきことがあるわ」

エヴァンズは顔をあげて、怪訝《けげん》な顔でセオドシアをにらみつけた。

「なにをやれと言うんですか」

「検死解剖よ。頭のところをよく見て。コカインを吸っていたのかもしれないけど、後頭部を殴られているみたい」

「後頭部がどうしたの？」デレインは救急隊員をつかんでいた手を放し、セオドシアを見つめた。びっくりしたように口をすぼめ、目をお皿ほども大きく見ひらいている。

「血がついてるの」セオドシアは指でしめした。「後頭部に。なにかで強く殴られたんじゃないかしら」

エヴァンズはあわててストレッチャーを室内に戻した。「確認します」

セオドシアの言葉を疑ったわけではなく、自分の目で確認したかったのだ。彼はゴム手袋をはめた手でグランヴィルの頭を持ちあげ、ゆっくりと向きを変えた。

「たしかに、小さな傷がついてますね」そこでちょっと黙った。「いや、そんなに小さいわけじゃないな。髪の毛のせいでよく見えないんだ」

「たしかに見逃しやすいわね」セオドシアは言った。隊員ふたりは救命処置にかかりきりだったから、全身を調べる余裕などなかったのだ。

「ちょっと待って」デレインが押し殺した声で言った。「つまり、ドゥーガンは殺されたと言いたいの？　何者かに頭を殴られて？」

「そうだとしたら、いろいろとちがってきますね」エヴァンズが言った。

ドレイトンも話にくわわった。

「だが、なにで殴って致命傷を負わせたのだろう？」

セオドシアはグラシン紙の封筒と白い粉があるガラスのテーブルを見つめた。目をあげ、ラブシート風のソファに視線を移す。そこには愛《ラブ》なんてほとんどないけれど。そのソファの真うしろにある作りつけの木の棚をながめた。ずっしりとした球形のガラスのペーパーウェイトが一列に並んでいて、それにすばやく目を走らせた。暗赤色のガラス、紫色の渦巻き模様が入った透明なガラス、それに赤い点々が紙吹雪のように散っている乳白色のガラス。どれもソフトボールほどの大きさで、凶器になりそうだ。殺す目的で頭にすばやく振りおろせば、まず確実に……。

頭を分析モードでフル回転させていると、ふいに気がついた。一列にきちんと並んだペーパーウェイトがひとつなくなっていることに。

「ペーパーウェイトだわ」セオドシアは言った。「なくなったペーパーウェイトを見つければ、きっとそれが凶器よ」

「凶器ですと？」うしろからうなるような声が響いた。「殺人だなどと誰が言ったんです？」

3

『鏡の国のアリス』に登場するトゥイードルディー（トゥイードルダムでもいいけれど）を巨大化させたみたいなバート・ティドウェル刑事が、入り口にのっそりと現われた。太りすぎなんて表現では物足りない。頬はたぷんたぷん、気象観測気球かと思うようなおなかの上でスーツのベストがぴんと張っている。ボタンが一個はじけるだけでも、飛んだ方向にいる人に危害がおよびかねない。着ているスーツはよれよれ、警察支給の靴はくたびれている。ティドウェル刑事はチャールストン市警の殺人課を率い、寡黙で頭脳明晰、怖いもの知らずという評価を得ている。部下は彼を恐れつつも、尊敬の念を抱いている。実際、命じられれば熱した石炭の上を歩くことだっていとわないだろう。

「ティドウェル刑事。きっといらっしゃると思ってたわ」

課のトップが緊急性のない呼び出しに応じるのは異例ではないだろうか。もっとも、土曜日だったから顔を出したのかもしれない。あるいは、ぜひにと要請があったのか。でなければ、ティドウェル刑事には私生活そのものがないのだろう。

刑事は室内に足を踏み入れると、ぴったり五秒間、鋭い目で犯行現場をじっくりながめまわした。それから体をかがめ、ストレッチャーの上で硬直しつつあるドゥーガン・グランヴィルをまじまじと見つめた。「自然死ではないようですな」ぽつりとそう洩らした。

「そんなこと、とっくにわかってるわよ！」デレインが怒りと不安の入り交じったまなざしでにらみつけた。「あたしが知りたいのは、刑事さんがどうするつもりなのかってこと！」

「でしたら、まずはみなさんに部屋から出ていただきましょう」刑事は言った。

「冗談言わないで」とデレイン。「だって、あ……あたしは花嫁なんだから」

「わたしは捜査の責任者です」刑事はピストルを撃つまねをした。「さあ、出てください。みなさん」救急隊員がストレッチャーの手すりに手を置いて外に出そうとすると、「いや、ここに置いておいてくれ。そのままでいい」

全員がうしろを振り返りながらも、のろのろと出ていった。ティドウェル刑事だけがあとに残った。

「そこにあるのは……」まだドアのところでぐずぐずしていたセオドシアは言った。

「なにもおっしゃらなくてけっこう」

「コカインじゃないかと」

刑事はくるりと振り返り、セオドシアと向かい合った。

「鑑識に分析させたのですかな？」

「そんなわけないでしょ」

「でしたら、むやみに意見を述べたり、軽々しく結論に飛びつくようなまねはひかえていただきましょう」

セオドシアは腕を組んだ。この刑事のやり方はよくわかっている。これまでにもいくつかの事件で顔を合わせた仲だ。この人は脅し、怒らせてから分析するという手法をとる。とても穏やかなやり方とは言いがたい。とはいえ、ティドウェル刑事がまれに見る切れ者なのは認めざるをえない。たいていの人は彼を前にすると、その巨体と愚鈍そうな見た目にだまされる。しかし実際には、元FBI捜査官で、連続殺人犯や偽造集団、麻薬の元締めらをたったひとりで追いつめた実績を持つ人物なのだ。そのため、セオドシアは彼をとても尊敬するようになっていた。

刑事はそれから数分、あちこち調べてまわったのち、まだドアのところにいるセオドシアを振り返った。

「わたしが到着したとき、なにかおっしゃっていましたな。ペーパーウェイトがどうのこうのと」

そう訊かれてセオドシアは説明した。

「頭にはっきりわかる傷があったのよ」

「被害者の頭にですな」

「ええ。しかも、ペーパーウェイトのコレクションが一個なくなっているみたいだし」

刑事はペーパーウェイトがずらりと並んだ棚に目をやった。

「たしかに」彼がコレクションを調べるあいだも、雨はあいもかわらず屋根を叩きつづけ、電気がちらつき、また消えかけた。「下にお客がいましたな」

「ええ、五十人ほど」セオドシアは答えた。

「引きとめてあるのでしょうな」刑事が小さく手招きすると、制服警官ふたりが駆け寄った。

「お客にそれらしい話をして、全員の氏名、住所、電話番号を書きとめろ」

「招待した方のリストならあるわ」デレインがいつの間に戻ってきたのか、ドアのところに立っていた。

「言われたとおりにしろ」ティドウェル刑事は制服警官たちにうなずいた。ふたりがいなくなると、刑事はドアのそばに立って廊下を見やり、残っている者に向かって言った。「どなたか、近くの客室を調べましたかな？」

フランク・ラトリングが前に進み出て、咳払いをした。ひょろりとした体型で、つやのない髪をうしろになでつけている。「まだです。やったほうがいいでしょうか？」

「この宿のご主人ですかな？」

「はい」ラトリングはうなずき、妻のサラは隣にそわそわした様子で立っていた。「こちらの棟でお客様がおいでなのは、ほかに一室だけです。チェイピンという名の男の方ですが」

「ミスタ・チェイピンの部屋はどこですか？」セオドシアは訊いた。捜査に首を突っこんでいるのはわかっているが、べつにかまわなかった。なにしろ、グランヴィルの遺体を発見したのは自分なのだ。つまり、わたしはなくてはならない存在のはずだ。

「隣の客室です」ラトリングは答えた。「三一四号室です」

「どなたか、その部屋は調べましたかな？」刑事は訊いた。

「誰もなにも調べてないわ」セオドシアは言った。というか、隣の部屋を調べようなんて思いつきもしなかった。

フランク・ラトリングは、どぎまぎしつつももったいぶった様子で廊下を数歩進んだ。こぶしで三一四号室のドアを軽く叩く。

「すみません」と大声で呼びかけた。「ご在室でしょうか？」

「ドアをあけてください」刑事が言った。

「お客様のお部屋に断りもなしに入るのは気が進みません」サラが言った。彼女は水色の目をした色白の女性で、黒髪をうしろにまとめ、低い位置でシニョンに結っていた。

「いますぐあけてください」刑事は命じた。

ラトリングは上着のポケットから古めかしいリング状の鍵束を出すと、ひとつひとつ調べて、どうにか目的のものを見つけた。いま一度ノックしてから、鍵を錠前に挿してまわした。ドアはぎしぎしきしみながらゆっくりとあき、その動きを数組の目が追った。

ベッドからにしろ浴室からにしろ、誰も怒鳴ってこなかったので、ラトリングはおそるおそる一歩足を踏み入れた。

「チェイピンさん、いらっしゃいますか？」

「いないみたいね」セオドシアは言った。なんとなくだが、いないような気がしていた。

「荷物がなくなっている」フランク・ラトリングはあたりを見まわしながら言った。「それに身の回りの品も」

「お部屋はあと二日分、予約されているはずなのに」サラ・ラトリングがわけがわからないという顔で言った。

「チェイピンとかいう男は引き払ったようですな」ティドウェル刑事が言った。

「それもこっそりと」セオドシアは言った。


制服警官たちが下の客に対応するかたわら、ティドウェル刑事は三階にいる者から事情を聞きはじめた。セオドシア、ビル・グラス、義理の息子のチャールズ・ホートン、ブライズメイドたちに質問し、ようやくデレインの番になったが、彼女はすっかり気がたって機嫌をそこね、いらいらしていた。

「きょうはあなたの結婚式だったのですかな？」刑事は訊いた。整理簞笥にもたれ、黒いらせんとじのノートにメモを取っていた。デレインはベッドの上で縮こまり、まわりには丸めたティッシュが散乱していた。神経が張りつめているようなので、セオドシアも同席を許された。

「ちょっと、なによ」デレインは目に涙をいっぱいためて言った。「ただ着てみたいだけで八千ドルもするドレスを着ると思う？」

「いいから質問に答えてください」

「お願い」セオドシアはデレインに言った。「協力してあげて」

「協力してるじゃないの」デレインは歯を食いしばりながらつぶやいた。

「最後にミスタ・グランヴィルと話をしたのはいつのことですかな?」刑事が訊いた。

「覚えてないわ」デレインはセオドシアにちらりと目をやった。「あなたが彼を発見する一時間半くらい前だったかしら?」

「そうだと思うわ」

刑事はまたもなにやらメモをした。「そのときに、おふたりが言い争う声が聞こえたとか?」

デレインは顔をしかめた。「べつに言い争ってなんかいないわ。ちょっと……意見が合わなかっただけよ」

「はっきり申しあげますが、ミス・ディッシュ、そういうのを五十歩百歩と言うんです」

「じゃあ、言い換える。ドゥーガンとあたしは話し合ってたの」

刑事のもじゃもじゃの眉がくいっとあがり、一対のアーチを描いた。

「なにについてですか?」

「あたしたちの……新婚旅行についてよ。ドゥーガンが予定を少し変えたいって言い出して」

「どのようにですか?」

デレインは顔をしかめた。「それはその……」

「短くしたいと言われたのではないですか?」

デレインは肩をすくめた。「ええ、そのことについて話し合ったわ」

ティドウェル刑事は音高くノートを閉じた。

「確認しますが、ミス・ディッシュ、おふたりが怒鳴り合っていたというのは事実ではないのですね？　そうとう激しいやりとりを耳にした方もいるようですが」

デレインは震える手で胸を押さえ、そしらぬ顔を装った。

「そんなはずはないわ」

「すさまじい口論が聞こえたと、数人の方が証言しているのですがね」

「誰よ、そんなことを言ったのは？　彼の義理の息子のホートンでしょ？」

「あの」セオドシアは割って入った。「なにを聞き出そうとしてるのか察しがつくけど、こんなやりとりはまったく必要ないと思う。わたしは午前中ずっと、デレインと一緒だったんだもの」

「一瞬たりとも離れなかったとおっしゃる？」刑事の口の片側がくいっとあがった。

セオドシアは午前中の記憶をたしかめた。

「そう言えば、お客様の様子を見に下におりたわ。それに、お茶が入ったポットを二個、厨房に取りに行かなきゃいけなかったし。そうそう、お花が勝手口に届いたのもあったわ」

「では、一瞬たりとも離れなかったわけではないんですな」

「まあ、そういうことになるわね」

「口論の原因はほかにもあったんじゃないですか？」刑事は訊いた。「どうか正直に話してくださいよ。ほかの方から話を聞いて、情報はいろいろとつかんでいるんですから」

するとデレインは決まり悪そうな表情になった。「ほんのささいなことよ」

「昔の恋人の存在とか？」

「ええ、まあ……そんな話も出たかも」

「ミスタ・グランヴィルの元恋人が下の招待客のなかにいると知って、あなたが激怒したと聞きましたが」

「シモーン・アッシャー！」デレインは思わず口走った。「ドゥーガンたら、あたしに相談もなしにあの女を招待したの。そんなのあると思う？」

「さぞ腹立たしく思ったことでしょう」

「ええ、そりゃもう」デレインはベールの裾をもてあそびながら言った。

「結婚式を取りやめたくなるほどですかな？」

デレインは敵意をつのらせながら、刑事をにらみつけた。

「ミスタ・グランヴィルに肉体的危害をくわえたくなるほど腹がたちましたか？」

「まさか、そんなわけないでしょ。あたしがドゥーガンに危害をくわえるわけがないじゃない。愛してたのよ」

刑事は立ちあがった。「ご自分の部屋でお待ちください、ミス・ディッシュ。追って鑑識の者を行かせます」

「どうして？」

「指紋を採るためね？」セオドシアは訊いた。

刑事はうなずいた。

「あたしは人殺しなんかじゃないわ！」デレインはわめいた。

しかし、ティドウェル刑事は鷹揚《おうよう》にうなずくだけだった。


セオドシアは三一三号室の外に立ち、制服警官が犯罪現場であることをしめす黒と黄色のテープを張りめぐらすのをじっと見ていた。〝現場検証中につき立ち入り禁止〟と、でかでかと書いてある。きょうは祈りと花と祝福に満ちた一日になるはずだったのに、どうしてこんなとんでもないことになってしまったのだろう？　とてもじゃないが信じられない。

しかもティドウェル刑事ときたら、デレインが第一容疑者だといわんばかりだ。もちろん、的外れとは言えない部分もあるけれど。デレインがドゥーガンを激しくののしったのも、新婚旅行をめぐって泣き妖精《バンシー》のように金切り声をあげたのも事実だろうが、殺したりするはずがない。デレインの最大の夢は呪文をとなえればどうにかなるものでも、お金をたくさん積めば買えるものでもない。名前の前に〝ミセス〟という敬称をつけることなのだ。

その夢は絶たれてしまった。そう、グランヴィルの死は不運だった。ただただ不運だった。

セオドシアは背中をまるめ、その場を去ろうと向きを変えた。もう家に帰ろう。こんな気恥ずかしいブライズメイドのドレスなど、早く脱ぎたい。下におりて、店で働く仲間であるドレイトンとヘイリーとおしゃべりしよう。それから、ボーイフレンドのマックスにハグとキスをしてもらおう。こんな日でも、ちょっとくらいは幸せな気分にひたりたい。

そのとき突然、何者かが行く手をふさいだ。「なんなの?」セオドシアは恐怖を感じ、片手をあげた。しかしすぐに、ビル・グラスだとわかった。あいかわらず首からカメラをさげ、だらしない恰好で廊下に立っていた。

「ここでなにをしてるの?」セオドシアは訊いた。「まだ、百万ドルのスクープ写真をねらってるわけ?」

グラスは首を横に振った。彼もセオドシアと同じで、遺体が運び出されたあとも長々ととどまって、犯罪現場を検分していたようだ。

「そうじゃない。だが、おかげでこれまで何度となく耳にした話が裏づけられた」

セオドシアはグラスに歩み寄った。「なにが裏づけられたの? いったいなんの話?」

「この部屋は不吉なんだそうだ」グラスは片手を左右にひらひらさせた。「グランヴィルの部屋の番号をよく見ろ」

セオドシアはドアに目を向けた。「三一三でしょ」と面倒くさそうに言った。「それがどうかした?」

「あんた、知らないのか?」

「なんなのよ、いったい?」まったく、グラスには本当にうんざりさせられる。

グラスは眉根を寄せ、急にまじめな顔になった。

「この部屋は幽霊が出るんだ。知らなかったのか?」

4

「週末があったような気がしないな」ドレイトンがため息交じりに言った。

いまは月曜日の朝で、インディゴ・ティーショップはまだ開店していなかった。ドレイトンとセオドシアは石造りの暖炉のそばの小さなテーブルについていた。店の若きシェフ兼非凡なる菓子職人のヘイリーが、焼きたてのスコーンを皿にのせて持ってきてくれた。店内の明るい雰囲気とは裏腹に、三人の気持ちは沈んでいた。

「体を休めるときがなかったものね」セオドシアはうなずいた。「土曜日は結婚式が惨事に変わったし、きのうは何人もの捜査員に事情を聞かれたしで、私生活なんてなきにひとしかったわ」

「でも、デレインの気持ちを考えたら、そんなこと言ってられないでしょ」ヘイリーが言った。デレインのことはあまりよく思っていないヘイリーだが、きょうはいつになく、思いやりあふれるところを見せていた。

「さぞかしつらい思いをしてることでしょうね」セオドシアは言った。

「だが率直に言って、デレインは本当にグランヴィル氏を愛していたと思うかね?」ドレイ

トンは盛り皿からスコーンを一個つかみ、自分の前にある小ぶりの皿に置いた。「わたしの印象では、男をとっかえひっかえしているようにしか思えないのだが」

「愛してたわよ」セオドシアは言った。「誰よりも」

「猫ちゃんたちは別格だけどね」ヘイリーはまっすぐなブロンドの髪をうしろに払いながら言った。「ドミニクとドミノっていう、二匹のシャム猫のことよ。デレインはあの子たちをいちばん愛してると思うな」

「そうかもね」セオドシアは言った。

デレインはうっとうしいところもあるし、ゴシップ好きだし、ちょっとばかり変わっているが、こと動物に関するかぎり聖人そのものだ。野良犬や野良猫を保護し、アライグマに哺乳びんでミルクをあたえ、カメを見かければニシキガメだろうとカミツキガメだろうと車をとめる。

「デレインは喉から手が出るほど結婚を望んでいた」ドレイトンはそう言うと、スコーンを半分に割り、クロテッド・クリームをふんわりとのせた。

「喉から手が出るほど愛を求めてたのよ」とヘイリー。

「婚約してからというもの」とドレイトン。「ドゥーガン・グランヴィルは気の毒にも、目を覚ましたら罠《わな》にかかっていたと言いたげな顔ばかりしていたよ」

セオドシアはふたりのやりとりを反芻《はんすう》した。たしかに、結婚を急ぐデレインはストックカー・レースさながらだった。回転力、パワー、スピードの三拍子が揃っていた。それに、彼女が真実の愛を見つけようといくらか必死だったのも本当だ。でも、誰にだって愛は必要なものじゃない？　愛がもたらすときめきと心躍るような幸せを経験しようと思うものじゃない？　誰かを愛したい、恋に落ちたいというデレインを責めるつもりは毛頭ない。

「これからデレインはどうするのかな？」ヘイリーが言った。

「ふさわしい期間、喪に服したのち、新しい恋人を見つけるだろうよ」ドレイトンはスコーンを少し口に入れ、セオドシアを見やった。「そうは思わんか？」

「おそらくね」セオドシアは言った。でも、そうじゃなかったら、月明かりのなかをくるぶしまで届く真っ黒なワンピース姿でしずしず歩き、ろうそくに火をつけてまわればいいの？　この世の終わりまで亡くなったフィアンセを偲べというの？　冗談じゃない。人生はつづくのよ。チャールストンという土地柄、ペースは少しゆっくりめかもしれないけど。

「デレインとはもう話した？」ヘイリーが訊いた。

ドレイトンがセオドシアに眉をあげてみせた。「いまの質問はきみにしたのだと思うぞ」

「ええ」セオドシアは言った。「ゆうべ電話をもらったわ」

「どんな様子だったかね？」ドレイトンが訊いた。彼も心のなかではデレインに同情しているのだ。しかし、彼はものに動じないタイプで、感情をわずかなりともあらわにしないのを主義としている。

「憔悴《しょうすい》してるし、怒ってるし、悲しんでる」セオドシアは言った。「それにティドウェル刑事にものすごく腹をたててるわ」

「デレインは本当に容疑者なのかな」ヘイリーが訊いた。

「わたしたち全員が容疑者だと思うね」ドレイトンが答えた。

「とにかく」とセオドシアは言った。「わずかながらも明るい材料は、デレインがようやくドゥーガンの死を受け入れたことね」

「厳しい現実と折り合いをつけようとがんばっているのだろう」とドレイトン。「ふっきろうとしているのだよ」

「かわいそうなデレイン」ヘイリーは言った。「心から気の毒に思うわ」

「わたしはティドウェル刑事にも同情するね」ドレイトンが言った。「あれだけ大勢の人から話を聞いたにもかかわらず、たいした進展がないらしい。ま、グランヴィルの死が本当に殺人だとすればだが」

ヘイリーはきょとんとした。「ふたりの話では、グランヴィルさんは大きなガラスのペーパーウェイトで頭を殴られたんじゃなかった?」

「事故だとも考えられるのだよ」ドレイトンは言った。「彼が、その、なんだ、極上のドラッグを吸引しているところへ、ペーパーウェイトが転がり落ちてきてぶつかった可能性だってある」

本当にそう? セオドシアは疑問に思った。あんな重たいペーパーウェイトがひとりでに棚から落ちたの? そして脳に致命的なダメージをあたえるほどのいきおいで頭にぶつかった? ううん、そうとは思えない。あれは殺人にちがいない。いちばんの疑問は、グランヴイルの部屋に入りこんだ、謎の犯人はいったい誰かということだ。

三一四号室の正体不明の客だろうか？　あるいは、招待客にこっそりまぎれていたとか？　その人物が人目を盗んで奥の階段をあがり、凶行におよんだのかもしれない。それとも、まったくべつの第三者？　おそらく犯人はグランヴィルの遠からぬ過去と関係があり、恨みを晴らそうとしたのだろう。不満をつのらせた怒れる依頼人か、あるいは彼が経営する葉巻専門店の〈ＤＧストージーズ〉の関係者か。

でも、コカインがからんでいるのよね、とセオドシアはひとりごちた。となると、一緒にドラッグをやったのがそもそもの始まりじゃないかしら。現場の様子からすると、グランヴィルは誰かと結婚前の景気づけに一服を楽しんでいたとも考えられる。言うまでもなく、コカインの存在によって危険度は増す。でも、グランヴィルかデレインの交友関係にドラッグを常用していた――あるいはいまもしている――人といったら誰だろう？　ひょっとしたら犯人は密売人かもしれない。

「現場にコカインがあったんでしょ」セオドシアの考えを読んだのか、ヘイリーが言った。

「テーブルにこぼれていたのだよ」ドレイトンが言った。「しかも、グランヴィルの鼻の下に白い粉末がついていた」

「うわあ。それは深刻だね」ヘイリーはそう言って一拍おいた。「ってことはつまり、グランヴィルさんは真人間じゃなかったんだ。いわば道を踏み外してたわけでしょ。麻薬を常習してたんだから」

「そうらしい」ドレイトンは言うと、目をぐるりとまわした。

「コカインの入手先は前の奥さんの連れ子なんじゃないかな」ヘイリーは言った。「あの人、なんて名前だっけ？」

「チャールズ・ホートンよ」セオドシアは言った。

「そう決めつけるのはひどいんじゃないかな、ヘイリー」ドレイトンは言った。「ホートンをろくに知りもしないのに」

「本人に会ったもん。ちょっといかがわしい感じの人だったわよ」

「二十五歳以上は誰でもいかがわしいと思っているんじゃないのかね」とドレイトン。

「そんなことない。あなたたちふたりは真っ当だもん。それはともかく、あたしの意見を言わせてもらえば、ティドウェル刑事はホートンを容疑者リストにのせるべきよ」

「そうね」セオドシアは言ったが、十段階でいえば、ホートンが犯人の可能性は一、せいぜい二というところだ。

ドレイトンはブラウン・ベティ型のポットのふたを持ちあげてのぞきこんだ。

「ダージリンがいい感じに入ったようだ」ティーポットを持ちあげ、湯気の立つ熱い液体をセオドシアのカップに注いだ。つづいて、ヘイリーと自分のカップにも注いだ。「クマイ茶園のファーストフラッシュだ」

「おいしい」ヘイリーがちょっと口に含んで言った。

「それを上まわるおいしさなのは、このスコーンだな」ドレイトンは言った。「新作なのだろう？」

「桃のスコーンよ」ヘイリーは答えた。「おばあちゃんの秘密のレシピなんだ」

「つまり、パーカー一族の幽霊が、いまも当店で大きな位置を占めているわけだ」ドレイトンはにっこりほほえんだ。

その言葉を聞いたとたん、セオドシアはビル・グラスが最後に言ったことを思い出した。〈レイヴンクレスト・イン〉に幽霊が出ると言ったことを。

ドレイトンとヘイリーにも話しておこうかとも思ったが、すぐにその考えを頭からきれいに追い払った。幽霊だの悪鬼だのの話題を持ち出すのはためらわれる。いくら、ここカロライナ低地地方が幽霊伝説の宝庫で、墓地にはさまよう霊が集まっているとまことしやかにささやかれているとはいえ。

三人はさらに数分ほど、お茶を口に運んだり、雑談しながらのんびり過ごした。それから、暗黙の合図を交わし合ったかのように、朝食を食べに来る客のための準備にかかった。

ドレイトンが小さな白いティーキャンドルに火をつけ、糊《のり》のきいた白いナプキンをしくかたわら、セオドシアはあらかじめ合わせておいた異なる柄のカップとソーサーを、全テーブルに置いていった。砂糖入れの中身をいっぱいにし、ポットカバーを並べる。気合いを入れるための朝の儀式だ。

言うまでもなく、これこそがこの仕事の醍醐味だ。こうしていると、真の幸福と満足感に包まれる。弱肉強食の広告業界から足を洗い、小さいながらもすてきなインディゴ・ティーショップの経営に転じたことは、一度も後悔したことがない。それどころか、お茶で起業できて願ったりかなったりだった。床から天井まである棚には世界じゅうのお茶がびっしりと並んでいる――上品でフルーティなニルギリ、麦芽の風味を持つアッサム、こくのある黒烏《ウー》龍《ロン》茶。もとは馬車置き場だったという店舗はといえば、釘でとめた木の床（最近、紅茶色に塗り替えた）、年季が入ったヒッコリー材のテーブル、煉瓦の壁、鉛格子の窓、そして小さな暖炉をそなえている。もちろん、売り物もふんだんに置いている。地元のオークションで丹念に探したビンテージもののティーポット、手作りのポットカバー、ティータオル、瓶入りのクロテッド・クリームとデュボス蜂蜜、キャンドル各種、柳細工のバスケット、それにカットガラスのボウルが棚に並び、あるいは木の食器棚におさまっている。壁に飾られているのは、アンティークの版画や、セオドシアがブドウの蔓《つる》で手作りしたリースだ。

ようやく準備万端ととのうと、ドレイトンが入り口のドアまで行き、白いレースのカーテンを払った。

「覚悟はいいかね？」彼は重々しく言って掛け金をはずした。「月曜の朝のお客様のお出ましだ」

しかし、この日、転げるように入ってきたのは、朝のお茶と焼きたてスコーンが目当ての、いつもの店主陣や近所の人たちではなかった。二十代後半とおぼしきブロンドのサーファー風の若者ふたりで、着ているものはジーンズとTシャツとテニスシューズ、手にはビデオカメラとその他もろもろの電子機器を携えていた。

「いらっしゃいませ」ドレイトンはいささか当惑したように言った。「おふたり様ですか?」

カメラを持ったほうの若者はきょろきょろと見まわしていたが、ハイボーイ型チェストのそばにいるセオドシアに気づくと、テーブルを右に左にとかわしながら、店内を猛然と突き進んだ。

「セオドシア・ブラウニングさんですか? そうですよね?」

セオドシアは小さくうなずいた。「そうですが。なにかご用でしょうか?」

若者は自分の胸に軽く手を触れて言った。

「ぼくはジェド・ベックマンで、こっちにいるのは弟のティム。ぼくらはゴーストハンターなんです!」

「力にはなれませんね」ドレイトンがきっぱりと言った。「当店に幽霊はおりませんので。しかし、テイクアウトのメニューをごらんになりたければ……」そう言ってカウンターからメニューを取り、ふたりのほうに差し出した。「お好みのものを言っていただければ、いかようにも詰め合わせますよ。おふたりともお急ぎのようですので」

ジェド・ベックマンはセオドシアに視線を据えたまま、《チャールストン・ポスト&クーリア》紙の一面を広げ、彼女に見えるように高くかかげた。

「失礼ですが、マダム、この記事にはあなたが〈レイヴンクレスト・イン〉でドゥーガン・グランヴィル氏の死体を発見したと書いてありますけど」

「ええ。でも、もうおとといのことで、完全にわたしの手を離れてるわ。すでに警察が捜査を開始しているし」

「犯罪がおこなわれたのはあきらかだったのでね」ドレイトンが横からつけくわえた。「さて、テイクアウトのご注文は……」

彼はふたりのくだけた服装が気に入らなかったし、発した質問も気に入らなかった。とにかく好きになれなかったのだ。

「噂話に通じておいでかわかりませんが」とジェド。「〈レイヴンクレスト・イン〉には幽霊が出るらしいですよ」

「そんな話は聞いたことがないわ」セオドシアは少ししどろもどろになりながら言った。

「ユニテリアン教会の墓地か旧チャールストン刑務所と勘違いしているんじゃなくて？　その二ヵ所をめぐるナイトツアーがあるのは知ってるけど」

「言っておくが、それはれっきとした歴史ツアーだ」ドレイトンが口をはさんだのと同時に、女性客四人が店に入ってきて、案内を請うように彼を見つめた。

「とりあえずすわってもらって、三人だけで話しましょう」セオドシアはジェドとティムをうながした。幽霊の話をしているところをほかのお客に聞かれるのだけは勘弁してほしい。なにしろここはティーショップ。優雅ないこいの場であって、マダム・ヴァイオラの黒魔術の館にある占いルームなんかじゃないのだ。

「ありがとう、マダム」近くのテーブルにジェドとともにつくと、ティムが言った。「お茶をもらえますか」

「お茶ならなんでも揃ってるわ。なにをお飲みになる？　イングリッシュ・ブレックファスト？　それとも、アールグレイかニルギリはいかが？」

「いままでティーバッグのお茶しか飲んだことがなくて」ジェドが言った。「それと、中華料理の店のお茶かな。だから、お薦めのお茶をお願いします」

「よかったら、お茶と一緒にスコーンも召しあがる？」

若者ふたりが大きくうなずいたのを見て、セオドシアは急ぎ足でその場をあとにした。

「どういうつもりだね？」カウンターに戻るとドレイトンが嚙みついた。「あのふたりを焚きつけるとはとんでもない話だ」

セオドシアは花柄のティーカップと揃いの受け皿を手に取り、シルバーのトレイにのせた。

「くだらないと思ってあなたには言わなかったんだけどね。土曜日、全員がいなくなって、警察が立ち入り禁止のテープを張りめぐらしたりなんだりしたあと、ビル・グラスから聞いたのよ。〈レイヴンクレスト・イン〉には幽霊が出るって」

「きみをからかっただけだろうよ」

「それがね、ものすごく真剣な顔をしてたの。あなただってグラスのことはよく知ってるでしょ。あの人がまじめな顔をすることなんかないって」

「幽霊なんてものはいないんだよ」ドレイトンは中国製の青白柄のティーポットに茉莉花茶《ジャスミン》を量り入れながら言った。「とにかく存在しないんだ」

「そうかしら。何年か前にあなたが見たという光る玉はどうなの？　ゲイトウェイ遊歩道をただよっているのを見たと言ったでしょ」

ドレイトンは唇をすぼめた。「あれはべつだ。なにしろ、とても古くからある墓地での出来事だからね。われわれの先祖が戦いのさなかに命を落とした場所ではないか」

「つまり、そっちは正真正銘の幽霊で、〈レイヴンクレスト・イン〉のは偽物だと言いたいの？」自分で言っていておかしくなった。

ドレイトンは人差し指を左右に振った。「とにかく、アマチュアのゴーストハンターをもてなしたところで、いいことはない。とんでもない騒ぎになるに決まっているし、そうしたら、デレインをよけいに苦しめるだけだ」

本当にそうかしら？　セオドシアは心のなかで反論した。だって、わたしの知るなかでも、デレインは幽霊やあの世にいる霊について妙に好意的だもの。


そのあと二十分間は信じられないほど忙しかった。セオドシアはお客を出迎え、席に案内し、ドレイトンは入り口近くのカウンターでいくつものポットにお茶を淹れた。ようやく少し落ち着くと、セオドシアはゴーストハンターたちの相手に戻った。

「あなたたちがやっているのは非営利活動なの？　趣味のようなもの？」

「最初はそうだったんです」とジェドが答えた。「でもいまは、『南部の幽霊』というリアリティーショーを制作するのが目的です」

「超常現象を扱うテレビ番組は、すでに充分あるんじゃない？」セオドシアは訊いた。チャンネルサーフィンすれば必ずと言っていいほど、古い刑務所や廃墟となった屋敷を嗅ぎまわるゴーストハンターご一行様の姿を目にするほどだ。

「そうは思いませんね」とティム。「幽霊や超常現象はとても人気があるジャンルで、ぼくらはそこに新風を吹きこむつもりなんです」

「具体的にはどういうこと？」セオドシアは訊いた。

「いわゆる南部らしい切り口はべつとして、ほかのテレビ番組では、何年も昔に死んだ人の霊と交信することに主眼を置いてますよね」

「そうね」セオドシアは相づちを打ったものの、ジェドが言わんとしていることに不安をおぼえた。

「でも、ぼくたちは新しい幽霊、最近の幽霊に接触したいんです」

「なるほどね」セオドシアは言ったが、ふたりの熱の入れようにはついていけなかった。

「つまりですね」ティムがあとを引き継いだ。「霊の世界と交信するのは、無線信号をキャッチしようとするのに少し似てるんですよ。残念ながら、死んでから長い年月が経過すると、信号は弱くなります。そこでぼくたちは、比較的最近亡くなった人と交信しようと考えたんです」

「そのほうが強い信号を発するから？」セオドシアは言った。ふたりに調子を合わせている自分が信じられなかった。

「おっしゃるとおりです」とティム。

「それでですね」とジェド。「あなたにも一緒に来てもらいたいんですよ」

「〈レイヴンクレスト・イン〉に？」考えただけでもぞっとする。「でも、それには所有者から許可をもらわなくてはだめだと思うわ」

「それはなんとかします」ティムが言った。「ぼくたち、かなり口がうまいほうですから」

「最近は猫もしゃくしもリアリティーショーに出たがりますからね」ジェドが口をはさむ。

「入ってみればわかるけど」セオドシアは言った。「あそこはそんなに大きくないの。だから、べつにわたしを案内役として連れていかなくても大丈夫よ」

「単なる案内役じゃなく、霊への案内役になってもらえないかと思ってるんですが」ジェドが言った。

セオドシアは椅子の背にもたれた。「冗談はやめて」

「だって、あなたは近くにいたわけですから」とジェド。「彼が死んだときに」

「しかも、発見したのもあなただ」とティム。

「そんなことが大事なの？」セオドシアは訊いた。

「ええ、ぼくらにとっては」ティムは答えた。

「お誘いの件は少し考えさせて」

セオドシアはやんわり断るつもりだった。ふたりが真剣なのはわかるが、あまり関わりたい話ではないし、ましてや力になるなんてとんでもない。

ティムが訊きたいことがあるという顔で、身を乗り出した。

「ミス・ブラウニング、教えてください。あの部屋に足を踏み入れたとき、あの男の人が死んでいるとわかる前に、なにか感じましたか？　なにかおかしいという感覚はありましたか？」

入った瞬間に電磁波パルスに気づいたことを思い出した。変圧器が爆発でもしたように、奇妙な不安感に襲われて心がざわざわしたことを。どこか普通でないような、言うなれば……物騒な低振動のような感じだった。

「いいえ」セオドシアは答えた。「なにも感じなかったわ」

5

いつものことながら、ヘイリーは猫の額《ひたい》ほどの大きさしかない厨房の魔術師だった。白い上っ張りと傘がひらきすぎたマッシュルームのような高いコック帽で決め、お得意のランチタイムのバレエをくるくる踊っていた。ぐつぐついっているペッパージャックチーズのキッシュをオーブンから出し、ワイルドライスのスープを軽くかき混ぜ、ヴィネグレットソースを味見してタラゴンをひとつまみくわえ、といった具合に。

「ゴーストバスターズはもういないの?」ヘイリーはそう言うと、いたずらっ子のように笑った。「跡形もなく消えちゃった?」

セオドシアは、トランプを配るように白いランチ用プレートを並べながら訊いた。

「あのふたりのこと、どうして知ってるの?」

「ドレイトンから聞いたもん。さっき大急ぎで入ってきたときに。なんだか、すごくぷりぷりしてた」

「怖いもの知らずのベックマン兄弟は、なにがなんでも〈レイヴンクレスト・イン〉を調べるつもりみたい」

ヘイリーはうなずいた。「お子ちゃまだから遊びたい盛りなのね」

「それがね、話はそう単純じゃないの。あのふたりはドゥーガンの霊と交信しようともくろんでるのよ」

ヘイリーは苦笑した。「グランヴィルさんがあの世をさまよってるとでも思ってるわけ?」

「そうみたい」

「まあ、それもありうるかな」

「そんなことないわよ」いまごろグランヴィルは、主の腕に抱かれて眠っているはず。少なくともセオドシアはそう思っている。

「あのふたりが死んだ婚約者と交信しても、デレインは怒らないんじゃないかな」ヘイリーは言った。「むしろ、喜ぶかもよ」

「どんな形にせよ、ゴーストハンティングなんてばかげたことをすれば、デレインの気持ちをよけいに傷つけるだけだとドレイトンは思ってるみたい」セオドシアは言った。「この件には絶対に関わるなって」

「わたしがどうしたのだね?」当のドレイトンが突然、入り口に姿を現わした。

「セオドシアからゴーストハンターの話をくわしく聞いてたところ」ヘイリーは大きなボウルからマイヤーレモンを一個つかむと、果物ナイフを器用に動かして皮を薄く切りはじめた。あっという間に皮の小さな山ができた。

「まったく愚かな連中だ」ドレイトンは言った。「本物の霊と交信し、それをカメラだのテープレコーダーだので記録するとは勘違いもはなはだしい」

「使うのはデジタルレコーダーだと思うよ」ヘイリーが言った。「テープなんてとっくの昔になくなっちゃったもん。ディスコ音楽や枕ほども大きな肩パッドなんかと一緒にね」

「なにかぼそぼそ言っているようだが、なんのことかさっぱりわからんね」ドレイトンは頑固なまでにテクノロジーを拒否している。デジタルカメラは嫌いだし、携帯電話すら持っていない。

「ドレイトンはいまもレコードで音楽を聴いてるんでしょ」

「当然じゃないか」ドレイトンはわずかに眉をあげ、蝶ネクタイをいじった。「世の中には、これ以上手をくわえる必要がないものもあるのだよ」

「ヘイリー」セオドシアはゴーストハンティングの話題をさっさと終わりにしたくて口をはさんだ。「きょうのメニューを簡単に教えてもらえない?」

その言葉にヘイリーははっとなった。ランチのメニューとおいしい焼き菓子をひとつひとつあげていく瞬間がなによりも好きなのだ。

「うん、わかった。料理のメニューはキッシュ、ワイルドライスのスープ、チキンの紅茶煮、それにトマトとクリームチーズのティーサンドイッチにしたわ」

「甘いもののメニューは?」ドレイトンがうながした。

「ジンジャーのスコーンにチョコレートとミントのバークッキー」

「すばらしい」ドレイトンは軽くほほえんだ。「だったら、ポットに用意するお茶はアッサム・ティーとインドのスパイス・ティーにしよう。きょうのランチメニューにぴったりだ」

「うん、いいんじゃない？」ヘイリーが言い、ドレイトンは厨房を出ていった。

ヘイリーはおたまを手にしたところで「あ、いけない」とつぶやいた。急いでカウンターをまわりこむと、いらだった様子で「ドレイトンにリンゴのクラムケーキがあるって言うのを忘れてた」と言い、厨房のドアから飛び出して、彼の背中に声をかけた。「リンゴのクラムケーキもあるし、アンズのスコーンもまだ残ってるから」すぐに厨房に取って返し、両手を払った。「さてと、これでランチの準備はすべて完了」

「なにか手伝うことはある？」セオドシアは訊いた。ヘイリーはいわば厨房の独裁者で、材料やレシピについては秘密主義をとおし、あらゆる面を自分でコントロールしないと気がすまない。だから手伝いを頼むことはめったにない。それでも、セオドシアはいつも必ず申し出ることにしている。それが礼儀というものだからだ。

ヘイリーは木のスプーンを手にして、セオドシアに振ってみせた。

「だったらお願いする。ゴーストハンターのお誘いを前向きに検討して」

「受けたほうがいいと思うの？」

「うん」

「わたしもドレイトンと同意見で、〈レイヴンクレスト・イン〉をあらためて訪問するのは、デレインをよけいに苦しめるだけだと思うわ」

「本人に決めさせればいいじゃない」

るわよ」

「ええ」とヘイリー。「知らないみたいだから教えてあげるけど、彼女ならいま、店に来てるわよ」

「デレインに訊けってこと?」

デレインは疲れた様子だったが、落ち着いていた。窓際のテーブルにつき、チャーチ・ストリートをぼんやりとながめている。観光客を大勢のせた黄色と赤の乗り合い馬車がガタゴトと通りすぎていき、どの車も聖ピリポ教会を迂回するように走っていく。教会がチャーチ・ストリートの真ん中にでんと突き出すように建っているからで、これこそが、この通りの名前の由来になっている。

デレインの向かいにすわっているのはセオドシアの知らない女性だった。おそらく二十代後半だろうか、ずいぶんと若い。人なつこそうな表情に、スタイリッシュな銀青色の細い眼鏡、ウェーブのかかった茶色の髪がとてもすてきだ。こざっぱりしたカーキ色のビジネススーツは、ミリタリーテイストがちょっぴりプラスされたデザインだった。

セオドシアはティールームと店の奥とを隔てる灰緑色のビロードのカーテンをくぐり、テーブルのあいだを縫うようにしてデレインのもとに向かった。

「デレイン?」セオドシアの声は、まさか来ているとは思わなかったという気持ちを含んでいた。「どうしてた?」

デレインはせつなそうにほほえんだ。「なんとかやってる」

「あなたが来てるんでびっくりしたわ」セオドシアは言った。

「ほかに行くところなんかないもの」

デレインは向かいにすわっている女性を手でしめした。

「セオ、こちらはミリー。ミリー・グラントさん」

ミリーは人のよさそうな笑みをセオドシアに向けた。

「ミスタ・グランヴィルの秘書をしていました」

「まあ」セオドシアは言った。「お会いできてとてもうれしいわ。もっとも、こんな形でないほうがよかったけど」

ミリーはうなずき、にじみ出る涙を押しとどめようとした。「わたしたちみんなにとって、つらい事件でした」

セオドシアは周囲に目をやって、店のほうはドレイトンがなんとかしてくれそうだと判断し、ふたりと同じテーブルについた。

「ナディーンはどこに……まだこっちにいるんでしょう?」セオドシアはデレインに尋ねた。ナディーンは離婚してニューヨークに住んでいる。しかし、デレインもひどく驚いているのだが、ナディーンはチャールストンで過ごす時間がしだいに長くなってきていた。いずれ時期を見てデレインのところに居着き、悶着《もんちゃく》の原因を提供しつづけるのではないかと、セオドシアはにらんでいる。

「姉さんときたら、今度のことではなんの役にも立ってくれないのよ」デレインはどうでもいいわというような仕種をした。「ばかみたいにめそめそ泣いてるか、いきなりドアから飛び出していくかしてばっかり」

「もし助けが必要なら、わたしがいくらでも力になるから」セオドシアは言った。「だから遠慮せずになんでも言って」

デレインの目がふいに涙できらきら光った。

「ありがとう、セオ。実はあなたの力が必要なの。ティドウェル刑事に尋問されたり、脅しつけられたりしたせいで、あたし、すっかりまいっちゃって」

「わたしから刑事さんに話してほしいことがあるなら、そう言って」

デレインはテーブルごしに手をのばし、セオドシアの手を握った。

「セオ、あなたには話をする以上のことをしてもらいたいの。行動してほしいのよ!」

「具体的にはどんなこと?」セオドシアは訊いた。「お葬式のプランを練る手伝いが必要なのかしら、それとも……?」

デレインは驚いたように目を大きくひらき、口をぽかんとさせた。「いつものあれをやってほしいに決まってるでしょ。あちこち嗅ぎまわったり、質問したり、あれこれ推理することよ!

「いまの本気で言ってるの?」とキンキンした声でわめいた。

あたしの名誉を回復してほしいの!」

「つまり、事件を調査しろってこと?」

「そうよ! あたりまえじゃない!」デレインはすばやくあたりを見まわした。「あたし、パラレル・ワールドに入りこんじゃったのかしら？　あなたが得意なのはそれでしょうに！」

「それほどでもないわよ」

「いいえ、そうなの！　いままでにいくつも事件を解決してきたじゃない」デレインは人差し指で自分の頭を軽く叩いた。「だから、あなたの冴えた頭で今度の事件をなんとかしてほしいんだってば」

「でも、具体的に誰を調べたらいいのか、さっぱり」セオドシアは危険地帯に足を踏み出してしまったと思いながら尋ねた。

「シモーンしかいないでしょ！　ドゥーガンの不細工な元恋人の。だって、あの女はあたしを毛嫌いしてるんだもの。ううん、言い直す。あたしを目の敵にしてるのよ！」

「そんなことはないと思うけど」セオドシアは言った。

しかし、デレインの考えはちがっていた。

「シモーンがドゥーガンにドラッグをあたえたに決まってるわ。彼が何年か前、遊び半分に吸ったのを知ってるはずだもの」

セオドシアは口をはさもうとした。「でも、なぜ彼女が……？」

「きっと、ドゥーガンを落としやすい状態にして迫るつもりだったのよ。ドラッグでハイにしてから、あたしとの結婚を考え直させようという魂胆だったんだわ」

「デレイン、頭を冷やしなさいな」セオドシアは言った。「シモーンがまだドゥーガンに気があるなら、殺したりするはずないじゃない」

「セオはあたしほどあの女のことを知らないでしょ。彼女は恐ろしく冷酷で陰険なの。ドゥーガンを自分のものにできないなら、あたしのものにもできないようにしてやると思ったにちがいないわ」

屁理屈なりに筋はとおっていると、セオドシアも認めざるをえなかった。

「わかった」セオドシアは言った。「それであなたの気が済むなら、シモーンを訪ねてみる」と言ってもせいぜい二分間だけどね。シモーンを訪ねたと報告して、デレインののぞき見根性を満足させるためだけのこと。「どこに行けば会えるの？」

デレインはプラダのバッグのなかを引っかきまわし、一枚の紙きれを出した。

「はい、これ。全部書いてある。シモーンは〈アークエンジェル〉というビンテージショップを経営してるの。キング・ストリートで」

「骨董品のディーラーが集まってる地域ね」セオドシアがつぶやくと、いつの間にかドレイトンが三人のテーブルまでやってきていた。手にしたトレイにはスイート・ティーを入れたピッチャーと、霜のついた背の高いグラス三個がのっている。

「特製の蜂蜜とハイビスカスのスイート・ティーだ。エジプト産のカモミール・ティーにハイビスカスの花、ローズヒップ、それに蜂蜜をちょっぴりブレンドしてある」ドレイトンは神妙な顔つきでデレインにうなずいた。「いくらかでも気分はよくなったかね？」

「少しは」デレインは答えた。

「こちらの方ははじめてお会いしますね」ドレイトンはミリーに声をかけた。

「ドゥーガンの秘書よ」デレインが説明した。

「ミリーといいます」ミリーは軽く会釈した。

「どうぞよろしく」ドレイトンは言った。「それに、心からのお悔やみを言わせてください」

「ありがとう」ミリーが言い、ドレイトンはさがった。

セオドシアは全員のグラスにスイート・ティーを注ぎわけた。ミリーにグラスを渡すと、相手は小さく身体を震わせた。

「本物の探偵さんに会うのは生まれてはじめてです」

「いやだわ、そんなんじゃないのよ」

しかしミリーは聞き流した。「さっき、デレインからさんざん聞かされました。あなたはとても頭が切れるって。手がかりを見つけたり、真相を突きとめるのがものすごく上手なんですってね」

「運がよかっただけよ」

「とにかく、あなたが味方になってくれて本当によかった。それもあんな……」そこから先は言葉がつづかず、ミリーは悲しそうな顔でデレインを見つめた。

「どうしたの？」セオドシアは訊いた。「なにかあったの？」またティドウェル刑事かしら？

デレインは洟《はな》をすすりあげ、ティッシュを出そうとバッグに手を入れた。

「けさもまた、とてもいやなことがあって」

「なにがあったの？」セオドシアは訊いた。

ミリーはせつなそうなまなざしをセオドシアに向けた。

「デレインがグランヴィル＆グラムリー法律事務所を訪れたときのことなんですが、残念なことに事務所の対応がとても冷淡で」

「それ、本当なの？」セオドシアは言った。デレインが婚約者の勤務先である法律事務所でぞんざいな扱いを受けたですって？　亡くなった婚約者の法律事務所で？　できるかぎり思いやりのある態度で接するのが普通でしょうに。

ミリーはうなずいた。「はっきり言って、すごく感じが悪かったんです」

セオドシアはデレインを見つめた。「誰に感じ悪くされたの？」

「ほとんど全員よ」デレインは洟をすすりながら答えた。「でも、共同経営者のアラン・グラムリーが最悪だった」

「共同経営者が？」

セオドシアはまったくわけがわからなかった。なにしろグランヴィルとグラムリーと言ったら敏腕弁護士コンビであり、脅しも交渉も自由自在という、いわゆる強引でしぶといタイプとして知られている。セオドシアは以前から、ふたりとも傲慢で自由奔放という似た者同士ではないかと思っていた。だからうまくやっているのだと。

「もう、あたしショックで」デレインはまた洟をすすり、ハンカチを目に押しあてた。

「そもそもなんだって出かけていったの？」セオドシアは訊いた。

「いくつか書類をもらうためよ。あんなすさまじい抵抗に遭うなんて思ってもいなかったわ。もちろん、ミリーはべつよ。彼女がいてくれて、どれほどありがたいと思ったことか」

ミリーはテーブルごしに手をのばし、デレインの手を軽く叩いた。

「わたしはいつだってあなたの味方よ」

「ええ、わかってるわ、スイーティー」デレインは言った。「ドゥーガンによくしてくれたこと、心から感謝してる」

「うれしいわ」ミリーはいまにも泣きそうな顔になった。

デレインは目を怒らせ、手にしたスイート・ティーごしにセオドシアを見やった。

「復讐《ふくしゅう》してやる」押し殺した声を洩らした。「徹底的に。あたしの人生はもうめちゃくちゃ。欠点をすべて受け入れて愛してくれた、たったひとりの人が死んじゃったんだもの！」そう言ってスイート・ティーを一気に飲みほした。「あたしを無条件で愛してくれて、あたしが猫とおしゃべりしたって、ちっとも変だなんて思わない人だったのに」

「ええ、そういう人だったわね」セオドシアは言った。

「あなたに頼りすぎなのはわかってるんだけど、セオ、明日の午後、一緒にグランヴィル＆グラムリー法律事務所に行ってもらえないかしら？　あたしの味方として。応援してほしいの」

「どうしてまた行かなきゃいけないの？」セオドシアは訊いた。

「デレインに目をとおしてもらわないといけない書類がいろいろとあるんです」ミリーが横

から答えた。

「あなたにおまかせするわけにはいかないのかしら?」セオドシアはミリーに訊いた。「デレインにかわって処理してもらえないの?」

ミリーはふっと息を洩らした。「わたしがですか? 冗談でしょう? 一介の秘書にすぎないんですよ。弁護士助手ですらないんです。誰もわたしの言うことになんか耳を傾けてくれません」

「お願い、セオ」デレインがせがんだ。「あなたの力が必要なの」

「いいわ、一緒に行ってあげる」セオドシアは答えていた。デレインが不当な扱いを受けたと聞いては黙っていられない。無礼な態度と人の不幸につけこむ行為には本当に腹がたつ。

「実を言うとね」とデレイン。「アラン・グラムリーって人はあまり信用できない気がするの」

「グラムリーさんもまだ放心状態なんじゃないかしら。これからどうやって事務所をやっていこうか考えている最中で、不安のあまり気が変になりそうなんだと思うわ」グラムリーが本当に心ない態度を取ったのだとすれば、それなりの理由があるはずだ。

「それにチャールズ・ホートンもどうかと思うのよね」

「義理の息子さんのこと? どうして彼がうさんくさいと思うわけ?」

「結婚することを知らせたとたん、どこからともなく現われるなんて、ちょっと変だと思うでしょ。しかも、藪から棒にグランヴィル&グラムリー法律事務所で働きたいなんて言い出すし」

「でもホートンは弁護士なんでしょ。だったら、もっともなことじゃないかしら。長いあいだにいろいろあったけど、義理の父親と仕切り直しをしたかったんだと思うわ。結婚式のようなおめでたいイベントは、その絶好のチャンスだもの。だって、子どもの時分にはドゥーガンと暮らしてたんでしょ？」

「そうらしいわ。まあ、数年間だけどね」

「ホートンのお母さんはドゥーガンの二番めの奥さんだったのよね？」セオドシアは訊いた。

デレインはうなずいた。

「ドゥーガンは何回結婚したの？」

デレインは考えこんだ。「あたしが知ってるのは二回だけど、三回かもしれない」そう言うと、何度かまばたきしてから顔をあげた。「あら、ヘイリー」

ヘイリーはにっこりとほほえんだ。「焼きたてのスコーンとハニーバターでもどうかなと思って」

デレインはヘイリーが持っているトレイを関心なさそうに見やった。

「あんまりおなかがすいてないの」

「ひとくちでいいから食べてみて」セオドシアは言った。「そのスコーンはヘイリーのレシピのなかでもピカ一なんだから」

ヘイリーは全員の皿にスコーンを一個ずつのせたあとも、テーブルのそばを離れず、セオドシアに意味ありげな視線を送った。

「ありがとう、ヘイリー」セオドシアは言った。なぜヘイリーがいつまでもぐずぐずしているのか、さっぱりわからない。いつもなら穴に飛びこむ小さなネズミよろしく、一目散に厨房に引き返すくせに。

ヘイリーはわざとらしく咳払いをした。

「セオ、あの話をしなさいよ」

デレインが顔をあげ、うんざりした顔でヘイリーをにらんだ。

「いまなにか言った?」

「ご忠告をありがとう、ヘイリー」セオドシアは警告するような声で言った。

「彼女は賛成してくれると思うけどな」ヘイリーが食いさがる。

「いまはまだその時じゃないわ」セオドシアは突っぱねた。

完璧に整えたデレインの眉がゆがんだ。

「勝手に決めないでよ」いらだったように言った。「ねえ、教えて。あなたたち、なにを目配せし合ってるの? あたしになにを隠してるの?」

「ものすごく大事な情報があるの」ヘイリーが言った。

「実はね」セオドシアはしぶしぶ口をひらいた。「昼前におかしなふたり組が訪ねてきたんだけど」

「ゴーストハンターを自称する若いふたり組よ」とヘイリー。「ジェドとティムのベックマン兄弟」

「それがなんなの？」デレインが訊くと、ヘイリーはそそくさと姿を消してしまい、あとに残ったセオドシアが説明をするはめになった。

「そのふたりは、南部の幽霊に関するドキュメンタリーの撮影でここに寄ったの」ドキュメンタリーと言ったのは、リアリティーショーの何倍も響きがいいからだ。「それでね……彼らは……〈レイヴンクレスト・イン〉を探索したいんですって」

デレインの目が大きくなり、全身の筋肉が硬直したようになった。

「なんですって？」押し殺した声を洩らした。「いまなんて言ったの？」

6

あ～あ、これでデレインにくわしく話さなきゃいけなくなっちゃったじゃないのと、セオドシアは心のなかでぼやいた。

「わかったわ、デレイン、説明する。ベックマン兄弟は〈レイヴンクレスト・イン〉に幽霊が出るというあやしげな話を聞きつけたんですって」そこまで言うと、またもやお茶を一気に飲んだ。「そこでふたりは、霊的世界と接触できる可能性が高そうだと踏んだわけ。というのも……」そこで口をつぐんだ。「なんて言うか、その……」

「ドゥーガンがそこで死んだからね」デレインの声はかすれ、目が熱を帯びたように輝いていた。

セオドシアはごくりと唾をのんだ。デレインはつらい現実をあえて軽く口に出すきらいがある。「ええ、そういうこと」

「で、そのゴーストハンターくんたちは、具体的になにをしたいんですって？　霊の世界とどうやって接触するつもりでいるの？」

「三一三号室に入ろうと思ってるみたい」セオドシアはためらいがちに答えた。「赤外線フ

ィルムと磁力計を使って、接触できたかどうか確認するらしいわ」

デレインはセオドシアの顔をしげしげと見つめた。

「それだけ？」そう言いながら、なにか考え事をしているみたいにマニキュアを塗った爪でテーブルをこつこつ叩いた。「まだ話してないことがあるみたいだけど」

「それがね、わたしにも同行してほしいって言うの」

あ〜あ、とうとうしゃべっちゃった。ばかばかしい計画を全部打ち明けちゃったわ。インディー・ジョーンズと幽霊屋敷の話を。あとはデレインがもっと涙を流して、かんかんに怒ろうが、冗談にもほどがあると切り捨てようが好きにすればいい。

しかしデレインはぐっと膝を乗り出した。「とてもいいアイデアじゃないの」

「本気で言ってるの？」

セオドシアは啞然とした。もしかして、デレインは話をちゃんと聞いてなかったのかも。そうよ、そうに決まってる。いまも深い悲しみに沈んでいるから、衝撃的な内容を完全に理解できなかったのだ。

「ひとつだけお願いがあるんだけど」デレインは言葉を継いだ。「あたしも一緒に行きたいわ！」

残りのランチタイムは目がまわるほど忙しかった。セオドシアはランチプレートを次から次へと運び、ドレイトンはいくつものポットにお茶を淹れた。さらに、お客から三種類の日本茶のテイスティングをしたいという要望があがり、ドレイトンは煎茶、玉露、番茶の缶を棚からおろし、対応に追われた。

ランチタイムがじょじょにティータイムへと移り、セオドシアも少しだけ気が楽になった。店内に流れる空気はのんびりしたものになり、お客もせかせかしていなくて、手がかからなくなった。午後のティータイムに店を訪れる客は、昼のひとときを優雅に過ごしたいという人が多い。烏龍茶やラプサン・スーチョンをのんびり口に運び、スコーンとジャムを味わいたくて来るのだ。

それでも、電話はひっきりなしにかかってきて、ふと気づくと、お茶会の予約がふたつも入ったうえ、入札の結果しだいでは、チャールストン・オペラ協会のケータリング業務も受けることになりそうだった。

「もう、充分」セオドシアはドレイトンが烏龍茶を量り取っているカウンターにもたれた。「これ以上、電話には出ないわ」

当然ながら、またも電話が鳴った。

セオドシアはふうっとため息をついて、受話器を取った。

「インディゴ・ティーショップです」

「セオ?」張りのあるバリトンボイスが耳に届いた。

「マックス!」

覚えておいてほしい。この電話ならいくらだって取る。それが証拠に、すぐ目に浮かんだのは、美術館のオフィスでデスクに脚をのせてすわり、広報部長というより大学院生といった雰囲気をただよわせたマックスの姿だった。すらっとした体型に、くしゃくしゃっとした黒髪。肌は小麦色で、いつもわずかに皮肉っぽい笑みを浮かべている。大勢の寄贈者やガイドを相手にするあの仕事には、ユーモアのセンスが必要なのだとセオドシアは思っている。

「どうしてた?」マックスは訊いた。

「なんとかやってる」セオドシアとマックスはこの週末、残念な結果に終わった結婚式とグランヴィルの変死についてたっぷり話し合った。あれこれと検討を繰り返し、いくつかの仮説を打ち立てたものの、確固たる結論にはいたらなかった。今夜はマックスがディナーを食べに来る予定になっている。「今夜は来てくれるんでしょう?」

「絶対に行くとも」あの結婚式の日、マックスはほかの招待客とともに下の会場で、真っ暗ななかで待っていたのだった。

「七時頃に来てね。それなら、アール・グレイをたっぷり走らせてから、おいしい料理を用意できるわ」

「お得意のオリジナルピザでも全然かまわないんだけどな。ほら、あれだよ」

「とくにお望みの具はある?」セオドシアは変わった具の組み合わせを考えるのが大好きだ。たとえば、ゴルゴンゾーラチーズとイチジクと飴《あめ》色に炒めたタマネギ。あるいはアンズタケとブッラータチーズというのもある。

「まかせるよ」マックスは言った。

時計の針が三時を指す頃には店内の客も数人を残すのみとなり、セオドシアはオフィスに駆けこんで、〈T・バス〉製品が詰まった箱をふたつ出した。これはお茶の成分を配合したローションなどオリジナルのスキンケアブランドで、肌にやさしいだけでなく、動物実験はおこなっていないし、セオドシアが考案したとおりの配合でつくられている。ありがたいことに〈T・バス〉製品は彼女の店、オンラインショップ、それにチャールストン市内の数軒のブティックで飛ぶように売れている。いちばんの人気商品はグリーンティー・ローションだが、ホワイトティー・バスオイルとグリーンティー・フットトリートメントも負けていない。新作のジンジャーとカモミール配合のフェイシャルミストにレモンバーベナ・ハンドローションもあとにつづいている。

床にあぐらをかいてすわり、まわりにいろいろなサイズの瓶を並べて陳列棚にどう配置しようかと考えているところへ、ティドウェル刑事がのっそりと現われた。

いかにも警察官らしい頑丈な靴がゆっくりと近づき、ズボンが波打っているのが見えた。やがて刑事は足をとめ、よくとおる声で尋ねた。

「そこにいるのはあなたですかな？」

「ええ、わたし」セオドシアは元気いっぱいのホリネズミよろしく、ふたつのテーブルのあいだから顔を出した。「棚の並べ替えをしていたの」

「みごとな仕事ぶりではありませんか」刑事は言った。

セオドシアはよいしょと立ちあがって埃を払い、ティドウェル刑事をじっと見つめた。

「お茶はいかが？」

この数年ほど、たびたび店に顔を出している刑事は、セオドシアの努力の甲斐あってとうとうお茶をたしなむようになっていた。まだ通の域には達していないものの、彼には見込みがあるし、セオドシアは人並みはずれて辛抱強い。

「いただきましょう」すでに彼の巨体はぎしぎしいうキャプテンズチェアにおさまっていた。「甘いものもあればぜひ」

「残り物でよければなんとかなるわ」セオドシアはそう言うと、すでにお茶の用意にかかっているドレイトンにうなずき、厨房に飛びこんでジンジャーのスコーンとミントのクッキーを確保した。

セオドシアはお茶とスイーツを刑事の前に置いた。

「きょうのお茶は、新芽の多い雲南紅茶よ」

「なるほど」刑事はティーポットのふたを持ちあげ、香りを嗅いだ。「ほほう、ちょっと香ばしいですな。あと一分ほど蒸らしたほうがよろしいですか？」

「もう、充分出ていると思うわ」

「けっこう」刑事はティーポットを持ちあげ、金色の紅茶をティーカップに注いだ。少ししてから顔をあげた。「ところで、もう調査は始めているんでしょうな」

「そんなことするわけないじゃない」セオドシアは真剣そのものの表情を取り繕った。

しかし、刑事はだまされなかった。彼は全身が海老のゼリー寄せのようにぶるぶる揺れるほど大笑いした。

「いやいや、しないわけがない。しかも、すでに手をつけているはずです。あの気の短いミス・ディッシュのことだ。哀れな被害者を装って、どす黒い疑惑の念をぶちまけたあげく、みずからの言い分を申し立てたに決まっています。あなたの前で膝をつき、彼女があやしいとにらんだ相手が誰かは存じませんが、その人物を調べるよう泣きついたことでしょう」刑事は小指を立ててお茶をひとくち飲んだ。「ふむ、絶妙な味わいですな」

「たしかに、シモーン・アッシャーを調べてほしいとは言われたわ」セオドシアは素直に認めた。ティドウェル刑事に話してもかまわないわよね。べつに減るものじゃなし。

「〈アークエンジェル〉のシモーン。グランヴィル氏が最近までつき合っていた恋人ですな。ミス・ディッシュに乗り換えるために、お払い箱にした相手」刑事は布ナプキンをつかみ、口もとを軽くぬぐった。

「そんな言い方をされると、本当にシモーンが容疑者みたいに思えてくるじゃないの」セオドシアは刑事をぐっとにらんだが、相手がなにも答えないので、もうひと押しした。「どうなの？」

刑事は巨大な頭を横に振った。「それはないでしょう。もっとも、事情聴取にはたっぷり時間をかけましたが」

「デレインは？　彼女の事情聴取にもたっぷり時間をかけたんでしょう？　まさか、彼女が犯人だなんて本気で思っていないわよね」

「わたしの考えなどどうでもよろしい。手がかりがどこにつながり、積みあがった証拠がなにをしめすかが問題なのです」そう言うとティドウェル刑事はバターナイフを手にしてスコーンを半分に切り、バターをたっぷり塗りつけた。

「だったら、これまでのところ、手がかりはどこにつながったの？　そもそも手がかりはあるの？」

「それは部外者に洩らすわけにはいきませんので」刑事は口をもぐもぐさせながら答えた。

「わたしには教えてくれてもいいでしょ」セオドシアは言った。「だって、わたしは現場にいたんだもの。重要な証人なのよ」

刑事は高笑いした。「たまたま運悪く居合わせただけでしょうに」彼はそこでまたひとくち食べた。

「もう大勢の招待客からは話を聞いたんでしょう？」

刑事はどっちともつかない声を洩らした。

「ドゥーガンの共同経営者はどうなの？」刑事の左目がほんのわずかぴくりと動いたのを見て、セオドシアは金鉱を掘り当てたと思った。「なるほど、彼に目をつけているのね。共同経営者の……」どうしたわけか、肝心の名前が出てこなかった。

「グラムリーですな」刑事が助け船を出した。「アラン・グラムリー」

「そうそう。でも、なぜその人が捜査線上に浮かんだのか知りたいわ。グランヴィル＆グラムリー法律事務所はものすごく羽振りがいいと思ってたんだもの。共同経営者のふたりの息はぴったり合ってるものとばかり。それを裏づける話がいろいろ聞こえてきていたし」

「たしかに一見したところ、まさに一枚岩といった感じではありました。しかし、職員から個々に話を聞いたところ、どうやら……なんと言いますか、不穏の種と言うべきものがあったようです」

「不穏というと？」セオドシアは訊いた。デレインが素っ気ない対応をされたのも、事務所内に流れる不穏な空気のせいだったのだろうか。

「それについてはお話しできかねます」刑事は言った。

「ドゥーガンの義理の息子、チャールズ・ホートンについても慎重に調べているんでしょう？」

刑事はうなずいた。「ええ」

「感触は？」

「ホートン氏は愛想のいい人物のようですな。とくに不審な点は見つかっておりません。犯罪を疑わせるようなものはなにも」

セオドシアはいらいらしはじめていた。「ドゥーガンの隣の部屋にいたのは誰だったのか、突きとめた？　謎のミスタ・チェイピンのことよ」

刑事は一瞬、口ごもった。「いいえ」

「なくなったペーパーウェイトの行方は？」

「いまのところはなんとも」

セオドシアは額にしわを寄せた。

「どうかしましたか？」刑事は訊いた。

「興味深いとは思わない？」

「なにが興味深いんです？」

「犯人は凶器を持っていなかったのよ。銃も、ナイフも、ロープも。現場にあったものを使っている」

「つまり、殺人は計画的なものではなかったとおっしゃりたいのですな」

セオドシアは首をかしげて考えこんだ。「そうね。つまり、犯人には殺すつもりはなかったんだわ。かっとなって衝動的にやってしまったのよ」

「それはおおいにありえますな」

「とすると、結婚式の招待客ということになるわね。部外者が人知れず侵入したのでないかぎり」

ティドウェル刑事はほくそえんだ。「やっぱり、調査しているじゃないですか」

セオドシアは爆発する寸前だった。

「だって、誰かがやるしかないでしょ！」

「あたし、もう帰るね！」ヘイリーがちょっとあせった様子で、ビロードのカーテンから顔を出した。Tシャツにジーンズ姿で、肩にカラフルなラフィアバッグをかけている。

「ドレイトンはもう帰った？」セオドシアはティーポットをすすぎながら訊いた。時刻は四時半をまわり、お客はとっくの昔にいなくなっていた。

「今夜、ヘリテッジ協会でおこなう講演の準備があるからね。カロライナ沿岸の難破船の話だって。あれ、灯台の構造についてだったかな」

「ちょっぴりアカデミックなテーマならドレイトンにおまかせよね」セオドシアは言った。

「そうそう、われらがドレイトンはすっごい博識だもん」とヘイリー。

「ところで、あなたも授業があるんでしょ」

「夜間講座がひとコマね」

「今度はなにを受講しているの？」セオドシアは訊いた。ヘイリーはビジネス、英語、マーケティング、美術史などいろいろと手を出している。講座をすべて受け終える頃には、単位数は修士号ふたつと博士号ひとつ分に達するにちがいない。

「マスコミュニケーション学」ヘイリーは答えた。「でも、単におもしろいから取ってるの」

「じゃあ、楽しんできて」

ヘイリーを見送ると、セオドシアは入り口近くのカウンターをざっと確認し、なぜかふたがないディンブラの缶を取りあげた。こういうことをしちゃだめじゃないの、とセオドシアは心のなかでつぶやいた。熱、湿気、それに光はお茶にとって大敵で、しかもチャールストンという土地柄、その三つは常にふんだんにある。

「あった」ふたは山と積まれた藍色のテイクアウト用紙袋のうしろで見つかった。銀色のふたを拾いあげて缶にはめたとき、入り口のドアを強く叩く音がした。

「札が読めないのかしら。きょうの営業は終了したのがわからないの？」

しかしドアを叩く音はやまず、しかもしだいに大きく、いらいらしたものになった。

セオドシアは入り口のドアに歩み寄って、カーテンをわきに寄せ、いくらか申し訳なさそうに〝もう閉店です〟と身振りで伝えようとした。しかし、立っているのがチャールズ・ホートンだとわかると、掛け金をはずし、ドアをあけた。

「チャールズ」いったいなにをしに来たんだろうと、いぶかりながら声をかけた。

「もう帰ったかとひやひやしましたよ！」ホートンの大きくて耳障りな声は音量がありすぎるうえ、熱意がこもりすぎて、人けのない店内によく響いた。

「いま帰ろうとしてたところなの」セオドシアは言った。

ホートンは無遠慮に一歩なかに入った。「だったら、あまり時間を取らせないと約束します」

「わかったわ」セオドシアはあまり気が進まなかったが、失礼のないようにしないといけない。デレインのためを思えば。

「デレインとは親友だそうですね」ホートンは切り出した。

セオドシアはそれとわからぬほどにうなずいた。「ええ、友だち同士よ」

「それを見込んで打ち明けるんですが、デレインとぼくは出だしでつまずいてしまったみたいなんですよ」

「まあ、そうなの」セオドシアはわずかに驚いてみせようとした。たしかに、ふたりは出だしでつまずいた。ホートンは結婚式の数週間前にひょっこり現われたかと思うと、義理の父親の人生にちゃっかり入りこんでしまった。おまけに同じ法律事務所に職を得た。そのせいでデレインはいくらか不安をおぼえ、不審の念まで抱く結果となった。それも無理はない。

「デレインの目には最初、ぼくは義理の父の愛情をめぐるライバルと映ったらしくて」

「それはどうかしら」

「そして今度は、ぼくが父の死に関与してると疑っているようなんです」ホートンは早口で一気に言った。

セオドシアはどう答えていいかわからなかった。どう反応すればいいかも。

ホートンは胸に手を置き、激しい苦悶の表情を浮かべた。

「このぼくがですよ。ぼくだって、ほかの人と同じように、今度のむごたらしい殺人事件には身のすくむ思いがしているのに」

「デレインはそうとう神経をすり減らしていると思うの」セオドシアは言った。「きっと、時がたてば、やがて……」

「そこであなたに折り入ってお願いがあります」ホートンは意を決したように告げた。「あなたをよく知らないのに、ぶしつけなお願いなのは承知のうえなんですが」

「いったいなんの話？」

「ぼくにかわって守ってもらえませんか」ホートンは言った。

セオドシアは感情を押し殺したまなざしを向けた。「守るって、いったい……」

「いまのデレインは、まともにものが考えられなくなってるんです」ホートンは表情をゆがめた。「怒りと苦しみと恐怖がないまぜになっている状態なんですよ。心の支えという意味では、お姉さんはほとんど役にたってないみたいで……」

「言いたいことはわかった」セオドシアは話をさえぎった。「つまり、あなたとしてはデレインのそばにいてやりたいわけね。言うなれば、愚痴を聞いてあげる存在になりたいと」

「そうなんです!」

「でも、あなたたちふたりはしっくりいっていない」

「要するに、ぼくらは家族も同然じゃないですか。結婚式がおこなわれていれば、そうなっていたはずなんだから」ホートンは片手をあげた。「とにかく、デレインと話をしてほしいんです。彼女もあなたの話にならば耳を傾けるはずだし、あなたをおおいに買っているんだし。あなたの口から、ぼくはまともな男だと伝えてほしいんです。できるかぎり力になりたいと思っていると」

「わかった。話してみる」セオドシアは言った。「でも、彼女が納得するかどうかはわからない。だって、わたしだって完全には納得していないんだもの」

ホートンはぱっと顔を輝かせた。「ありがたい。本当にいい人ですね」彼は両腕を大きく広げ、セオドシアをぎこちなく抱き寄せた。頰に軽くキスをしようとしたが、セオドシアが横を向いたため、耳にキスする結果となった。

「必ずデレインに話すわ」セオドシアはそう言うと、身をくねらせるようにしてホートンの腕を逃れた。「今度会ったら」

7

セオドシアとアール・グレイは波打つ大西洋をながめながら、割れた牡蠣《かき》の殻《から》が点々とする小さなビーチをジョギングし、つづいて短い通路を全力で駆けあがってホワイト・ポイント庭園に足を踏み入れた。

ここはチャールストンのバッテリー地区の先端にあたる。荒くれ者の海賊が絞首刑に処され、独立戦争のさなかにはイギリス軍が市街地に向けて大砲を撃ちこみ、南北戦争期の大砲がいまも歩哨《ほしょう》のように置かれている場所。公園のすぐそばには風情ある屋敷がずらりと並んでいる。意匠をこらしたヴィクトリア朝様式の住宅がフェデラル様式、イタリア様式、ゴシック復古様式、ジョージ王朝様式の家々と肩をくっつけ合っている。かつてはチャールズ・タウンと呼ばれたこの風光明媚な街にあまたある建物と同様、これらの家々の壁はアラバスターホワイト、ペールピンク、パステルブルー、ソフトグレーといった淡い色で塗られている。

芝生を駆けていくセオドシアと愛犬を、大西洋から吹きつける風が、マイナスイオンをかき立て、潮のにおいを含みながらそっとなでていく。

「満足した？」足取りも軽くイーストベイ・ストリートを渡り、玉石敷きの細い路地に向かいながら、セオドシアはアール・グレイに訊いた。「炭水化物を燃焼できた？」

　アール・グレイは顔をあげ、セオドシアのわきを気持ちよさそうに歩いている。彼はダルメシアンとラブラドールのミックスのダルブラドール犬だ。子犬だった時分、道に迷って、雨宿りしようとインディゴ・ティーショップの裏の路地の段ボール箱にうずくまっているところを、セオドシアが見つけたのだった。なかに入れて温めてやり、食べ物をあたえるうち、セオドシアはすっかりとりこになっていた。ちょっぴりまだらのある毛にちなんでアール・グレイと名づけられたこの犬は、以来、片時も離れることのない大事な仲間となった。一緒にセラピー犬の訓練を始めたのは、軽い気持ちからだった。けれども、ふたりはすぐに真剣に取り組むようになった。いまでは、病院や老人ホームを訪問しては、過酷な状況に直面することもめずらしくない人々を笑顔にしている。

　セオドシアは裏門を大きくあけ、狭い裏庭を突っ切った。先月、またいくらか植物を植えたおかげで、以前はみすぼらしかった庭もいくらか緑豊かで美しくなってきている。小さな池をのぞいたところ、透きとおった水のなかを五、六匹の金魚が泳ぎまわっていた。まだ元気にしている。去年は、近所のアライグマに池を〝スシ・バー〟にされて、さんざんな目に遭った。今年の金魚はいまのところ無事だ。よかった。小さな生き物がむざむざと食べられるなんて、考えただけでも虫酸《むしず》が走る。

　セオドシアとアール・グレイは裏口をくぐり、まっしぐらにキッチンを通り抜けた。この家に住みはじめてそろそろ半年になるが、趣味の悪いキッチンの食器棚はまだ手つかずだ。けれども、ほかの部屋はその欠点を補ってあまりあるすばらしさだった。

リビングルームに入ると、膝をついて小さく火をおこした。昼のあいだは暖かくて気持ちよかったが、夜になって少し冷えてきていた。マッチで焚きつけに火をつけながら、あらたな嵐雲が大西洋上にひそんでいませんようにと願った。デレインの結婚式だった土曜日に吹き荒れた嵐だけで充分だ。家の前の通りのパルメットヤシのなかには、いまだ葉がおちょこになったままのものも見受けられる。

赤と青の炎がパチパチと音をたて、面取りしたイトスギの壁に揺らめきはじめると、リビングルームはあっという間にぽかぽかになった。

本当にいい家だわ、とセオドシアはひとりつぶやいた。ここを買ったのは正解だった。たしかに支払いは大変だが、やりくりして節約するだけの価値はある。ヘイゼルハーストという趣ある名前の理想的なこの家を、セオドシアはおおいに自慢に思っていた。

なにしろ本当にすてきなのだ。かわいらしくて、ちょっぴり風変わりな外観は典型的なチューダー様式のもので、つくりは左右非対称、藁葺《わらぶ》き屋根を模《も》したシーダーの瓦を使っている。正面にはアーチ形のドア、十字に交差した切妻屋根、それに小さな塔が配されている。壁には青々としたツタが蔓を這わせている。

小さな玄関は煉瓦の床、ハンターグリーンの壁、それにアンティークの真鍮《しんちゆう》の燭台《しよくだい》が目を惹く。リビングルームの天井は梁《はり》が剝《む》き出しで、木の床は磨《みが》きあげられてぴかぴかだ。チンツとダマスクをあしらった家具、青と金色のオービュッソン絨毯、アンティークのハイボーイ型チェスト、それに趣味のいい油彩画がアクセントを添えている。

薪が大きな音をたててはぜ、アール・グレイがセオドシアを見あげた。

「そうね。いいかげん動かなきゃ。ざっとシャワーを浴びて、夕食の準備をしないといけないわ」

アール・グレイはまだ、澄んだ茶色の目で彼女を見つめている。

セオドシアは手をのばし、つややかな頭をなでてやった。

「そうよ、彼が今夜、訪ねてくるの。でも、独り占めしないでちょうだいよ、いい？　たまにはわたしにも相手をさせてね」

アール・グレイはうれしそうに尻尾で床を叩いた。けれど、なんの約束もしてくれなかった。

二十分後、うなじにかかる毛先はまだ少し湿っていたが、セオドシアはキッチンで海老の殻を剝き、背わたを取っていた。CDプレーヤーからアデルの「ローリング・イン・ザ・ディープ」のメロディが流れ、アール・グレイは隅っこにある犬用ベッドでくつろぎながら、きらきらとした目でセオドシアの動きのひとつひとつを追っていた。

セオドシアはまず、ヘイリーが注文してくれたキング・アーサー社の小麦粉でピザの生地をこしらえた。次に大きなエアルームトマトを薄切りにし、みずみずしい真っ赤なスライスを二枚の皿に並べ、生のバジルを添えた。あとは出す直前に、オリーブオイルとバルサミコ酢を混ぜたものを上から振りかければいい。

ピザのトッピングの準備は簡単だった。十尾ほどの海老をゆで、黒オリーブと紫タマネギをスライスし、パルメザンチーズをたっぷりとすりおろした。のばしたピザ生地にバジルソースを広げ、そこにトッピングをのせていった。

そこまで終えたところでルビコン・エステートのカベルネ・ソーヴィニヨンを手に取り、コルクを抜いた。

さて、あとはなにをすればいいかしら？　そうそう、テーブルをセットしなくちゃ。

セオドシアはキッチンのテーブルに布のランチョンマットを敷き、ナイフ、フォーク、それに皿を並べた。それから錬鉄の燭台をふたつ置き、そこに白いスパイラルキャンドルを立てた。

キッチンが蒸気でくもり、バジルと海老とタマネギのいい香りに満たされた頃、マックスが裏口をノックした。いつもながら、絶妙のタイミングだ。

彼に会えて喜んでいるのは自分とアール・グレイのどっちか、わからない状態だった。愛犬は、爪をカスタネットのようにカタカタ鳴らしながら、キッチンのなかを跳んだりはねたりと大はしゃぎした。でも、もちろん、ぎゅっと抱きしめられて、長い長いキスをしてもらったのは、セオドシアのほうだ。

とりあえず呼吸がおさまると、セオドシアはディナーの仕度に戻った。ワインを注ぎ、トマトにドレッシングをかけ、ピザの焼け具合を確認した。

「きみは魔法のようにいろいろつくれてすごいな」マックスがカウンターにもたれ、ワインをちびちび飲みながら言った。今夜はいつになく髪が乱れていて、顔には満足そうな笑みを浮かべている。

「料理のこと？」セオドシアは手をひらひらさせた。「こんなのたいしたことないわ。ものすごく簡単だもの」

「そんなことないって。やることなすこと、錬金術を見る思いがするよ。海老やら豚肉やらを下ごしらえしたところへ、新鮮な野菜と絶品もののソースを混ぜたら、ああら不思議、目の前に突然、ディナーが現われるんだからさ。それも単なるディナーじゃない、創造性あふれる新メニューなんだ」

「言っておくけど、今夜はごくごく普通のピザなのよ。あなたからのリクエストでね」

「でも、すごいじゃないか。一から全部つくるなんて」

「食品化学と料理はすべてヘイリーに教わったの」セオドシアは言った。事実、そうだった。ヘイリーは味覚には甘味、苦味、酸味、塩味、そしてうま味の五つの基本味があると教えてくれた。また、お菓子づくりは一般的に正確な計量が求められるが、料理はもっと自由度が高いということも。

「それは信じがたいな」マックスは言った。「ぼくにはきみが、すばらしい料理に対する情熱とコツを生まれながらにして持っているとしか思えない。そうだな、二歳かそこらのときにはままごとのお皿をひと揃いとおもちゃのコンロを持ってたんじゃないかな」

「ねえ」セオドシアはオーブンのなかをのぞきこみながら言った。「それこそわたしがいま、いちばん必要としてるものなの。お世辞とお褒めの言葉がね。だって、デレインのことを忘れさせてくれるんだもの」

「彼女のことが頭に出没《ホーンティング》するのかい？」

「しょっちゅうね」セオドシアはマックスが使った言葉がおかしくて、思わず含み笑いをした。最近はやけに幽霊が出る《ホーンティング》話を耳にする。オーブンの扉をあけ、なかをのぞいた。「うん、ピザはあと二分ほどで焼きあがるわ」

「デレインはきょう、立ち寄ったんだろう？　ティーショップに」

「ミリー・グラントというとてもすてきな女の人と一緒にね。ドゥーガンの秘書だった人よ」

「でも、デレインはきみにあれこれ言ってきたんだろう？」

「そうなの。いろいろと調べてほしいんですって……わかってると思うけど」

「で、きみは決めかねているわけだ」

セオドシアは肩をすくめた。「まあね」

「彼女にコカインのことは訊いてみた？」

「生まれてこの方、一度もやったことはないそうよ」

「彼女は本当のことを言ってると思う？」

わ」

「ええ。デレインがコカインをやるなんて、F1カーで時速三百マイルを出すようなものだわ」

「グランヴィルはどうだろう？」

「以前にやったことはあるかもしれないという話だった。でも、いまはちがうって」

「どう考えても彼女はだまされているよ」マックスはワインに口をつけた。「コカインとは要するに、おまえは金を持ちすぎているという神様なりの戒めなんだからさ」

「もう、ばかなこと言って」

マックスはグラスをカウンターに置き、両腕を大きく広げた。それを合図にセオドシアは鍋つかみを投げ捨て、自分から二度めのキスとハグを求めた。

「今度のことでは、あなたがいてくれて本当によかった」それは本心だった。この週末、マックスはセオドシアをなにくれとなく気遣ってくれた。ゆうべなど、寄贈者宅のディナーに向かう途中に立ち寄り、やさしい言葉をかけて、キスしてくれたのだ。

「オーブンのなかでピザが燃えあがったりしないよね？」マックスは突然、夕食の心配をしはじめた。

大丈夫、とセオドシアは心のなかで答えた。でも、わたしは燃えあがっちゃうかもよ。

セオドシアは、マックスにピザのおかわりを出し、ワインをグラスの半分まで注いでから言った。「あなたは幽霊を信じる？」

マックスはキツネ色に焼けた生地のかけらをアール・グレイにあたえているところだった。セオドシアの質問を耳にすると、手をとめ、少し困惑したような表情を浮かべた。「いまのは一般論としての質問？　それとも、屋根裏部屋で鎖ががちゃがちゃいう音が聞こえたのかい？」

「うちに屋根裏部屋はないわ」セオドシアは言った。「天井裏の狭い空間があるだけ。で、幽霊は空想上の存在なのか、それとも実在する可能性があるのかわからなくて、あなたの意見が聞きたいの」

「おっと」とマックス。「霊の存在をめぐる議論に発展しそうな感じだな」

「笑いごとじゃないのよ。本当にあなたの意見を聞きたいんだから」

マックスは目を細くし、テーブルごしにセオドシアを見つめた。「なんとなくミスタ・グランヴィルの死に関係してる気がするのはどうしてだろうね」

「実際に関係しているからよ」

「だったら、事情を教えてもらいたいな。きみの質問に答えられるよう、もう少しくわしく話してほしい」

そこでセオドシアは、〈レイヴンクレスト・イン〉には幽霊が出るという噂があると、ビル・グラスがいつになく真顔で話してくれたことを説明した。それから、けさはアマチュアのゴーストハンターふたりが、なぜか突然、ティーショップに駆けこんできたことも話した。

「ゴーストハンターねえ」マックスは信じられないという顔をした。

「ええ、でもかなりちゃんとしていたわよ」セオドシアは言った。「ベックマン兄弟はリアリティーショーを制作しているんだもの。たしか、『南部の幽霊』とかいう番組だったわ」

「それはわかるよ。だから、おふざけじゃないのはたしかだ。で、そのふたり組はきみをどんなことに……引っ張りこもうっていうんだ？　インタビューでもしたいのかな？」

「実を言うと、それよりもう少し踏みこんだ内容なの。ベックマン兄弟がもくろんでるのは、ラトリング夫妻から〈レイヴンクレスト・イン〉に入る許可を取って、それから――」

「それから？」マックスは彼女の言葉をさえぎった。顔がくもっている。もうピザを口に運ぶ気持ちは失せたようだ。

「赤外線ビデオカメラを使うつもりみたい」セオドシアは言った。「なんらかの映像、あるいは音を記録するために」

「ははあん。降霊の集いでもやるつもりなんだろう？　それともウィジャボードで交信するのかな？」

「そんなオカルトめいたものじゃないの。ふたりの説明を聞くかぎり、もっと科学的な感じだった」

「なるほど。じゃあ、はた迷惑なベックマン兄弟はほかになにをもくろんでるんだい？」マックスは、セオドシアが話していないことがほかにもあると感じ取っていた。

「わたしに同行してほしいんですって」セオドシアは言った。あ～あ、白状しちゃったわ。マックスが椅子の背にもたれて、思うぞんぶん高笑いするのが目に浮かぶ。

しかし、彼はそんなことはしなかった。むずかしい表情を崩さなかった。

「もう一度説明してくれないか。どうしてきみが同行を求められたんだい?」

セオドシアは大きく息を吸いこんだ。ここは慎重にも慎重を要する。もっともらしく聞こえるよう説明しなくてはいけない。

「ドゥーガンが亡くなったとき、いちばん近くにいたのがわたしだからよ。ゴーストハンターたちの説明によれば、彼の霊が肉体を離れたとき、わたしがいちばん近いところにいたんですって」

「そうだろうとも」マックスはさらりと言った。「いまの話ではっきりしたよ」彼は頭を片側にかしげ、深刻な顔つきになった。「実際には、グランヴィルが死んだときにもっとも近くにいたのは、彼を殺害した犯人だ」

「そう言われてみればそうね」セオドシアは言った。「そんなふうには考えなかった」

「うん、ちゃんと考えたほうがいい。この件はいいかげんな気持ちで首を突っこんでいいものじゃないんだから。殺人事件の捜査に土足で踏みこむことになりかねない」

「でも、犯人を捕まえようってわけじゃないのよ。まあ、ちょっとしたお遊びというだけのこと」

「でも、犯人がまだ近くをうろうろしていたらどうする? 現場の客室に、犯人がねらっているものが残っていたらどうするんだ?」マックスは思いつめたような顔でセオドシアを見つめた。「捜査に影響をあたえるようなものに出くわすかもしれないじゃないか」

「そうね」セオドシアはゆっくりと言った。「それも一理あるわ」

するとと、嵐がぱたりとおさまるように、マックスの渋面がたちまち笑顔になった。

「セオ、ぼくをからかってるんじゃないだろうね。本気でゴーストハンティングにつき合うつもりなのかい？　そんなの、子どもがサマーキャンプでやる遊びじゃないか。ルームメイトをだまして誘い出したうえで、肝試しを仕掛けたりするだろ」そう言いながら、さもおかしそうに笑っている。「シーツを頭からすっぽりかぶって、仲間が腰を抜かすほどびびらせたりしてさ」

「そんなふうに言われると……たしかにちょっとばかばかしい感じがしてきたわ」

「だって、実際、ばかばかしいからさ」とマックス。

「そうは言うけど、チャールストンはアメリカでも幽霊がよく出る街ということになってるのよ。ニューオーリンズと並んでね」

「勘弁してくれよ。まさか幽霊だとか魔女だとか化けて出るなんてのを、本気で信じてるわけじゃないよね？」

セオドシアは思わず考えこんだ。彼女が生まれ育ったここ低地地方《ロー・カントリー》には、首なし騎士、海賊の幽霊、死んだ南軍の兵士にまつわる物語が身近な伝説として生きている。子どもたちは、夜中に外を出歩くなら、鬼婆に気をつけろと釘を刺されるような土地だ。

「あのね」とようやく意を決して口をひらいた。「わたしだって、心から信じてるわけじゃないの」

8

ようやくチャールストンに訪れた暖かな気候とたっぷりの陽射しを満喫しながら、セオドシアはキング・ストリートをのんびりと歩いていた。長細くて白い鎧戸がついた赤煉瓦の高い建物に陽光があたってセオドシアに跳ね返り、ぽかぽかといい気分だ。ヤシの葉が海風になびき、青々と茂った頭がちょこんとおじぎをする。

セオドシアはゴールド・ナゲット骨董店の前で携帯電話を出し、インディゴ・ティーショップにかけた。ドレイトンが最初の呼び出し音で受話器を取った。

「どこにいる?」彼はぶっきらぼうに尋ねた。朝の準備をするときにセオドシアが店にいないのは、そうそうあることではない。

「キング・ストリートで日光浴をしているところ」

「なぜ、ここでヘイリーとわたしと一緒にせっせと働いていないのだね?」

「デレインからシモーン・アッシャーと少し話をしてほしいと頼まれたの。ドゥーガンの恋人だった人よ。彼女のお店がこのあたりにあるの」

「デレインは、冷酷なシモーンがドゥーガン・グランヴィルを殺した犯人とにらんでいるわけか」

「そうみたい」

「結婚式の当日にシモーンを見かけたが、彼女はグランヴィルなどより、《シューティング・スター》にのせる写真を撮ってもらうほうに関心があったようだったがな。だから、彼女はほぼまちがいなく無関係だろう。デレインの奇妙な妄想と復讐への思いとが合体したにすぎんよ」

「おそらく、そうだと思う。あなたの分析は心理学の基本中の基本だけど、わたしとしてはデレインのわがままにつき合うしかないのよ」

「その元恋人はアンティークショップを経営していると言ったね？」ドレイトンは訊いた。

「ビンテージショップよ」

「とにかく、ロイヤルガーデンのアマリ柄のティーポットを見つけたら、ぜひ買ってきてくれたまえ。いま手もとにあるのは注ぎ口が欠けてしまったのでね」

「しっかり見てくるわ」セオドシアは約束した。

〈アークエンジェル〉は魅力たっぷりのすてきな店だった。店全体が宝石箱のようで、壁は白塗り、つやつやの木の床にはオリエンタル・カーペット、頭上ではクリスタルのシャンデリアがきらめいていた。壁にはビンテージ物のショールや扇子が飾られ、ビンテージのガウンやドレスがぎゅうぎゅうに詰まったラックが置かれている。幅の細いスポットライトで照らされた小さなガラスケースは、アンティークのカメオ、ベークライトのブレスレット、三〇年代から四〇年代のものとおぼしきゴールドのコンパクトケース、上品な指輪、ネジ式の留め具がついたイヤリングなどのお宝であふれていた。しかも、本物のヴェルドゥーラのカフブレスレットと思われるものまで置いてあった。

「いらっしゃいませ」シモーン・アッシャーが小さな丸テーブルから顔をあげた。スキャパレリのショッキングピンクの靴、ラインストーンをちりばめた黒いシルクのイブニングバッグ、手袋、〈マイ・シン〉の香水、それにパールのネックレスをディスプレイ用に並べているところだった。

「とても豪華なパールね」セオドシアは言った。色はきれいなピスタチオグリーンで、目をみはるほどのつやがある。

「タヒチ産なの。養殖でなく天然物よ」シモーンはチョーカーの長さのネックレスを手に取り、悩みの数珠（気持ちを落ち着かせたいときにさわる数珠）のように揉んだ。「一九二〇年代のもので、当時はパールが洗練されたアクセサリーとされていたの」彼女は無理にほほえんだ。「セオドシアさんでしょう？　デレインのお友だちの」そう言って背筋をのばし、着ている白いワンピースをなでつけた。

「ええ」セオドシアはこれまで普段のシモーンをじっくりながめたことがなかったので、このときは時間をかけて観察した。店やレストランをあわただしく駆けめぐる姿をそこかしこで見かけたことはある。先週の土曜日には〈レイヴンクレスト・イン〉でも会っている。けれども、会話らしい会話をしたことはなかった。こうして見ると、シモーンはデレインが日頃、目の敵にしているものをすべて兼ね備えていた。長身でスリムで脚が長く、髪はとても明るいブロンドだった。歳は三十代後半と思われるが、数歳サバを読んでも通用しそうだ。その洗練された風情は、カメラの前に立つ仕事に終止符を打ち、美貌とファッションに関する知識を生かせるべつの職業にすんなり転身した元ファッションモデルそのものだ。要するに、シモーンは大半の女性が渇望する魅力的な資質をそなえていた。

「ビンテージ物がお好きなの？」シモーンが訊いた。ものうい感じのしゃべり方といい、やわらかで耳に心地よい南部なまりといい、なまめかしい物腰にぴったりマッチしている。

「ええ」セオドシアは言い、マネキンがまとっているくるぶし丈の黒いタフタのドレスを指差した。「ああいうゴージャスなドレスとなればなおさらね」

シモーンはそうだと言うようにほほえんだ。「すてきでしょう？　クリスチャン・ディオールの一九五一年のものなの。〝ニュー・ルック〟と呼ばれたスタイルよ」

「それに、ウィンドウに飾ってあるスカートもいいわ。くるぶし丈の淡いグリーンのがあるでしょ？」

「あれはピエール・バルマン。しかも、かなりめずらしい一品なの」

「すてきだわ」

セオドシアはため息交じりに言った。その言葉に嘘はなかった。ファッションで大事なのはそこだ。ビンテージだろうと最新のスタイルだろうと関係ない。すぐれたデザインとしっかりした縫製があれば、それでいい。あのバルマンのマキシスカートにシルクのタンクトップを合わせれば、オペラに出かけても充分に映える。まあ、映えるは言いすぎかもしれないけど、とてもすてきに見えるのはまちがいない。

「比較的最近の品もあるわ」シモーンは狭い店内に詰めこまれた服のラックをしめした。「七〇年代初期のイヴ・サン＝ローランが数点あるけど、どれもびっくりするほど状態がいいの。それに八〇年代なかばのクロード・モンタナとヴェルサーチもいくらかあるわ」そこで彼女はブロンドの髪を顔から払い、やわらかな南部風のしゃべり方で言った。「あ、わかった。デレインはわたしがドゥーガンを殺したと思ってるんでしょう」

セオドシアはこんな単刀直入に言われるとは予期していなかった。

急に落ち着かない気分になったセオドシアを、シモーンはしばらくおもしろそうにながめ、やがてふたたび口をひらいた。

「時間を無駄にするのはやめましょうよ。すでにふたりの刑事さんからべつべつにたっぷりと事情聴取されたわ。なにしろわたしはあの場にいたんだもの。結婚式の会場に」シモーンは作り笑いを浮かべた。「招待客のひとりとして、なんともしゃれた〈レイヴンクレスト・イン〉にいたのはまぎれもない事実よ。でも、奥の階段をこっそりのぼってドゥーガンを殺したかと訊かれても、とんでもないと答えるしかないわ」

「彼が殺されたのは知ってるのね」

「頭を殴られたのが致命傷だと聞いたけど」

「それについてはどう思う?」セオドシアは訊いた。

「悲しかった。胸を締めつけられる思いがしているわ、もちろん」しかしシモーンは悲しそうにも、胸を締めつけられているようにも見えなかった。どう見てもセオドシアとの会話にうんざりしている様子だった。

セオドシアは礼儀をわきに置いて、少し強気に出ることにした。

「ドゥーガンとつき合っていたとき、ふたりでずいぶんコークをやったんじゃない?」

「コークって? まさかコカインのこと?」シモーンの美しい顔が、あきれてものも言えないという表情に変わった。「まさか、冗談じゃない。そんなことは絶対にしてないわ。ドラッグはいっさいやらないの。アスピリンを飲むのだって好きじゃないくらい」そう言うと、スズメバチの大群に急襲されたかのように、頭を振った。「なぜそんなことを訊くの?」

「べつに気を悪くさせるつもりはないの」セオドシアは店内をきょろきょろ見まわしながら言った。「嘘じゃないわ、とくに意味があるわけじゃないのよ」

「そう願いたいわね」シモーンは不機嫌に言った。「だって、誤解されるようなことなんか――」

「あれはなに?」セオドシアはシモーンの言葉をさえぎって尋ねた。色とりどりの服がかかるラックのうしろに小さな柳細工の台があり、セオドシアはそれを指差した。

「エミリオ・プッチのビンテージ・ドレスでしょ」

「ううん、そのうしろ」セオドシアの目の錯覚でなければ、あそこにはガラスのペーパーウエイトが、数は少ないながらも並んでいる。

シモーンは一歩前に進んだ。「ああ、ビンテージのオペラグラスに、ペーパーウェイトだわ」

「ペーパーウェイト」セオドシアは繰り返した。

「ええ、そう」シモーンは言った。「興味深いことに、あれは〈レイヴンクレスト・イン〉の持ち主に売った残りなの」

セオドシアは啞然とした。「あのね、シモーン、ドゥーガンはガラスのペーパーウェイトで頭を殴られたと考えられるの」

シモーンは両手を振りあげた。「ちょっとなにを言い出すのよ。今度は本当にわたしを人殺しだと非難する気？」

「自分で勝手に言ってるんじゃないの。わたしはなにも言ってないわ」

シモーンの顔がロブスターのように真っ赤になり、目は能面のそれのように細くなった。両手をぎゅっと握りしめ、ふたりの距離が数インチになるまで顔を近づけてきたものだから、セオドシアは落ち着かなくなった。

セオドシアはヒステリックな口調にならないよう気をつけながら言った。

「それに、へたな駆け引きはやめてほしいわ」

シモーンは一歩うしろにさがった。

「お帰りいただいたほうがよさそうね」

なによ、まったく、とセオドシアは逃げるように出口に向かいながら、ひとりぶつぶつ言った。なんてひどい癇癪《かんしゃく》持ちなの。

インディゴ・ティーショップの裏の細い煉瓦道にジープをとめ、大急ぎで裏口からオフィスに入り、いつもいつも散らかっているデスクにバッグを置いた。ティールームに飛びこむと、ほぼ満席だった。ドレイトンはいつになくいらいらしているようだったが、セオドシアの姿を認めたとたん、見るからにほっとした顔になった。

「やっと来てくれたか。助かったよ」

「遅くなってごめんなさい」セオドシアは黒くて丈の長いパリのウェイター風エプロンを頭からかぶり、うしろでひもをしばった。「きょうはこんな時間から忙しいのね」

「陽射しと暖かな陽気のおかげで、みな元気いっぱいのようだ。観光客、近隣の人、それにティークラブの面々がすわる場所を求めて、やいのやいのうるさくてね。歩道に錬鉄のテーブルと椅子も出さなくてはいけないようだ」

「まあ、忙しいのはいいことよ」

セオドシアはビジネスや事業としてのティーショップについて、必要以上に気を揉んではいなかった。もちろん、景気減速への不安は、常に頭の奥で感じている。それでも、熱心に通ってくれるお客がいるせいか、それとも週末と夜にケータリングの仕事が入っているせいか、インディゴ・ティーショップの経営は順調に推移していると言える。ビジネスとマーケティングにくわしいセオドシアは、生計が成り立つことと利益をあげることのあいだには、大きな溝があるのを知っている。彼女の大切なティーショップは利益を生み出しつづけていた。

ドレイトンはスポードの花柄のティーポットを棚からおろし、なかを湯ですすいでから雲南紅茶の葉を三杯入れた。

「ところで、シモーン・アッシャーは殺人を告白したのかね？」

「ううん。でも、わたしが訪ねていった理由をちゃんとわかってた」

「デレインがきみを敵陣の偵察に送り出したとわかっていたとな？　厳しく取り調べるために？」

「そうよ。シモーンだってばかじゃないもの」

「きみもだ」ドレイトンはティーポットをシルバーのトレイに置き、シルバーの縁取りがある骨灰磁器《ボーン・チャイナ》のカップと、紙のように薄いレモンのスライスがのった小さな皿ものせた。「で、彼女からなにか感じ取れたかね？」

「コカインの話を持ち出したときに、電線で突かれたような反応を見せたくらいね」

「つまり、事件についてはなにも知らないと言ったわけだ」

「こんなふうに言えるかもね。あれが即興芝居の舞台だったら、シモーンは金賞を獲得していると」

「ほう」

「変な話だけど」セオドシアは言った。「シモーンに会いに出かけたのは、あくまでデレインに対する義理からだったの。彼女がドゥーガンの死に関与してるなんて本気で思ってたわけじゃないわ」

「それで？」

「でも、いまはそこまでは言い切れなくて。シモーンにはどこかうしろ暗いところがある気がする。なんとなく……ひと筋縄ではいかない感じ」

「ちょっと待ちたまえ」ドレイトンは言った。「まさか彼女がグランヴィルを殺したと本気で考えているわけではないのだろう？」

「それがわからないの。でも、シモーンが他人の反感を買いやすいタイプなのはたしか」

ドレイトンはトレイをさっと取りあげた。「だが、ドラッグも買うタイプかね」

セオドシアがその質問についてあれこれ考えをめぐらしていると、親しげに声をかけられた。「ねえ、セオ」

セオドシアはすばやく振り向いた。「リー！」

リー・キャロルは同じ通りにあるギフトショップ〈キャベッジ・パッチ〉のオーナーだ。アフリカ系アメリカ人女性で美しくつやがある肌とセピア色の髪の持ち主で、目尻が少し吊りあがったアーモンド形の目がいかにも陽気で茶目っ気のある表情に見せている。

「いつもながら忙しそうね」リーは言った。「お客さんに、お茶のあとはうちの店に寄るよう言ってちょうだいよ」

「お店の名刺をたくさんくれれば、やるわよ」セオドシアは友人の顔が見られてうれしかった。「スコーンとお茶でもいかが？　よければ、お気に入りのピーチ・ティーを淹れるけど」リーは手をひらひらと振った。「すぐ出せるものでいいわ」そう言ってカウンターに身を乗り出した。「ちょっと小耳にはさんだんだけど、男の人が殺された結婚式の場に、あなたもいたんですって？」

「デレインの結婚式だったの」セオドシアは答えた。「殺されたのは婚約者」

リーは手で胸を押さえた。「そんな！」

「恐ろしかったわ」

「じゃあ、あなたはいわば目撃者なわけ？」リーは好奇心もあらわに訊いた。

「被害者を発見したのがわたしだったの」

「デレインも気の毒に。さぞかしショックでしょうねえ。それも自分の結婚式当日だなんて」リーは顔をくしゃりとゆがめ、力なく首を横に振った。「なんでこんなことが起こるのかしら？　自分の結婚式で危険な目に遭うなんて、いったいどこなら安全だというの？」

セオドシアがカシスのスコーンをのせた皿とバニラスパイス・ティーを運んでいると、例のゴーストハンターたちがいきおいよく店に入ってきた。ふたりは彼女を見つけると、うれしそうに手を振り、きのうと同じテーブルに歩いていった。

数分後、注文の品をすべて運び終えると、油断なく店内に目を光らせているドレイトンにあとをまかせ、セオドシアはゴーストハンターたちのテーブルに向かった。

「例の件だけど」彼女は椅子に腰をおろしながら言った。「協力するわ」

「やった！」ジェドが歓声をあげた。「イエスと言ってくれるといいなと思ってたんです」

「よかった」ティムは顔を大きくほころばせた。「ラトリング夫妻からはきちんと同意を得ました。ついでに言うと、ちゃんと書面の形にしてあります」

セオドシアは片手をあげた。「ちょっと待って。わたしのイエスにはかなり大きなおまけがついてるの。あなたたちから要望があったことをデレイン・ディッシュに説明しなきゃいけなくて。当然でしょ」

「ミスタ・グランヴィルの前の花嫁ですね」とジェド。

「ええと……」セオドシアは口ごもった。正しい表現かしら、前の花嫁って。それとも、デレインはドゥーガンの元花嫁と言うのがいいの？　デレインのいまの状態を表わす言葉はなんだろう？　喪中の花嫁？　やだ、ひどい言い方！

「あの、さっきの話のつづきは？」ティムがうながした。

「そうだったわ」セオドシアは会話に戻った。「あなたたちのゴーストハント計画をデレインに説明したところ、おおむね異論はないそうよ。というか、どうしても同行したいと言ってるの」

「来てもらってもかまいませんよ」ジェドが言った。「むしろ、彼女がいてくれたほうがいろいろ助かるかもしれないな。ミスタ・グランヴィルの霊がさまよっている場合、彼女なら引き寄せられるでしょうからね」

あるいは腰を抜かすかもよ、とセオドシアは心のなかでつぶやいた。

「じゃあ、今夜、決行しましょう」ジェドは言った。

「何時?」セオドシアは訊いた。アドレナリンが噴出してきたのか、全身がぞくぞくした。それと同時に、銀行強盗にくわわることになったみたいに、不安もこみあげた。「時間は?」

「日が暮れてからです」ティムが答えた。「そうですね、〈レイヴンクレスト・イン〉で九時に落ち合いましょう」

9

「ゴーストハントなどという夢物語にきみが本気でつき合うとは信じられんよ」

ドレイトンはベックマン兄弟にも折り目正しく接していたが、ふたりがようやくいなくなると、目に見えてほっとした表情になった。

「わたしだって信じられない」セオドシアは言った。「でもデレインがすごく乗り気なんだもの」

「デレインにしたって、話で聞いているぶんにはいいだろうよ」ドレイトンは言った。「きみたちのささやかな探検は魂の救済となると同時に、心から愛した人に別れを告げる最後のチャンスと思えるのだからね。しかし、実際にあの陰気な部屋に彼女を連れていってみたまえ。夜中にバタンという音がするだけで、心臓発作でも起こしかねんぞ」

「前向きな意見をどうもありがとう」セオドシアは言った。

ドレイトンはほほえんだ。「お役に立ててなによりだ」

セオドシアははずむような足取りで厨房に入り、特別注文のヘイリー特製プラウマンズプレートをふたつ、手に取った。プラウマンズプレートはゴーダ、チェダー、スティルトンという三種のおいしいチーズ、レアに仕上げたローストビーフ、洋梨のピクルスを刻んだもの、干しアンズ、塩味のペカンナッツをひと皿に盛り合わせた料理だ。それをテーブルまで運んで、絶賛の声をたっぷり拝聴し、大急ぎで厨房に引き返した。

「きょうはほかになにがあるんだった？　ランチのメニューだけど」

「すごくおいしいものが揃ってるわよ」ヘイリーはラディッシュをきれいなバラの形に細工切りしながら言った。「ミニサイズのブリオッシュにロブスターのサラダを詰めたもの、ライ麦パンに黒い森のハムとスイスチーズをはさんだ三角サンドイッチ、シナモンとレーズンのビスケットを添えたイチゴの冷製スープ」

「いいわね。で、スコーンがあるのはわかってるけど、ほかのお菓子はなにがあるの？」ヘイリーが一心不乱に焼き菓子をつくっていたのは知っている。もっとも、それはいつものことだ。

「うん、ズッキーニのブレッドと、チョコカプチーノ味のミニケーキ」

「ドレイトンの大好物ね」セオドシアは言った。ドレイトンは以前、そのミニケーキをひとりで六切れ、たいらげたことがある。

「そうよ」ヘイリーは次のラディッシュも手際よく細工切りしながら言った。「だって、ドレイトンを喜ばせるのがあたしの生きがいだもん」

「本人に言っちゃだめよ」セオドシアはくすりと笑った。

「でないと、本気にするかもしれないもんね！」ヘイリーはそう言って笑い転げた。

この日のランチタイムは席がぎっしり埋まっていた。予約客が時間どおりに現われ、観光客も次々にたどり着き、数人の地元客がお気に入りのテーブルについていた。

「あいているテーブルはあとひとつだ」ドレイトンがクリスタルのボウルに角砂糖を手早く入れながら言った。「幸運なお客はどなたかな?」

「ドアの向こう側で先頭に並んでる人よ」セオドシアが冗談を言ったそのとき、入り口のカーテンの奥で人影が動いた。彼女はお茶のメニューをひと揃い手に取ると、大きくあきはじめたドアに向かってにこやかにほほえんだ。「いらっしゃ……」

目の前でまぶしい光が炸裂した。

セオドシアは一瞬、目がくらみ、さまようエイリアンの集団を乗せた空飛ぶ円盤が、チャーチ・ストリートに不時着したのだろうかと、ほんのいっときにせよ、あらぬことを考えた。しかしすぐに、ビル・グラスが諸悪の根源であるカメラの奥から、こびへつらうように笑っているのが見えた。

「あなたなの!」セオドシアは思わず大声を出した。「なんでそういつもいつも、わたしの前に現われてはいやがらせをするわけ?」

「そうカリカリするなって、ベイビー」グラスは言った。「おれに会えてうれしいくせに」

「とんでもない」セオドシアの声が、一瞬にして体と同じようにこわばった。

「テーブルはあいてるかい?」グラスは訊いた。「ちょっと話がある」

「おたがい、話すことなんかたいしてないと思うけど」セオドシアはそう言いながらも、けっきょく、唯一あいていたテーブルに彼を案内した。

グラスはどすんと音をさせて腰をおろした。「あんたもすわってくれ。いいじゃないか、話があるんだから」

セオドシアも腰をおろした。「なんの話？」

グラスはぐっと身を乗り出した。「グランヴィル殺害について、まだいろいろと内部情報をつかんでるんだろ？」

「いいえ。たいしたことはなにも。警察はものすごく口が堅くて」セオドシアはそこでちょっとためらった。気は進まないながらも、けっきょく尋ねた。「そっちはどうなの？」

グラスはそう訊かれるのを待っていたようだ。「ボビー・セイント・クラウドという名の男に心あたりはあるかい？」

「いいえ。どうして？　何者なの、その人は？」

グラスはさらに身を乗り出した。「おれの見たところ、そいつはなにかの卸をやってるらしい。だが、闇の卸だぜ。言ってる意味、わかるよな」

「よくわからないわ」

「実はな、あちこちでいろいろ訊いてわかったんだよ。どうやら、このボビー・セイント・クラウドという男はキューバがらみでグランヴィルと関係があったらしい」

「その人がドゥーガンにキューバ産の葉巻を売ってたと言いたいの？」

「そうそう、そういうことだ」

「ちょっと待って」セオドシアは言った。「つまり、そのボビー・セイント・クラウドという人がドゥーガンを殺したの？」

「そこまで踏みこんだことを言うつもりはないね」

「じゃあ、なにをぐちゃぐちゃ言ってるわけ？」

「おれはただ、ボビー・セイント・クラウドがなにか知ってるんじゃないかと思っただけさ」グラスはそう言うと、セオドシアを指差した。「デレインにそいつのことを訊いてみな。結婚式の招待客に入ってたかどうか確認するんだ」

「招待客だったら、どうするつもり？」

「おれたちで居所を突きとめるんだよ。そして情報を聞き出すって寸法だ」

「それは警察がやることでしょう。ボビー・セイント・クラウドが犯人だったらどうするのよ」

「そんなわけないだろうが。そいつはいい商売してたんだぜ。グランヴィルにブツを供給してたんだから」

「わたしたちでボビー・セイント・クラウドを見つけたとして、それがあなたになんの得があるの？」セオドシアは訊いた。グラスはいつだってなにかたくらんでいるに決まっているのだ。

　グラスはてのひらを上に向けて両手をひらいた。

「とりあえず、記事だ。なんと言ってもおれは、チャールストンの名士連中の最新ゴシップを求める男だからな」

「ああいう人たちはみんな、おたくのくだらないゴシップ紙に自分の写真をのせたがるものでしょ」セオドシアは言った。

グラスはにやりとした。「だから次から次へとのせてやってるんじゃないか。えらいだろ?」


ビル・グラスはランチを注文しなかった。お茶の一杯すら。セオドシアはけっきょく彼を言葉たくみに追い出し、本当に食事をしてくれるふたり連れをテーブルに案内した。彼女が注文を取ってヘイリーに伝えるかたわら、ドレイトンは両手にお茶のポットを持ち、店内を歩きまわっていた。暑くなってきたこともあり、ドレイトンは冷たいラズベリー・ティーもピッチャーに用意していた。ベリーのブレンドに、ハイビスカスと柑橘類をひかえめにプラスしたお茶だ。

「ふう」

セオドシアはもつれた髪をうしろに払った。暑くなるのにしたがい、湿度も急上昇していた。そして、大気の変化(おそらくは気圧の変化)にいつも敏感な鳶色の髪が、大きくふくらんできている。

「きょうのセオの髪、とてもいい感じ」ヘイリーが言った。

「あなたはそう思うでしょうけど、わたしからしたら最悪なのよ」セオドシアはいつも、たっぷりした巻き毛を少し恥ずかしく思っている。

「冗談でしょう?」ヘイリーが言った。「あたしみたいな、まっすぐな髪がいいの? ムースを重ねづけしたあと、ヘアカーラーを巻いて四十八時間ほったらかしたって、カーラーをはずして二分もすると、もうがっくり。まっすぐに戻っちゃうんだもの。まったく、やるだけ無駄ってものよね。でも、それにくらべてあなたは……」

「髪の量が多すぎる」セオドシアは言った。

「ちがうってば。女性にとって、髪の毛はいくらあっても困らないものなの」

「オーブンになにか入ってるんじゃないの?」セオドシアは訊いた。ヘイリーは入り口そばのカウンターから動かず、いまがカクテルアワーのようにおしゃべりしている。

「最後に入れたビスケット生地は、あと二十分は出さなくていいの」ヘイリーは腕時計に目をやりながら言った。「だから時間はあるわ」彼女はティーショップをぐるりと見まわし、値踏みするように軽くつぶった目を隅のテーブルにいる男性に据えた。「あら、あのハンサムな男の人は誰?」

セオドシアも男性に目を向けた。「知らないわ。数分前に通りからひょいと入っていらしたの。ドレイトンがブラックプラム・ティーの注文を受けたけど」

「ジャーマンシェパードみたいな鋭い顔つきがすてき」ヘイリーが言った。

セオドシアはその客をもう一度、すばやく盗み見た。ヘイリーの言うとおりだ。たしかに魅力的な男性だった。短く刈りこんだグレーの髪、わし鼻、高い頬骨、眼光鋭いブルーの目。

「それにやせてるし」ヘイリーは言った。「ああいう発達した筋肉は、やせた人こそ似合うものよね。いつもエクササイズしてるって感じがするもん。ほら、あの人なんかそうでしょ、俳優の……ダニエル・クレイグ」

「じゃあ、あのお客様はお茶をステアではなくシェイクするのがお好みかもね」セオドシアは言った。

ヘイリーは首を前にのばした。「あの人、結婚指輪をはめてるのかな」

「どうかしら」

「独身かどうか、たしかめようよ」

「あなたの相手にしては、歳を取りすぎてるわ」セオドシアは注意した。「どう見ても、四十五歳にはなってるんじゃない？」

「うん、わかってる」ヘイリーはいたずらっぽく笑った。「でも、あなたにとってはそんなに年上じゃないもん」

「ヘイリー！」

しかし、セオドシアが注文のお茶のポットを手に、にこやかにほほえみながらテーブルに近づくと、男性のくつろいだ様子が豹変した。彼ははじかれたように椅子から立ちあがると、小さな革の財布を広げ、金色に輝くバッジを見せた。

「ジャック・オールストンと言います」男性は言った。「アルコール《A》・煙草《T》・火器《F》局の捜査官です」

「あら、どうしましょう」

セオドシアは完全に不意を突かれた。〈キャベッジ・パッチ〉で買い物中の奥さんを辛抱強く待っている観光客とばかり思っていたのだ。

「ちょっと話せますか？」オールストン捜査官は訊いた。

セオドシアは一歩うしろにさがった。「どんなお話でしょう？」

「お願いです」捜査官は向かいの椅子をしめした。「すわってください。べつに嚙みつこうってわけじゃありませんよ」

「お客様がいらっしゃるので」

捜査官は冷ややかな青い瞳で店内をぐるりと見まわした。

「それほど忙しくはないようですが」

「わかりました。でも一分だけですよ」セオドシアは腰をおろし、両のてのひらをテーブルについた。「それでご用件は？」

「お隣の方についていくつか質問があります。ドゥーガン・グランヴィルのことです」

「その方は亡くなりましたけど」セオドシアは答えた。「少々、あやしく思える状況で。ですから、きちんとした情報を知りたければ、チャールストン警察に連絡したほうがいいんじゃないでしょうか。殺人課を率いているバート・ティドウェル刑事に。あの人なら質問に全部答えてくれるでしょうし、一から十まですべて教えてくれるはずです」セオドシアはお義理でほほえみ、腰を浮かしかけた。

オールストンは片手をあげて制した。「どうかお立ちにならずに。警察とはすでに話をしたんです。言うまでもなく。しかし、あなたに訊きたいことがいくつかありましてね」

セオドシアはゆっくりとすわり直した。

「ドゥーガン・グランヴィルがどのようにして葉巻を入手していたかご存じですか？」

まったく、ばかな質問をしないでよ、と胸のうちでつぶやいた。実際には、こう答えた。

「知りません。煙草の卸売業者からじゃないんですか？」

「キューバ葉巻についてうかがっているのですが」

「見当もつきません。そもそも、葉巻のことなんかなんにも知らないんです」ボビー・セイント・クラウドの名を告げたほうがいいかしら？　やめたほうがいいわ。グラスの勘違いだったら、話をややこしくするだけだもの。だから、口を閉じていなきゃだめ。「キューバ葉巻は違法だと思っていました」

オールストン捜査官は薄笑いを浮かべた。「ですから、わたしがここにいるんですよ」

「失礼なことを言うつもりはありませんが、グランヴィルさんのシガーショップを調べたほうが収穫はあるんじゃないですか。まさかご存じないとは思いませんが、当店はティーショップですから」

「それも、とても感じのいいティーショップだ」と捜査官。「あなたはグランヴィルの隣に住んでいる。彼の自宅になにか配達されるところを目撃しているかもしれないでしょう」

「なにをおっしゃりたいの？　わたしが闇で取引をしているとでも？　言っておきますが、わたしが売っているのはお茶よ。中国、日本、インド、スリランカをはじめ、十以上の国から輸入したお茶なんです。でも、キューバ産のお茶はひとつもない。においのきつい、密輸された葉巻のことなんかなんにも知らないわ。そもそも、葉巻は大嫌いですし」

「あなたはとても魅力あふれる女性だ」オールストン捜査官は言った。「怒ると顔がすごく生き生きしますね、ご存じでした？」

「なにを言い出すの？」今度はわたしの気を惹くつもり？　なんて図々しい人！

オールストンは訴えるように両手をあげた。「わかった、わかった、謝ります。べつになれなれしくするつもりじゃなかったんです。ただ、まあ、なんて言うか、あなたが本当に魅力あふれる方だから」

「いちおうお礼を言うわ」

「こういう仕事をしていると、あなたのような方と会うなんてめったにないものでして」

「お上手だこと」セオドシアは言った。「さっきみたいにおだてれば、女性はいつも協力的になるの？　ちゃんと質問に答えてくれるわけ？」

「だいたいはそうですね」

「すごいわ。きっとあなたは、ＡＴＦでもそうとう優秀な捜査官なんでしょうね」

「いまのは皮肉ですか？」

「とんでもない」セオドシアは愛想よくほほえんだ。

「いいや、きっと皮肉だ。なのにわたしときたら、コーヒーでもどうかと誘うつもりでいたとは」

「あら、お茶ではないのね」

「変化があったほうがいいかなと思ったんですよ」

「もういいかげん、ほかのお客様の相手をしないと」セオドシアは片手を差し出した。「オールストン捜査官、お会いできてよかったわ」

捜査官は彼女の手を握ったものの、すぐには離さなかった。「セオドシアという名の生身の女性に会ったのはこれがはじめてなんですよ」

セオドシアのなかで好奇心が頭をもたげ、思わず相手をまじまじと見つめた。

「ほかにセオドシアという名前で知っているのは、ひいひいおばあさんの姉だけです」

「まあ、びっくり！」セオドシアはようやく手を引っこめながら言った。「もしかしてセオドシア・オールストンのことをおっしゃってるの？」

オールストン捜査官はうなずいた。「そうです。ご存じでしたか」

「もちろんよ。わたしの名前の由来になった人だもの」セオドシア・オールストンは第三代副大統領アーロン・バーの娘であり、一八〇〇年代初頭にサウス・カロライナ州知事をつとめたジョゼフ・オールストンの妻だった人だ。「母はよくセオドシア・オールストンの話をしてくれたものよ。パトリオット号という帆船でニューヨークに向かう途中、海で行方不明になった話を。跡形もなく……消えたんですよね」

「忽然《こつぜん》とね」ジャック・オールストンが話を引き継いだ。「ノース・カロライナ沖に連なるアウターバンクスで沈没したと言われていますが」

「気の毒なセオドシア」セオドシアは言った。

「まだまだ人生を楽しめたはずだったのに」ジャック・オールストンはいかにも気がありそうな様子でセオドシアを見つめた。

セオドシアは大急ぎで電話のところまで行き、ティドウェル刑事にかけた。

「ジャック・オールストンというATF捜査官はご存じ?」電話がつながるとすかさず尋ねた。

「あいさつの言葉もなしに、いきなりですか」刑事は言った。「なにかありましたかな? オールストン捜査官があなたに会いに店に寄ったのですか?」

「そうなの。刑事さんの差し金?」

「あなたの名前を言ったかもしれませんな」

「いったい、どういうこと?」

「オールストン捜査官がグランヴィルの仕入れ先を突きとめようとしているからですよ」

「なるほど。それで、わたしがあいている時間にキューバ産の葉巻を密輸してると思ったわけ」

「そうではありません。ですが、おふたりが顔を合わせておけばいいと思ったのです」

「どうして、また？」

「キューバ産葉巻の隠し場所がどこかにあり、グランヴィルの仕入れ先がブツを取り戻したがってるとにらんでいるからです」

「仕入れ先はお金を受け取っていないということ？」

「いやいや、ミス・ブラウニング、奥歯にものがはさまったような言い方はやめましょう。グランヴィルにキューバ産葉巻を納入していた人物がまともな業者のはずがない。密輸業者なんですから」

「とにかく、二度とあんなふうにわたしのところに人を寄こさないで。オールストン捜査官はとんでもなく無礼で無神経だったのよ」認めるのは癪だけど、とても魅力的でもあったわ。

「あの男の性格は国家公務員に共通のものですよ」

「そうそう、せっかく電話で話ができたついでに……」

「というよりも、わたしを怒鳴りつけていると言うべきですがね」

セオドシアはかまわずつづけた。「けさ、〈アークエンジェル〉に寄ったことを伝えておく。シモーンの店にペーパーウェイトのコレクションがあるのはご存じ？」

「というより、ラトリング夫妻に売った残りでしょう」

「知ってたの？」

「当然です」

「妙だと思わない？　シモーンが夫妻に凶器となるものを売ったなんて」

「グランヴィル殺害の凶器についてはまだわかっておりませんよ。拳銃の握りかもしれないし、燭台かもしれない。要するにですな、あなたは結論を急ぎすぎると言いたいのです。いや、失礼、すぐ結論に飛びつくと言うべきですな。とにかく、そういうことはおやめいただきたい」

「そう、だったら、こんな話はどう？　ボビー・セイント・クラウドという男性のことはご存じ？　ドゥーガンに葉巻を卸していた人らしいの」

「その噂はどこで聞きつけたのですかな？」

「ビル・グラスよ」

「ビル・グラスは噂をめしの種にしている男ですぞ」刑事は言った。

「そんなことはわかってる。でも、いちおう確認すべきじゃないかと思うの」

「それをわたしにやれと？」

「ええ、まあ……そうね。それで、よかったらわたしにも……」

しかしティドウェル刑事はすでに電話を切っていた。

「……結果を教えて」セオドシアは通じない電話に向かって言った。しばらく受話器を持ったまま考えていたが、やがて壁の架台に戻した。

「なにか問題でも？」ドレイトンが訊いた。

「そうみたい。でも、わたしがどうこうできるわけじゃないから」セオドシアはエプロンをゆるめ、掛け釘にかけた。

ドレイトンがじろりとにらんだ。「おやおや、また出かけるのかね？」

「ごめん。でもしょうがないのよ。デレインに約束しちゃったんだもの」

「葬儀場に行くと思っていいのだね？」

「ならいいんだけど。そのほうがずっとずっと歓迎してもらえそう」ドレイトンがきょとんとした顔をしているのを見て、セオドシアは説明した。「グランヴィル＆グラムリーを訪問するの」

「なるほど、例の法律事務所か。だったら、十二分に用心したほうがいい。なにしろ、デレインと一緒なのだからな。弁護士連中はことのほか狡猾だぞ」

「わたしもそれを心配してるのよ」

10

グランヴィル&グラムリー法律事務所は、ミーティング・ストリートとブロード・ストリートの交差点――チャールストンでは一般に〝法律の四つ角〟として知られている――から二ブロック行ったところにある煉瓦造りの大きな建物のなかにあった。

厚いガラスと渦巻き模様の錬鉄を合わせた両開き扉が近づくと、デレインはセオドシアの手を強く握った。

「感謝してるわ」デレインは言った。「うしろ盾としてついてきてくれてありがとう」

「いいのよ、そんな」セオドシアは言った。

「ところで、きょうのファッションはとてもすてきね」

セオドシアはカーキ色のスラックスに白いTシャツの上から濃紺のブレザーをはおってきていた。それに土壇場になって、もう少しなにか足したくて柄もののスカーフを巻いたのだった。デレインのほうは言うまでもなく、トマトレッドのスカートスーツと、マノロ・ブラニクの天にも届きそうな白いハイヒールという、セクシーで大人っぽい装いだった。

「ありがとう、わたし……」

「シモーンとは話せた？」デレインはセオドシアの言葉をさえぎった。

「けさ、店に寄ってみたわ」

「それで？」

「報告できることはたいしてないの。ドゥーガンが亡くなってとても驚いたと言ってたわ」

「ふうん」デレインは鼻で笑った。「店はどうだった？　置いてあるビンテージものの服は？　安っぽい感じだったでしょ？」デレインの店〈コットン・ダック〉では最近、ビンテージの服を数ラック分置くようになっていたから、気になってしょうがないのも理解できる。

「それがね、とてもすてきなお店だったの。でも、気になるものがあって……」セオドシアはペーパーウェイトがあった件をデレインに話すかどうか迷った。うん、言うしかないわ。

「なんなの、気になるものって？」

「ガラスのペーパーウェイトがいくつかあったの」

デレインは目を大きくした。「それ本当？　かわいそうなドゥーガンの頭を殴りつけたのと似たようなものだった？」

「致命傷を負わせた可能性のあるペーパーウェイトに似ていたわ」セオドシアは言った。

「ティドウェル刑事にはもう話したんでしょうね」

「話したに決まってるじゃない」

「刑事さんはあの女を逮捕するって？」

「それはどうかしら。なにしろ、たいして関心がなさそうだったもの」

デレインは啞然とした。「ちょっと、そんなことって……」

「お願いだからそんなに気を落とさないで。真相が解明されるのは、これからよ」

デレインは前歯で唇を嚙んだ。「ドラッグの件はどうだった？　そのことも訊いてくれたんでしょ？」

「ドラッグ使用についてはなにも知らないとはっきり言ってたわ」

「ドゥーガンの？　それともシモーン本人の？」

「本人のよ」

「で、あの女が本当のことを言ってると思ったわけ？」

「正直、どう考えればいいかわからないの」セオドシアは言った。本当にわからなかった。グランヴィルの部屋にあった証拠は決定的なものだ。グランヴィルがシモーンとドラッグを使用していたかどうかについては……もう過去の話だ。いまさらわかりようがない。

「あの女はドラッグ漬けに決まってるわ」デレインの声は悪意による思いこみに凝り固まっていた。「だって、そうじゃなきゃ、なんであんなにガリガリでいられるのよ」

「ドラッグ以外にも方法はいくつもあるわよ」セオドシアは言った。

ミリー・グラントが不安の入り交じった笑顔でふたりを出迎えた。

「お待ちかねですよ」とひそひそ声で言った。

「どなたが？」セオドシアは訊いた。これから誰と対峙するのか、きちんと把握しておきたかった。

「ミスタ・グラムリーとミスタ・ホートンです」ミリーは答えた。

「ふたりとも？」

ミリーはこくこくとうなずいた。「そうなんです」

「会うのはアラン・グラムリーだけだと思ってたのに」ここまでは威勢よく歩いてきたデレインだったが、自信が薄れはじめていた。

ミリーは申し訳なさそうな顔で、ふたりを会議室に案内した。

「わたしもおかしいと思うんですけど」

「ねえ、ミリー」セオドシアは言った。「藪から棒にこんなことを訊いて悪いんだけど、葉巻の輸入についてくわしい？」

ミリーは眉根を寄せた。「ミスタ・グランヴィルがシガーショップを経営していたのは知ってますけど……それがどうかしたんでしょうか？　なにかなくなったとか？」

「それがよくわからないの」セオドシアは答えた。

ミリーはかぶりを振った。「お店についてはよく知らないんです。ミスタ・グランヴィルは本業と副業をきっちりわけていらしたので」

「そう」セオドシアは言った。「でもなにか耳にしたら……」

「そのときは、必ずご連絡しますね」ミリーは小声で言い、それから少し大きな声で「こちらでお待ちください」と言った。

セオドシアは会議室を見まわした。いかにも法律事務所という感じの部屋だった。光沢のある木の壁に、磨きあげたマホガニー材の大きな会議用テーブル。いぼ飾りのついた赤い革の椅子が十二脚、テーブルのまわりに置かれている。部屋の左右には床から天井までの書棚があり、法律関係の本がぎっしり詰まっていた。

「あつらえたみたいに雄ヤギにぴったりな部屋だわ」セオドシアはぽつりと言った。

「いま、なんて言ったの?」デレインが訊いた。

「雄ヤギよ。えらそうにしたり、いばったり、他人を脅そうとする男の人のこと」

デレインは弱々しくほほえんだ。「この事務所を完璧に言い表わしてるわね」

「でしょ?　だから、こんな仕掛けにだまされちゃだめ」

「おふた方!」アラン・グラムリーが大きな声を張りあげながら、せかせかと入ってきた。グラムリーは頭のはげかかった恰幅のいい男で、ガラガラヘビのような表情のない目をしていた。着ているスーツは職人による特別仕立てで、爪はきれいなつやが出るまで磨いてあり、腕時計はビンテージのカルティエだった。あぶない橋を渡る資産家といった風情だ。

「ごきげんよう、ミスタ・グラムリー」デレインはすました顔で片手を差し出した。「友だちのセオドシア・ブラウニングはご存じね」

「ええ、存じあげていますよ」グラムリーは白い歯を見せびらかすようにして笑った。

セオドシアは先週の土曜日、〈レイヴンクレスト・イン〉でほんの短いあいだだったが、アラン・グラムリーに会っており、そのときはやさしくもなければ、感じがよくもなかった。

しかも、冷淡どころの騒ぎではなかった。それがきょうのグラムリーはにこにこしていて、ものすごいいきおいでしゃべりまくり、ふたりのために椅子を引いてくれもした。だから、彼がなにかたくらんでいるのは一目瞭然だった。

「チャールズ・ホートンさんもこの話し合いにくわわりたいとおっしゃったとか？」セオドシアは言った。

「ええ、そうです」グラムリーは答えた。

「どうしてでしょう？」

グラムリーは虚を突かれたようだった。「なぜって……彼は親族だからですよ」

「正確にはちがうわ」デレインが言った。

「ミス・ディッシュがこの場にいるのは」とセオドシアは言った。「彼女がミスタ・グランヴィルの生命保険の受取人になっているからだと思うんですが。ちがいますか？」

「おっしゃるとおりです」グラムリーは指を合わせて尖塔の形にし、テーブルの向こうからセオドシアを見つめた。

「つまり、内々のお話のはずです」

グラムリーはしばし呆然としていた。「わかりました。この会合をごく内輪のものにしたいとお望みなら、そのようにいたしましょう」

「お願いするわ」デレインは言った。社交の場では精力的に動きまわり、悪名高いゴシップ好き、おまけに慈善事業のためのお金を集めるとなれば非凡な才を発揮する彼女だが、このときばかりはそうとうびくびくしていた。

「それで生命保険のことですが」セオドシアは話を先に進めようとして言った。

「それについては実に単純明快です」グラムリーは言った。「ミス・ディッシュが唯一の受取人であり、合計五十万ドルを受け取ることになります」

「信じられない！」デレインは言った。「そんなにたくさんとは思ってもいなかった」

「パートナーはえらく太っ腹でしたのでね。それから、ご存じのように、彼は遺産相続計画《エステート・プランニング》を立てておくのは大切だと考えていました」

「その財産《エステート》の件ですけど」セオドシアの自信にあふれたほほえみに気づいたアラン・グラムリーは、この部屋にいる愛想のいい古狸《ふるだぬき》は自分だけじゃないと悟ったようだ。

グラムリーはうやうやしく問いかけるように、眉をあげた。

「デレインは、ミスタ・グランヴィルの遺言書に自分も相続人として名を連ねていると考えているんです」

グラムリーはテーブルを指でとんとん叩きはじめた。「ふむ」

「あなたとミスタ・グランヴィルはこの事務所の共同経営者なので、故人の遺言書を作成したのはあなたではないかと考えます」

さらに指でテーブルをとんとん叩く。「ふむ」グラムリーは繰り返した。

「どうなんでしょう？」セオドシアは迫った。これではらちがあきそうにない。

グラムリーはしわがれてわざとらしい含み笑いを洩らした。

「たしかにわたしが作成しました。しかし残念ながら、内容についてはまだあきらかにするわけにはいかんのです」

「どういうこと？」デレインが訊いた。

「理由を聞かせてください」セオドシアは言った。このときにはもう、顔から笑みが消えていた。

「殺人事件の捜査中なので、故人の遺言書を公表しないよう警察から要請がありましてね」

「そんな要請は普通ありえないと思うんですが」セオドシアは言った。これについてはティドウェル刑事に確認を取ったほうがよさそうだ。

「そもそも、めったにない事態ですので」グラムリーは言った。

「では、事件が解決した場合は？」

「そのときは遺言書の内容をお知らせし、検認手続きをいたしますよ」

「そして相続人のものになるわけね」デレインが言った。

「ただし……」グラムリーは人差し指を立てて言った。「ただし、遺言書の内容に異議が申し立てられたり、相続を要求する者が現われたりした場合はべつです」

「誰がそんなことをするの？」デレインが訊いた。

「ご家族の方です」

「広い意味での家族ということ？」セオドシアは訊いた。

「場合によっては」

「たとえば、チャールズ・ホートンとか？」デレインがずばり訊いた。

グラムリーは片手をあげただけだった。


二分後、正面玄関側の歩道に出ると、デレインはセオドシアに向き直った。

「けっきょく、なあんにもわからなかったわね」

「そんなことないわ」セオドシアは言った。

デレインは眉根を寄せた。「あたし、なにか見落としてる？」

セオドシアはほほえんだ。「あなたがグランヴィルさんの生命保険の受取人であることも、遺言書にあなたの名前が出てくることも、チャールズ・ホートンがグランヴィルさんの財産を求めて異議を申し立てるつもりらしいこともわかったじゃない」

デレインはクラッチバッグを胸の前で抱きしめた。「たしかに見落としてた」

「気にすることないわ。あなたはまだ衝撃から立ち直れずにいるわけだし」

「そうそう、そうなのよ」デレインは少しぼんやりした様子だった。「だからだわ、きっと」

「だから、今夜は無理して〈レイヴンクレスト・イン〉まで行かなくてもいいのよ」

「でも行きたいの。だってひょっとしたら……」デレインはそこで口を閉じた。「ひょっとするかもしれないもの」

「わかった」セオドシアはデレインの肩を軽く叩いた。「でも、あまり期待しすぎちゃだめよ、いい？」

デレインはうなずき、ふたりは歩道を歩きはじめた。

セオドシアは路上パーキングメーターのところにとめた自分のジープをしめした。

「わたしは店に戻らなきゃいけないの。でも……ひとつ、見当違いな質問をさせて。ドゥーガンが使っていた葉巻の納入業者について、なにか知らない？」

デレインは首を横に振った。「ううん、とくには」

「と言うのもね、午前中、うちの店にATFの捜査官がやってきて……あ、いまのは忘れて。あなたが気にしなきゃいけないことじゃないもの」

「ありがとう。うれしいわ」

セオドシアは向きを変え、車に向かって歩き出した。すぐに足をとめ、デレインを呼びとめる。

「ねえ……ボビー・セイント・クラウドという名前に心あたりはない？」

デレインは怪訝な表情を浮かべた。「聞いたことがあるような気もするけど」

「その人は結婚式に来ていた？」

デレインは肩をすくめた。「わからないわ、本当に。でも、名前には聞き覚えがあるのよね。マイアミの人じゃないかしら？」そう言うと手をひらひらさせた。「もしかしたら、ドゥーガンが使ってた葉巻の納入業者かもしれないけど、なんとも言えないわ。あの人のビジネスにはいっさいタッチしてなかったんだもの」

セオドシアがインディゴ・ティーショップに戻ったときには、お客のいるテーブルは四卓だけだった。それもそのはず、きょうの営業も終わりに近づき、厨房のほうは焼き菓子のストックが少なくなっている頃だ。遠慮せずにもっと焼いていいわよ、とヘイリーに言ってあげようと心のなかでメモをした。どうしたわけか、このところスコーン、タルト、バトンクッキー、ケーキのテイクアウトが大繁盛しているのだ。だから、あといくらか在庫があってもいいだろう。残れば家に持ち帰り、裏庭の鳥たちのおやつにすればいい。

ドレイトンはちょうどポットに烏龍茶を淹れたところで、入り口近くのカウンターでカップを口に運んでいた。

「きみも一杯どうだね？」彼は訊いた。「前に話した、福建省の武夷《ぶい》山でとれた烏龍茶だ」

「いただくわ」セオドシアは答えた。

「きみが今夜ゴーストハントに出かけるとは信じられんよ」ドレイトンはお茶を注ぎながら言った。

「本当に行くわよ」セオドシアは店内に目を走らせ、出かけているあいだにブドウの蔓で手作りしたリースがひとつ売れているのに気がついた。つまり、そろそろいくつか新しくつくらないといけない。

「デレインがその緊張に耐えられるよう、祈るばかりだ」ドレイトンは言った。

「無理だったら、家に帰らせるから」セオドシアはお茶を口に含んだ。「うん、おいしい」

「香ばしい風味がありながら、ほんのり甘いだろう？　この茶葉を二ポンドオーダーしたよ」

セオドシアはお茶を飲みながら、物思いにふけった。お茶を一杯飲むだけでいつも心が落ち着くし、すばらしい香り（アロマテラピー効果抜群！）を吸いこむと頭がはっきりしてくる。

「きょうATF捜査官がここに来たでしょう？」

「きみのことを魅力たっぷりだと言った人物のことだろう？」

「それはどうだか知らないけど。とにかく、あの人が捜してるのが誰かわかった気がする」

「誰なのだね？」

「ボビー・セイント・クラウドという名前の謎の人物。その人のことはビル・グラスから聞いたんだけど、デレインも聞き覚えがあるみたい」

「そのボビー・セイント・クラウドとやらは何者なのか、教えてくれたまえ」

「デレインは、ドゥーガンがシガーショップで使ってた納入業者じゃないかって言うの。マイアミのね」

「その人物の居所はつかんでいるのかね？」

「ううん。でも、さっきから考えてるんだけど、そのボビー・セイント・クラウドが三一四号室の謎の人物だったらどうだろうって」

「だったらどうなのだね？」

「ドゥーガンと、そのセイント・クラウドという人が喧嘩でもしたのかも」

「葉巻の納入業者と喧嘩だって？」ドレイトンは釈然としないようだった。

「ふたりでコカインをやるうち、なにかのきっかけで言い争いになったのかもしれない」セオドシアは言った。「そういうこともありえるでしょ」

「確信があるのなら、ティドウェル刑事に相談するべきだ。きみの情報が重要な手がかりになるかもしれないのだからね」

「そう言われると思った」

「それにATFの友だちにも伝えたほうがいい」

セオドシアは顔をしかめた。「あの人は友だちなんかじゃないわ。それはともかく、やっぱり言うべきだと思う？」ビル・グラスに累《るい》がおよぶのはかまわないが、これ以上デレインを引きずりこみたくはない。

「もちろんだとも」とドレイトン。「だいいち、そうすればもう一度、オールストン捜査官に色目を使うチャンスができるじゃないか」

11

ゴーストハンティングにうってつけの夜だった。灰色のちぎれ雲が細い月をかすめるたび、濃い藍色の空で輝く無数の星座がくっきりと浮かびあがる。常緑のオークとサルスベリの葉が風にそよいでいる。そして、ゴーストハンティングの目玉である〈レイヴンクレスト・イン〉は閑散としていた。

「とんでもない形で世間の注目を浴びてしまったよ」フランク・ラトリングが葬儀業者を思わせる陰気な顔で言った。

「殺人だなんてねえ」そう言ったのはサラ・ラトリングだ。「あの事件のおかげで、お客さんがたくさん逃げちゃって」

フランク・ラトリングは無念そうにうなずいた。

「キャンセルが五件よ」妻のサラはこぶしを振りあげた。「本当なら、いまの時間はいちばん忙しいはずなのに！」

彼女は髪をきっちりとうしろになでつけてポニーテールにまとめ、化粧はこれっぽっちもしていなかった。十人並みに見せる努力すらしていなかった。

全員がロビーに集まっていた——セオドシア、デレイン、ジェドとティムのベックマン兄弟、そして腹の虫のおさまらないフランクとサラのラトリング夫妻。

しかしラトリング夫妻が怒りをぶちまけていなくとも、ロビーが宿のほかの部分よりいくらかでもなごやかになったとは思えない。とにかく狭くて貧相だった。疵《きず》だらけの大きな受付デスクがでんと置いてある。張り出し窓のほうに目を向ければ、ピーチともローズともつかない色のみすぼらしい布張りの椅子が四脚、丸いコーヒーテーブルを囲んでいる。背の高い二台のフロアランプが薄汚れた天井を照らしているが、ロビーの四隅までは届いていない。宿にはつきものの郵便用仕分け棚には低地地方一日観光、スポーツフィッシング、骨董店めぐり、セーリングのパンフレットがこれでもかと詰めこまれ、そこにはもちろん、チャールストンのゴースト・ツアーを宣伝するチラシもあった。

もっとも、今夜決行するのはオリジナルのゴースト・ツアーだ。地図をいちいち参照する手間はかからないし、おしゃべりで仕切りたがりのガイドにがまんする必要もない。気が進まないながら奥の階段をあがって三一三号室に向かうと……そこから先はどうなることやら。

「なかに入る許可をもらえて感謝してるわ」デレインが言った。緊張でそわそわしていたが、それでも礼儀正しい態度は忘れていなかった。

「べつにかまわないんだよ」フランクは言った。「いまとなってはね」

「どうせ、もうわたしたちの手を離れてるんだし」サラ・ラトリングが言ったが、その言葉の意味をちゃんとわかった人はいないようだった。

「まずは三一三号室から始めます」ジェドが言った。「おふたりさえかまわなければ」

サラ・ラトリングはしょんぼりと肩をすくめた。「いいわよ、どうぞあがって」

「そのあと、地下も探索させてほしいんです」

「地下は霊現象が起きやすいところなので」とティム。

「いいとも」フランク・ラトリングが応じた。「われわれも同行したほうがいいかな?」

「ぼくたちだけで大丈夫です」ジェドが言い、兄弟は道具を手に持った。

「なにかあったら、大声を出してくれよ」フランクは冗談めかして言ったが、みじめなくらいに受けなかった。

セオドシアが先頭になって奥の階段をのぼった。二階の踊り場は真っ暗だった。そこから三階にあがった。ここも廊下は暗かったが、ほのかな明かりが壁の高いところに、距離をあけていくつかついていた。慎重な足取りで光の輪をひとつひとつたどっていくあいだも、人の姿はひとつもなく、声も聞こえてこなかった。

「ラトリング夫妻は冗談を言ってるわけじゃなかったんだな」ティムが言った。「本当に人っ子ひとりいない。ぼくらにとっては願ったりかなったりだけど」

「まったくだ」とジェドが応じる。「外部からの干渉を受けずにすむ」

セオドシアにはわかっていた。ジェドが言っているのは電波干渉がないという意味で、フランネルのバスローブ姿で廊下をふらふら歩く泊まり客のことではない。

足音を忍ばせて三一三号室に向かう途中、デレインが遅れはじめた。セオドシアはそれに気づき、急いでジェドとティムに先導を替わってもらった。

「大丈夫?」小声でデレインに訊いた。

デレインは平気な顔を装い、無理に笑ってみせた。それから声を絞り出すようにして「たぶん」と言った。

「前にも言ったけど、気が進まないなら無理に行くことはないのよ。べつに鉄の掟があるわけじゃないんだし。理性と感情の両方に従ってくれればそれでいいの」

「そこが問題なのよ」とデレイン。「理性の声はばかを見るだけだと言うけど、感情のほうが〝もしかして、最後にもう一度ドゥーガンと話せるかもしれないのよ〟と誘ってくるの」

「ハニー、彼と話すなんてできないわよ」

デレインはごくりと唾をのんだ。「そうなの? 本当に?」

「そういうものじゃないと思う。せいぜい、かすかな音が聞こえるとか、なんとなく気配を感じるという程度よ、きっと」

「話はできないの?」

「たぶんね」

デレインはしばらく頭のなかであれこれ考えていたようだった。前方に目をやると、ベックマン兄弟が三一三号室の入り口に筋交いに張られた現場保存テープを取り外している。やがてデレインは口をひらいた。

「でも、ドゥーガンの気配を感じられるなら、なんにもないよりましだわ。ちゃんとお別れができるもの」

「あなたの判断にまかせるわ」セオドシアは言った。

ジェドとティムが物音をたてないよう動きまわって装置をセットし、コードをつなぎ、ダイヤルを操作するあいだも、三一三号室は真っ暗なままだった。ジェドがペーパーバックほどの大きさをしたつや消しの黒い小さな器械を振りまわすと、緑色のモニターがうっすらと光った。

「その道具はなに？」デレインが訊いた。彼女は目を大きくひらき、ちょっと音がしたり、なにかが動いたりするたび、ぎくっとした様子で跳びすさっていた。

「ＥＭＦです」ジェドはデレインに見えるよう、器械を少し傾けた。「電磁界探知機のことですよ」

「なにをするものなの？」

「エネルギー源を探知し、追跡するんです」ティムが説明した。「それだけじゃなく、電磁界の揺らぎも検出できます」

デレインは唾をのみこんだ。「電磁界が揺らいだ場合はなにがどうなってるわけ？」

「超常現象が起こっている可能性が高いんですよ」

兄弟はＥＭＦのほかにもビデオカメラ、動作検知器、サーモグラフィーなどを持参していた。

「これを見てください」ジェドが小さな装置にしめされた数値を見つめて言った。「サーモグラフィーによれば、すでに気温が二度さがっています」

デレインはこれにもすかさず反応した。「どういうこと？」

「急激に八度から十度さがった場合、超常現象が確実に起こっていると言えるんです」

「コールド・スポットみたいなものね」セオドシアは言った。

「ええ」とティム。

「霊が出てきたんじゃない？」デレインは小さく身震いした。「感じるわ。だんだん寒くなってきたし」

「ラトリング夫妻がエアコンを作動させただけかもしれないわよ」セオドシアは言った。


ベックマン兄弟が全部の装置をセットし終えると、あとは待つ以外、ろくにすることがなかった。装置の大半はカウチの前のテーブルにのっていたから、ふたりはそのカウチにすわっていた。デレインはベッドの端におそるおそる腰かけ、セオドシアは窓に背中を向けて立っている。驚いたことに、ガラスのペーパーウェイトは、いまだ行方知れずのひとつをのぞき、すべて棚に並んでいた。

「なにか聞こえた気がする」デレインが押し殺した声で言った。「なんかこう……ミシミシっていう音が」

「こっちにはなにも記録されてませんね」ティムが検知器に目をやりながら言った。

「〈レイヴンクレスト・イン〉がしゃがんだのかもよ」セオドシアは言った。この建物は、ちょっと体を動かしただけで骨が簡単に折れる老人のように、古くてガタがきている。

そのときジェドが人差し指を口の前に立てた。「静かに」

四人はたっぷり三十分間、声も出さず、身動きひとつせずにすわっていた。風がひさしにそよぎ、壁がきしみ、どこかで蛇口から水がポタポタ落ちる音がする。しかし、幽霊が現われて室内がぱっと明るくなることも、空洞の壁のなかから気味の悪い音がすることもなかった。

ティムはジェドにちらりと目をやった。「そっちはなにか反応は？」

ジェドは首を横に振った。「ないよ。いまのところはなにも」

「こういう場合の手順はどうなってるの？」セオドシアは訊いた。「ひと晩じゅう、こうして待ってるだけ？」いい結果になるよう祈りながら？

「そういうこともあります」ジェドが答えた。「場合によっては、こっちから仕掛けたりもしますよ。霊が現われるよう、うながすとか」

「どんな方法を使うの？」デレインが訊いた。最初の五分は期待に胸を高鳴らせていたが、もうがまんの限界のようだ。

「動きまわるんですよ」とジェド。「霊が目覚めるように」

「装置を移動させるということ？」セオドシアは訊いた。「べつの場所に？」

「そうする場合もあります」ティムが答えた。

「やってみる価値はあるんじゃない？」デレインが言った。「だって、なにか起こったほうがいいもの」

そこで四人は装置を抱え、階段をおりて地下に移動した。

〈レイヴンクレスト・イン〉の地下はほかの部分と同じで殺風景だった。上からのほの暗いふたつの電灯が、踏み固められた地面をぼんやり照らしていた。頭上の垂木は埃にまみれ、蜘蛛の巣が張っている。それにおかしな組み合わせのがらくた——糸車、古い三輪車、欠けたランプ、コーヒーミル——が、壊れて不用になった家具と一緒に積みあげてある。古いスチーマートランクが一方の壁で小さな山を作っていた。まるで遠い昔の旅行客がチェックインして荷をほどき、そのまま忽然と姿を消したかのようだ。

「下は寒いわね」デレインは体の前で腕を組み、ぶるぶる震えていた。

「そのほうがいいんです」ジェドが言った。「なんらかの現象を引き起こせるかもしれませんから」

セオドシアは本当に温度が霊の出現を決める重要な要素なのか疑問だった。どこかうさんくさい気がする。あの世に霊なりお化けなりが本当に住んでいて、自分の意志で姿を現わすことができるなら、温度が少しくらい高かろうが低かろうが、さして違いはないはずだ。それに、化けて出るのにいいコンディションかどうかをお天気チャンネルでチェックする霊なんて、とてもじゃないけど想像できない。

ティムが動作検知器の小さなモニターを食い入るように見つめた。「なにか動いてる」と小声でつぶやいた。

「もう？」セオドシアは言った。

「どのあたりだ？」ジェドが訊いた。

ティムは暗い一隅に向けて手をひらひらさせた。

にわかにデレインが顔を輝かせた。「ドゥーガン？　ドゥーガンなの？」よろよろと立ちあがり、震える声で呼びかけた。「ねえ、あなたなの、スイートハート？」

セオドシアは土の地面を忍び足で移動し、ティムの真うしろに立った。身を乗り出し、彼の肩ごしにのぞきこんだ。驚いたことに、たしかに緑色のジグザグしたものが画面上を不規則に動いている。これが意味するものは……なんなの？　なにか生き物がいるの？　それともやっぱり……？

ティムが突然立ちあがり、地下室の隅に向かってゆっくり歩きはじめた。

「いい感じになってきたぞ」と昂奮した口ぶりでささやいた。

デレインが胸を手で押さえた。「来たわ、来た来た。ああ、どうしよう、あたし失神しちゃいそう！」

ほかの三人は相手にしなかった。

「懐中電灯で照らせ」ティムは隅を指差した。ジェドに向かって指を鳴らす。「早く！」

ジェドは大きなコールマンの手提げランプを手にし、千二百ルーメンの光で隅を照らした。

全員がなにがあるのかと目をこらした。

いきなり炸裂した光のなかに潤んだ瞳が現われた。

「まあ」

セオドシアは心臓が一瞬とまりそうになり、思わず声を洩らした。ゴーストハンターたちは本当に見つけたの？　本物の幽霊を。心臓がまた大きくひとつ、どくんといった。本物であってほしい。みんなのためにも、向こうから接触をはかってくれたならありがたい。

きらきら光る目のまわりを埃が舞った。目が一回まばたきし、それと同時に一匹の猫が暗がりからのっそりと現われた。緑色に光る目をした、大きな黒猫だった。

「猫だわ！」デレインが大声を出した。「猫ちゃんよ！」

「幽霊じゃなかったか」ティムはひどく落胆した声で言った。

しかしデレインはこれっぽっちも気にしていなかった。「だってほら、猫は霊を探知する名人でしょ。人間の目には見えないものでも見える能力が生まれつきそなわってるんだから」

「現実を受け入れましょう」セオドシアはこれで切りあげるつもりだった。「もう、充分にやったわ」

「いやいや、まだこれからです」ジェドが言った。「上に戻って、もう一度装置をセットします」

本気で言ってるの、とセオドシアは心のなかで訴えた。どうしてまた？

デレインも乗り気だった。「いい考えね。だって、あたしたち、ずいぶん長いことい るじゃない。きっと霊《スピリット》たちもあたしたちが本気だってわかったはず。だから、今度こそ姿を現わしてくれるわよ」

「そうこなくっちゃ《ザッツ・ザ・スピリット》」ジェドが応じた。「べつにしゃれを言ったわけじゃありませんよ」

12

四人は人っ子ひとりいないロビー——ラトリング夫妻の姿も見当たらなかった——をぞろぞろと抜け、ふたたび奥の階段をのぼった。いつの間にか元気を取り戻したデレインは、のべつまくなしにしゃべっていた。

「今度はあたしにサーモグラフィーを持たせてくれない？」彼女は訊いた。

「かまいませんよ」ティムはそう言って、装置を差し出した。

「ゴーストハンティングってものすごくおもしろいわね」一行は二階の踊り場をまわりこみ、最後の階段に向かった。「仕組みのことはさっぱり……」

上のほうの段がみしりと鳴った。同時に、暗闇から突如として巨大な影が現われた。

デレインは得体の知れない姿を目にしたとたん、ヒステリックで甲高い悲鳴をあげ、ハイヒールでうしろによろけ、バランスを崩しそうになった。

「あぶない！」ティムは大声をあげると、道具を持ち替えながらデレインを支えた。

「来てる！」デレインは叫んだ。「やっぱりそうだったのよ。ほら、あそこに現われた」

ジェドがあわててビデオカメラを持ちあげ、前方に出現した黒っぽいものに向けた。

セオドシアは階段を見あげ、つぶやくことしかできなかった。

「嘘でしょ。今度はなんなの？」

「何事ですかな？」大きな声が響いた。

セオドシアはあれっと思い、あらためて目をこらした。あの声には聞き覚えがある！よく知っている声だ。

「あなた方はここでいったいなにをしているのです？」声の主が言った。

「ティドウェル刑事かしら」セオドシアは小さく言った。きっとそうだ。あの人以外にこんな古い屋敷をこそこそ這いまわる人なんているわけがない。

デレイン、ティム、ジェドの三人も、前方にいるのは超常的な存在でないと気づいたようだ。生身の人間だと。しかも怒れる生身の人間だった。

「ティドウェル刑事よ」三人のうしろからセオドシアは言った。

「もちろん、わたしですとも」刑事は怒ったように言い、光があたっているところに出てきた。「誰がいると思ったのですかな？　謎のヒーロー、グリーン・ホーネットだとでも？」

「べつになにも……」デレインはしどろもどろになりながら、ぴったりの言葉を探した。

「あたしたちはただ……」

ティドウェル刑事は階段を二段おりた。「みなさんはいったい、ここでなにをしておいでなんです？」刑事がそう訊いたとき、重みに抗議するように階段がまたきしんだ。

四人は落ち着かない様子でもじもじと身体を動かしていたが、ついにジェドが口をひらいた。

「超常現象に関する調査をしています」

「なんですと？」刑事はよく聞こえなかったというように訊き返した。「いまなんとおっしゃいましたかな？」

「この人たちは、いわゆるゴーストハンティングにたずさわっているの」セオドシアはわかりやすいようにそう説明した。

刑事はふんぞり返り、いかにも不快そうな黒い目で四人をにらんだ。「妙ですな」そう言ったときの声には皮肉な響きが交じっていた。「いまたしかに誰かが〝ゴーストハンティング〟と言ったようですが」

「そうよ」デレインが言った。「あたしたちはドゥーガンと会話するためにここに来てるの」

「そうでしたか。して、その軽率な思いつきはいったいどなたが？」

デレインは非難の矛先をかわそうと、いきなりジェドとティムを指差した。

「このふたりよ」

「しかし、あなたも同行しているではありませんか」刑事はそう言うと、つづいてセオドシアのほうにすばやく目を向けた。「それにあなたまで。あなたがこんなことに関わるとは思ってもいませんでしたよ」

「べつにいいじゃない。ただの実験なんだし」セオドシアは言い返した。

「というより、ちゃちな宴会芸でしょう」刑事は鼻息も荒く言った。「犯行現場のテープをはずしたのはどなたですかな?」

誰も答えずにいると、刑事はふんと鼻を鳴らした。

「ゴーストハンティングですと。まったくもって、くだらない」

「お言葉ですが」ジェドが口をひらいた。「ぼくたちは最先端の機器を使ってゴーストハンティングをおこなってるんです。使用機器はどれも実地《フィールド》テストで動作を確認済みです」

「それはけっこう。では、わたしの現場《フィールド》からどいていただきましょうか」


この一件で四人はすっかり意気消沈した。装置を抱え、しょんぼりした様子で階段をのろのろとおりていった。セオドシアだけがティドウェル刑事から話を聞こうとその場に残った。

「まだ現場周辺を嗅ぎまわっていたの?」

いまさら三一三号室でなにか見つかるとは思えない。もしかしたら、あらためて現場を見ようと立ち寄っただけかもしれない。そうでなければ、彼には霊感があるのかも。

「当然でしょう」刑事は言った。

「さっき三一三号室に入ったけど、コレクションのペーパーウェイトはあいかわらず一個足りないままだったわ」

「ええ」

「見つかったの?」

刑事はしばらくセオドシアをじっと見つめていたが、やがて言った。「いいえ」それだけ言うとくるりと背を向け、暗闇に姿を消した。

　下におりると、デレインが力なくうなだれていた。

「だめだったわ。ドゥーガンにお別れを言うチャンスだと、彼と心を通わせるチャンスだと思ってたのに、それもかなわなかった」

「お別れなら明日のお葬式で言えばいいじゃない」セオドシアは言った。「最後のお見送りをしましょう」

「そうね」デレインは葬儀のことなどすっかり忘れていたように言った。「お葬式があるんだったわ。うちに帰って着るものを決めなくちゃ」

　喪服を出して準備をするというわけね、とセオドシアは心のなかでつぶやいた。彼女自身は葬儀用と決めている地味な黒のスーツがある。とはいえ、しだいに暑くなってきている昨今、あれではサウナスーツを着ているみたいになるおそれがある。黒いカクテルドレスにして、おとなしめのショールで肩を覆うのもいいかもしれない。それに黒い手袋と帽子をプラスする。それならぱっと見た感じは……。

『アダムス・ファミリー』のモーティシアそのものだ。それだけは勘弁してほしい。紺のワンピースにしたほうがよさそうだ。

「あの」ジェドが片手を差し出した。「いろいろと力になってくれてありがとう」

「どういたしまして」いったい何の役に立ったのかしらと思いながら、セオドシアは差し出された手を握った。

「じゃあ、また」ティムが言った。「またおたくのティーショップに顔を出します」

「うれしいわ」

セオドシアはそう言い、ジェド、ティム、デレインの三人がバタバタと玄関を抜けて通りに出ていくまで見送った。

セオドシアはひとりぽつんとロビーを見まわしながら、ラトリング夫妻はどこに行ったのだろうと首をひねった。おそらく上の薄暗い客室のどれかにこもり、キャンセルされた予約を思ってため息をつきながらテレビでも観ているのだろう。

それとも、この建物にまんまと忍びこんだ殺人犯に怯え、自室に鍵をかけて閉じこもっているのだろうか？　グランヴィル殺害による恐怖で、ひと晩じゅう眠れないとか？

ティドウェル刑事がやかましい足音をさせながら階段をおりてくるのが聞こえ、セオドシアは振り返った。

「なにか見つかった？」

刑事は首を振った。「いえ。もともと期待はしていませんでしたので」

「刑事さんに訊きたいことがあるの」

刑事は、どうぞとは言わなかったが、物問いたげに首をかしげた。

「ドゥーガンの遺言書の中身を公表しないよう、グラムリーさんに指示した？」

刑事はセオドシアをぽかんと見つめた。「なぜわたしがそんなことをするんです？」

今度はセオドシアがぽかんと見つめる番だった。

「さあ。でも、昼間、グラムリーさんはたしかにデレインにそう言ったのよ」

刑事は大柄な体格とは思えぬほどすばやい身のこなしでロビーを突っ切り、玄関のドアに手を置いた。「おそらく、単なる勘違いでしょう」

「ちがうわ。なにか魂胆があってのことだと思う」


グラムリーはなにを隠そうとしているのだろう。セオドシアはそれが気になって、ロビーをうろうろした。ううん、正確に言うなら、どの情報の公表を引きのばそうとしているのだろう、だ。デレインが一切合切を相続すること？　グランヴィルの自宅、財産、それに法律事務所の半分を。それとも、まったくべつの問題があるのだろうか。

いつの間にか暖炉室に来ていた。三日前、デレインの結婚を祝うために大勢の招待客が集まった場所だ。いまは静かでがらんとしている。パチパチという火の音もしなければ、熱々のお茶が入ったポットも、上等なブランデーを満たしたクリスタルのブランデーグラスもない。金属の折りたたみ椅子は積み重ねられ、花のしおれた花瓶が哀れを誘う。盛りをすぎた花特有の香りがあたりにただよっている……まるで葬儀場を飾る花のようだ。

セオドシアはまだ、ここでなにがあったのかと考えていた。招待客のひとりがグランヴィル殺害をたくらんだのか？　それとも第三者がこっそり忍びこんだのか。暖炉のところまで行って、炉棚に触れた。指に埃がついた。

もうひとつ、彼女の頭を悩ませているのが、行方不明の凶器だった。何者かがペーパーウエイトでグランヴィルの頭を殴りつけ、奥の階段を駆けおりて逃走したとする。その場合、凶器も持って逃げるだろうか？

セオドシアの答えは〝絶対にありえない〟だ。自分が犯人なら、ペーパーウェイトを持って逃げるのはあまりに危険だ。できるだけ早く始末しようとするだろう。

でも、どこに？

なんとなくロビーに戻り、あらためて全体を見まわした。ここにはものを隠せそうな場所はたいしてない。とは言え、地下におりる階段の上から転がせば、がらくたの山にまぎれて絶対見つからないだろう。

ため息をつき、そろそろ電気を消して玄関のドアに鍵をかけようかとちらりと思った。しかしすぐに、それは自分の仕事ではないと気がついた。ラトリング夫妻が最後に確認をするだろうから、そのときにそういうことは全部やるはずだ。

セオドシアは玄関からするりと出て自分の車があるほうに歩きはじめた。しかし、ふと思いついて右に折れ、草と蔓がのび放題の石敷の通路をたどって建物の横手をまわり、裏庭まで行ってみた。

かつては典型的なチャールストン風庭園だったことが、ひと目でわかった。世話をしたり剪定《せんてい》をしたりする庭師がいた頃は、マグノリア、ツバキ、ジャスミンが咲き誇る、壁で囲まれたオアシスだったことだろう。夜には蛾がひらひらと飛びまわり、そのなかには大きくて美しいオオミズアオもまじっていたかもしれない。

しかし、いまは草がのび放題になっている。花壇はぐちゃぐちゃだし、高木も低木も剪定していないせいで形が不揃いだ。ツタのからまる壁は葛《くず》が密生しているようにしか見えない。足の向くままに歩いていきながら、ラトリング夫妻はなぜ庭がこんな荒れ放題になるまで放っておいたのかと不思議に思った。常緑のオークからだらりと垂れさがったスパニッシュモスは、先端がセオドシアの頭のてっぺんに触れそうなほどのびていた。

その下をくぐるとき、セオドシアはぞくっと震えあがった。スパニッシュモスはとても優雅でロマンチックだと、観光客は口々に言う。みんな、あれが昆虫のいいねぐらになっているのを知らないのだ。

半円形の石のベンチに腰をおろし、大理石でできた古い像を見あげた。古代ギリシャ風のトーガを着た女性が、壺をかついでいる像だった。しかし全体的に薄汚れていて、長い歳月のうちにところどころ欠けたり、穴があいたりしている。しかも、かわいそうに、女性の顔の造作がかなりぼやけてきていた。

五フィート前方に小さな池があった。セオドシアの自宅の裏にあるのと似たような感じだ。まさか金魚などいないと思ったが、光沢のある紫色の水生甲虫が一匹、水面をすいすいと移動していた。

すぐそばの水草が風にそよぎ、潮風が鼻をくすぐる。そしてセオドシアはまたも、これほどすてきな庭がなぜ、まったく手入れされていないのかと疑問に思った。

ラトリング夫妻は忙しすぎるのかもしれない。この〈レイヴンクレスト・イン〉をふたりだけで切り盛りするのは大変なのかもしれない。とは言うものの、そういうことにこだわらないたちだとも考えられる。

地面に一セント硬貨が落ちているのに気づき、腰をまげて拾いあげた。ウィートペニーと呼ばれる麦の穂がレリーフされた古い硬貨だ。ラトリング夫妻に幸運をおすそ分けしようと立ちあがり、数フィート進んでさっきの池に投げ入れた。硬貨がポチャンと小さな音をたてて水中に没すると、円の形の小さなさざ波が立った。

そのとき、セオドシアは色のついた石があるのに気がついた。

そばに寄って、池のなかをのぞきこむ。次の瞬間、鋭く息を吸いこんだ。

色のついた石と思ったものが、実際にはそうではなかったからだ。

ガラスのペーパーウェイトだった。

セオドシアはしばらく呆然と見つめていた。やがてあたふたとバッグに手を入れて携帯電話を探した。電話が見つかり、二度失敗してからようやく正しい番号をプッシュした。

早く出て、お願いだから出て。

ティドウェル刑事は二度めの呼び出し音で出た。「いい話なんでしょうな」

「ええ」セオドシアは答えた。「だからすぐ戻ってきてほしいの」

「なんのためにです？」刑事はくくっと笑った。「偶然、さまよう霊を見つけたとか？」

セオドシアは揺らめく水面をもう一度見やった。うん、たしかにある。幻を見たわけじゃない。

「そこまですごいものじゃないけど」と前置きする。「でも、行方のわからなかったペーパーウェイトを見つけたわ」

13

ドゥーガン・グランヴィルの葬儀はインディゴ・ティーショップから一ブロックほどのところにある、聖ピリポ教会でおこなわれた。ロンドンにある聖マーティン教会を彷彿とさせる新古典主義のアーチをそなえた、監督教会派の教会だ。

セオドシアは開始時間にわざと遅れて到着し、後方の会衆席にさっと腰をおろした。教会内がぎっしりと人で埋まっているのが少し意外だった。おそらく、グランヴィルの現在および過去の依頼人の多くが、礼儀として参列しているのだろう。それに、グランヴィルが多額の支援をおこなっていた各種慈善団体の理事やボランティアも来ているようだ。葉巻仲間も何人か来ているだろう――〈DGストージーズ〉に立ち寄っては葉巻を一本やりながらグランヴィルと雑談に興じ、合併だの抜群に高い利益率だのについて得々と語るビジネスマンたちだ。

生前のグランヴィルはみんなから好かれていたとは言いがたいが、死んで人気者になったのはあきらかだった。

じりじりと右に移動して人の波を見わたすと、デレインが最前列にすわっているのが見えた。その右にはアラン・グラムリーが、左にはチャールズ・ホートンがすわっている。デレインはあのふたりと和解したのだろうか。それともただ、心のよりどころとして頼っているだけなのか。おそらくは後者だろう。

中二階の聖歌隊席で、オルガン奏者がモーツァルト作曲の悲しみに満ちた葬送歌のイントロを弾きはじめた。音はらせんを描くように上へ上へとのぼっていくと、そのまま空中にただよい、教会内を厳粛な雰囲気で満たした。

前方に目をやると、祭壇のこちら側に小さな木のテーブルがあり、その上にスターリングシルバーの骨壺が置いてあった。

もう骨になってる、とセオドシアは心のなかで思った。ドゥーガンは火葬されたんだわ。あっけないものね。イングランド祈禱書に一節があるけれど、まさに〝灰は灰に、塵は塵に〟だ。

セオドシアはもう一度、周囲を見まわした。マックスも来てくれる約束だった。美術館で会議があるとは言っていたけど。参列者の顔を見ていく。もう来てるかしら。うまく会議を抜け出せたかしら。どうして人生はいつも、いろいろとかち合ってばかりなんだろう？

四列前にすわっているシモーン・アッシャーに目がとまった。長いブロンドの髪をフレンチツイストにまとめ、黒いブークレ織りのジャケットを着ている。セオドシアは、あのジャケットはビンテージものかしらと首をのばした。ディオールかシャネルか。よくわからない。ああいう一部の高級ブランドは時代を超えて受け継がれるすべを心得ている。

セオドシアの視線が後頭部に熱く注がれているのに気づいたのか、シモーンがぱっと振り返った。彼女は会衆をすばやく見わたし、セオドシアに目をとめた。すぐに誰だかわかったらしく、さっと表情をくもらせた。しかしすぐに鼻にティッシュをあてがい、教会の前方に目を戻した。

「遅れてごめん」マックスが押し殺した声で言った。そのまま隣までやってきて、セオドシアがいるささやかなスペースに一気に割りこんだ。彼がどすんと腰をおろすと、肩や膝が触れ合い、男性特有の安心感をあたえてくれた。

「間に合わないかと心配してたのよ」セオドシアは小声で言った。

マックスはわざとらしく目を丸くしてから、彼女の手を握った。

「うまいこと言って抜け出さなきゃならなくてね。でも、このとおり、ちゃんと来ただろ？」そう言ってあたりを見まわした。「デレインはどうしてる？」

「けさ電話があって、オープントゥの靴を履いてもかまわないかしらと、意見を求めてきたわ」

「じゃあ、元気なんだね。さすがはデレインだ」

「でも、いまも悲しみに沈んでいるみたい」

「それはそうだろう」マックスが言うのと同時に、オルガンの曲がいっそう厳かなものに変わった。

それを合図に、全員が起立した。

「なにが始まるんだい？」マックスが訊いた。彼は信心深いほうではなく、教会に足繁く通う習慣がないのだ。それについては、なにか手を打ったほうがいいだろう。

「式が始まるの」

かれこれ十年以上聖ピリポ教会に奉職し、チャールストンの全住民を知っていると言っても過言ではないジェレマイア・ブレイズ師が式を始めた。彼は大股で聖書台に歩み寄り、両手で台をつかんだ。

「きょうはチャールストン市にとって悲しみの日であります」

雪のように真っ白な髪を長くのばし、顔も身体も華奢なせいか、まるで現代に現われた預言者のような風貌だ。

ブレイズ師は、ドゥーガン・グランヴィルが多額の寄付をする一方、地元の慈善事業や芸術団体を支援してきたことを紹介するなど、心を打つ見事な弔辞を述べた。デレインかアラン・グラムリーからかなり言い含められたにちがいない。

次にアラン・グラムリーが聖書台を前にした。彼はグランヴィルが頭の切れる勤勉なパートナーであると同時に、一般市民の権利のために懸命に闘った弁護士であったと述べた。一般市民がグランヴィルの豪華な屋敷に足を踏み入れ、絵画、骨董品、スポードの食器を見たら、いったいどう思うだろう。

マックスは少し飽きてきたのか、身を乗り出して前の座席をつかみ、自分たちがいる列をながめまわした。

「あの男は誰かな？」彼は小声でセオドシアに訊いた。セオドシアは首をのばし、前方を見やった。次の瞬間、ジャック・オールストンの姿が見えた。ダークスーツと、自慢の目がいっそう青く見える青いシャツを着こんだ彼は、セオドシアが自分に気づいたのを知って、小さくほほえんだ。「誰でもないわ」

「さっきからずっときみを見ているようだよ」マックスは言った。

「あとで話すわ」

「ネネツ人みたいな目をしてるな。透き通ったブルーだ」

ええ、本当に、とセオドシアは声に出さずに答えた。あの目で見つめるのはやめてほしいわ。

最後に、グランヴィルの義理の息子のチャールズ・ホートンが弔辞を読んだ。淡いベージュのリネンのジャケットとカーキ色のスラックスという格好で、チャールストンのフォックス・リッジ・カントリー・クラブにランチでも食べに行くように見える。ことによったら、本当にそうなのかもしれない。

ホートンは人前で話すのが格別にうまいわけではなく、家族との再会についてだらだらとしゃべり、その間、参列者は足をもぞもぞ動かしたり、咳払いしたりしていた。

やがて突然、前方で大きなわめき声がした。傷ついた動物のような絶叫がしだいに高くなり、そこに苦悶のうめきがくわわった。「デレインも気の毒だな」マックスが小声で言った。

「あれはデレインじゃないわ」セオドシアは言った。「お姉さんのナディーンよ」

「よっぽど気持ちが高ぶったんだね」

セオドシアはマックスに教えてあげたかった。ナディーンはお茶が冷めても、あるいはブランドものの靴で親指が痛くなっても気持ちが高ぶる人なのだと。しかしこう言うにとどめた。「いつものことよ」


ようやく式が終わると、セオドシアとマックスはいち早く教会の外に出た。マックスが急いでギブズ美術館に戻らなくてはならないからだったが、セオドシアはティドウェル刑事と話をするつもりで、しばらく待っていた。混んだ教会のなかでは姿を見つけられなかったが、巨漢の刑事は絶対、どこかにもぐりこんでいるはずだ。

長く待つ必要はなかった。ぞくぞくと外に出てくる参列者のなかに刑事はあっさり見つかった。特大サイズのスーツをきつそうに着て、全員に油断のない目を向けているのがそうだった。

セオドシアは片手をあげて振った。「刑事さん！」と呼びかけた。「ティドウェル刑事！」

刑事はセオドシアに気づき、ゆっくりした足取りでやってきた。

「なんですかな？」彼は参列者に目を走らせるのをやめずに尋ねた。

「例のペーパーウェイトのことよ」セオドシアは自分から言い出さなくてはならないことに腹がたった。刑事のほうから最新情報を教えてくれてもいいはずなのに。「なにかわかった？」

刑事は首を横に振った。「残念ながら、なにも。長いこと水に浸かっていたせいで、手がかりになりそうな指紋はすべて消えていました」

「そんな《ラッツ》」

「そこはやはり、ラトリングでしょう」刑事はぼそぼそ言うと、急ぎ足でその場からいなくなった。

刑事を追いかけようとしたセオドシアの目の前に、意外な人が現われた。ジェドとティムのベックマン兄弟があいさつしようと急ぎ足で近づいてきたのだ。ジェドはビデオカメラを持ち、ティムは腰から予備のバッテリーをぶらさげ、音響装置とブームマイクを手にしていた。

「あらやだ。まさかビデオに撮ってるんじゃないわよね」

「前のほうにいたんですけど、気がつきませんでした？」ティムが訊いた。

「ミス・ディッシュから許可はもらってます」ジェドが安心させるように言った。

「デレインが、許可したの？」

「とても親切な人ですね」ティムが言った。

「きょうの彼女は悲しみに沈んでいるのよ。あなたたちが無理を言ったんじゃなければいいけど」

「そんなこと、してませんよ」ジェドはそう言いながら、参列者にカメラのレンズを向けた。

「きょう撮ったものをどうするの？」

ジェドは肩をすくめた「まだ決めてません」

セオドシアは歩道に寄り固まっている参列者に目を向け、ビル・グラスがいるのに気づいた。ジェドとティム同様、彼もこの一大イベントを記録におさめるのに忙しく、ハリウッドのレッドカーペットにいるかのように、ひっきりなしにシャッターを切っている。

セオドシアは人混みをするすると抜け、グラスの肩を軽く叩いた。

「ここでなにをしてるの？」

グラスは歩調をゆるめなかった。「おれがなにをしてるように見える？」そう言うと、また、つづけざまに五、六回、シャッターを切った。「いい写真になるぜ。大勢の名士が葬儀の場に集まってるんだ。最高じゃないか」

「頼みがあるの」セオドシアはふと思いついて言った。「結婚式の日に撮った写真を見せてもらえないかしら」

グラスはセオドシアにちらりと目をやった。

「デレインのかなわなかった結婚式のことか？」

「どうとでも言って。とにかく、見せてもらえるの？」

「ああ、いいとも。でも、明日まで待ってくれよな。きょうは死ぬほど忙しいんだ。今夜は印刷があるんでね」

「だったら、うちの店に来ない？」

「そうするよ」グラスがシャッターを切りつづけているところへ、アラン・グラムリーとチヤールズ・ホートンが通りかかった。

「やあ、おふたりさん、こっちを見てくれ！」グラスはふたりに声をかけた。「ほら、にっこり笑って！　チーズのかわりに、状況証拠って頼む」

グラムリーもホートンも迷惑そうに顔をそむけた。

しかしそれもセオドシアがグラムリーを捕まえるまでのことだった。

「グラムリーさん！」と声に重々しい響きをくわえて呼びかけた。「お話があるんです！」

グラムリーはいい顔をしなかったが、とりあえず立ちどまった。

「なんでしょう？」

「きのうデレインとわたしにしたお話では、ティドウェル刑事からグランヴィルさんの遺言書を公表しないよう指示されたとのことでしたけど」

「ええ」とグラムリー。

「ちがいます。ティドウェル刑事はそんなことは言ってません。わたしたちに嘘をつきましたね」

「わからない人だな。わたしはデレインを守ろうとしているんですよ」グラムリーは背を向け、立ち去った。

「守ろうとしているですって？」セオドシアは彼の背中に向かって呼びかけた。「なにから守ってるんです？」

しかしグラムリーはそのままいなくなった。

「おかしい」セオドシアはひとりぶつぶつ言った。「どう考えてもおかしいわ」グラムリーはすでに遺言書の内容をデレインに明かしたのだろうか？　おそらくそうだろう。なにしろ、葬儀のあいだ、ふたりは並んですわっていたのだ。いいわ、だったら、デレインに話を聞くしかない。

セオドシアは人混みをかき分け、知り合いには会釈したりほほえみかけたりしたものの、とにかくデレインがいるはずの正面玄関を目指した。

思ったとおりだった。デレインはシルバーの骨壺を両手で抱え、両開き扉の前に立っていた。隣にはミリー・グラントがいた。ヒラリー・レットンとマリアンヌ・ペティグルーも一緒だった。〈ポップル・ヒル〉というチャールストンでもトップクラスの室内装飾の会社を経営しているふたりだ。

デレインは顔が引きつり、いかにも疲れている様子だった。お悔やみの言葉をかけられるのも限界なのだろう。いまは惰性で動いているだけのようだ。かわいそうに。

さらに数人がデレインの手を握り、音だけのキスをしたところで、彼女はセオドシアが待っているのに気がついた。ミリーに小さな声でなにか言うと、シルバーの骨壺を預け、急いでセオドシアを引っ張った。

「大問題発生よ」デレインは開口一番そう言った。

「今度はどうしたの？」セオドシアは訊いた。遺言書に関すること？　埋葬？　デレインのブティックのこと？

「サマーガーデン・ツアーよ。ドゥーガンの家も参加してたの」

セオドシアはデレインをぽかんと見つめた。

「あさってから始まるサマーガーデン・ツアーのこと？」

「そう」

「まあ、残念」セオドシアは言った。「ドゥーガンの家を見てもらえないなんて、がっかりだわ。主催者にはぎりぎりで申し訳ないけど、リストから削除してもらうしかないわね」

「削除するのは無理よ」デレインは言った。

「どういうこと？」

「だから」とデレイン。「不参加にはできないってこと。ドゥーガンの自宅は印刷したプログラムにのってるんだもの。ツアーでめぐる六軒のうちの一軒として正式に発表されちゃったのよ」

「取り消すように言えばいいじゃない」そうすることがしごく当然に思えた。

デレインは首を振った。「もう手遅れよ。あたしたちでできるかぎりのことをするしかないわ」

「わたしたち？」

「だって、あなたはすぐ隣に住んでるでしょ。あなたのコテージからドゥーガンの家までは、ホップ、ステップ、ジャンプで行ける距離なのよ。だから、あなたに手伝ってもらおうと思って」

「なんですって！」セオドシアは思わず大きな声を出した。とんでもない話だ。「勘弁してよ、ドゥーガンのお宅と庭を二日でなんとかできるわけないでしょうに」セオドシアは周囲から好奇の目を向けられたのに気づき、落ち着かなくてはと自分に言い聞かせた。「あなたにできるはずないでしょ。わたしにだって無理」

「でも、やるしかないんだってば」デレインは我慢の限界という調子で言い返した。

「人を雇ったらどう？　でなければ、ナディーンに手伝ってもらうとか」

デレインは不愉快そうに口をとがらせた。

「本気で言ってんの？　きょうの姉さんを見たでしょ。あれじゃ庭のナメクジ程度しか役にたたないわよ」そう言って首を振った。「だめよ、セオ。あたしたちでなんとかするしかないの。ほかに選択肢はないんだから」

セオドシアはまだ呆然としていた。「そうは言うけどわたし……しかたないわね。で、なにをしたらいいの？」

「まず」とデレイン。「あたしが庭師とハウスクリーニングの人に連絡を取って、全部きれいにしてもらう」

「そうね」セオドシアはそう言い、次の発言を待った。長くは待たなかった。

「あなたは軽食をお願いね」デレインはそこでにっこりとした。

来た！

「わたしが？　本気？」

てるじゃない」

「そうよ。だっていつもやってることでしょう？　ちょっとした集まりにケータリングをし

「でも、今度のはちょっとした集まりなんかじゃないでしょ。何百人もの人がドゥーガンの自宅と庭をめぐるのよ。場合によっては、千人単位の人がお茶とデザートを必要とするかもしれないわ」

「セオ」デレインは深刻そうに、少し怯えた表情で言った。「あたしは友だちとして頼んでるの。途方にくれてるのよ。本当にあなたの力が必要なの。さあ、やるの、やらないの？」

「わかった、やる。手伝うわ」セオドシアはすっかりしゅんとなってそう答えた。

「そう。話がまとまってよかった」

セオドシアはもぞもぞと体を動かした。「このあと墓地に行くんでしょう？」

デレインは首を横に振った。「ううん。ドゥーガンは火葬にしたから、遺灰をダイヤモンドにしてもらうつもり」

「え？」セオドシアの声が裏返った。いまのはわたしの聞き違い？　ううん、そんなはずがない。デレインはたしかにダイヤモンドがどうこうと言った。かわいそうに、悲しみのあまり頭のなかが混乱して、まともに考えられなくなってるんだわ。

「ものすごく簡単なのよ」デレインはつづけた。「シカゴにそういうのを専門にしてる会社があってね。〈ダイヤモンズ・フォーエバー〉という名前なの」

「それ、本気じゃないわよね」セオドシアはしどろもどろになった。こんな話、デレインが

でっちあげるはずがない。でもまさか……？

「本気に決まってるじゃない」

「ねえ、教えて。その〈ダイヤモンズ・フォーエバー〉とやらは、遺灰をどうするの？」どうしても知りたいわ。ちょっと待って、本当に知りたいの？

「圧縮するんですって」デレインは説明した。「ダイヤモンドって要するに、炭素をうんと圧縮したものなの。人間と同じ。あたしたちも炭素でできてるでしょ。だから、人間の灰にものすごい圧力をかければ、ダイヤモンドになるってわけ」

「突拍子もない話だわ」セオドシアは言った。こんな話は聞いたことがない。

デレインはせつなそうにほほえんだ。「遺灰で、せめて三カラットのダイヤができてほしいわ。それなら、ドゥーガンの死にも意味があるってものじゃない」そこで彼女は声を落とした。「墓石《ヘッドストーン》がわりの宝石《ジエムストーン》ってね」

「デレイン、あなたにはいつもいつも驚かされるわ」

「まあ、ありがとう、セオ。みんなをびっくりさせる存在でいたいから、いつも血のにじむような努力をしてるのよ。本当に」

14

セオドシアはなんとかランチタイムに間に合う時間に、インディゴ・ティーショップに戻った。テーブルはいくつかが埋まり、ほかも白いリネンのテーブルクロス、揺らめくキャンドル、上品な食器で準備はすっかり整っていた。ドレイトンがシェリーのチンツ模様のカップとソーサーを出してくれたのを見て、セオドシアはうれしくなった。色とりどりの小さな絵柄がテーブルを明るくし、イギリスらしい雰囲気を演出していた。

ドレイトンは同じ柄のシェリーのティーポットに茶葉を量り終え、セオドシアを見あげた。

「お葬式はどうだったかね？」

「しめやかだったわ」セオドシアは答えた。「それにちょっと異様だった」

ドレイトンは腕時計に目をやった。いつも少し遅れる古いピアジェの時計だ。

「思ったよりも早かったじゃないか。みんな墓地まで行かなかったのかね？」

「お墓はないの。グランヴィルさんは火葬されたから」

ヘイリーが奥から現われた。「デレインはどうするつもりなの？　遺灰を骨壺に入れて、暖炉の上にでも置いておくのかな」

「大はずれ」セオドシアは言った。「ドゥーガンの遺灰はマグノリア墓地なり、それ以外の永眠の地なりに埋葬するんじゃなく、ぎゅっと固めてダイヤモンドにするんですって」

「はあ？」ドレイトンとヘイリーが同時に大声をあげた。

そこでセオドシアはふたりに、炭素を圧縮してダイヤを作るという〈ダイヤモンズ・フォーエバー〉の技術を説明した。

「それってめちゃくちゃ気味が悪いよ」とヘイリー。

「普通ではないな」とドレイトン。「しかし、非常にデレインらしいとも言える。いささか風変わりでありながら、実用的でもあるのだからね」

「そうでしょ」セオドシアは言った。「なにひとつ無駄にならないんだもの」

「やだ、もう！」ヘイリーは顔をしかめた。


ヘイリーはセオドシアとドレイトンをしたがえて厨房に引っこむと、鍋やナイフを乱暴にガチャガチャいわせ不快感をあらわにした。

「きょうのメニューを確認しましょうよ」

こう言えばヘイリーも頭を冷やすとセオドシアにはわかっていた。ヘイリーは気分にむらがあるが、完璧主義者でもある。物事がスムーズに運ばないと気が済まず、それもランチタイムとなればなおさらだ。

「とりたてて変わったメニューじゃないんだけどね」ヘイリーはひよこ豆のペースト《フムス》が入っ

たボウルを手に取った。

「いつだってそう言うじゃないか」ドレイトンが言った。「しかし、けっきょくはすばらしいメニューの数々でわたしたちの想像をかき立ててくれる」

ヘイリーは十二枚の全粒粉パンをカウンターに並べ、それぞれにフムスを塗りはじめた。

「まずは、フムスとスライスしたトマトとオリーブを全粒粉パンではさんだティーサンドイッチ」

「毎回人気のメニューだな」ドレイトンは言った。「ほかには？」

「カレー風味のチキンサラダのクロワッサンサンド。それに、お茶でスモークしたチキンと厨房から出したグレープフルーツをベビーリーフにのせたおいしいサラダもあるわ」

「それだけ？」セオドシアは訊いた。いつもより品数が少ない気がした。

「ほうれん草、アスパラガス、グリュイエールチーズを使った卵白のオムレツも用意してる」

「健康に気を遣うお客様向けだな」とドレイトン。

「健康に気を遣わないお客様にはなにを用意したの？」セオドシアは訊いた。

その質問にヘイリーの顔がぱっと輝いた。「レモンとカモミールのカスタード、ピーナッツバターのスコーン、それにチョコレート・カップケーキ」

「最後のはきみが〝超濃厚〟と呼んでいる、あれかね？」ドレイトンが訊いた。「チョコレートがたっぷりの？」

「あたり」ヘイリーは言った。

入り口の上のベルが軽やかに鳴るのを聞いて、セオドシアとドレイトンは急いで厨房から店に戻ったが、気がつけば次々に入ってくるお客の対応に追われていた。セオドシアがお客を出迎え、席に案内して注文を取るかたわら、ドレイトンはカウンターのなかでせっせと手を動かし、ガンパウダー・グリーン、モロッコ産ミント・ティー、セイロン・ティーをポットで淹れていた。息継ぐ暇もないほど忙しいはずなのに、ポット一杯分のストロベリー・ティーまで淹れていた。それを充分に冷まし、氷の入ったピッチャーに注ぎ入れた。

「これに生のミントの葉を添えたら、ストロベリーミント・ティーになる」彼はセオドシアに言った。

「レモンのスイート・ティーの注文を受けちゃったんだけど」セオドシアは言った。

「大丈夫だ」ドレイトンは頭上に手をのばし、ガラスのピッチャーをもう一個出した。「レモンバーベナ・ティーを淹れて、シンプルなシロップを少し混ぜるとしよう」

午後一時を十五分ほどすぎて混雑がやわらぎはじめると、ティドウェル刑事がのっそり入ってきて店内をきょろきょろ見まわし、セオドシアを見つけると素っ気なくうなずいた。それから、さりげない様子で窓の近くの小さなテーブルについた。

二分後、セオドシアは刑事のかたわらに立った。「一日に二度も会うとは思わなかったわ」

刑事はせり出した腹部を軽く叩いた。「おたくの絶品もののランチを思い浮かべたら、いても立ってもいられなくなりましてね」

セオドシアは足で床をこつこついわせた。予測不能な刑事だったはずなのに、予測可能になりつつある。とくに食べることに関しては。

「卵白のオムレツはいかが？」といたずらっぽい笑みを浮かべて訊いてみた。

思ったとおり、刑事は呆気にとられた顔になった。

「もう少しそそるようなメニューもあるはずでしょう。まあ……はっきり言うなら、もっとボリュームのあるものが」

「お茶でスモークしたチキンのサラダは？」セオドシアは言ってみた。気が進まない様子の刑事に、さらにたたみかけた。「でなければ、カレー風味のチキンサラダのクロワッサンサンドならいかが？」

「カレー風味のチキンはよさそうだ」刑事は言った。「それを、ヘイリー手作りのクロワッサンではさんであるんですな？　バターたっぷりのさくさくしたあれで」

「ええ」

「甘いものはありますかな？」刑事はしらじらしく尋ねた。インディゴ・ティーショップではいつも三、四種類の焼き菓子を出していることくらい知っているくせに。

セオドシアはため息をついた。ここは奥の手を出すしかなさそうだ。

「ヘイリーが〝超濃厚〟と呼ぶカップケーキがあるわ。ダークチョコレート味で、なかにチョコレートプディングが詰まってるの」

「それがよさそうだ」刑事はそこでちょっと口をつぐんだ。「お茶のアドバイスはありませんかな?」

「白牡丹《パイ・ムータン》がお勧めね。牡丹の花の香りがする、中国の上品な白茶よ」

「専門家のアドバイスに従いましょう」刑事は言った。

セオドシアは隣のテーブルからもお茶の注文を受け、それをドレイトンに伝えると、厨房に駆けこんでクロワッサンサンドの注文をとおした。数分後、刑事のもとにランチを運ぶ頃には、またもペーパーウェイトのことが頭をぐるぐるまわりはじめた。

「例のガラスのペーパーウェイトについて続報はないの?」注文のサンドイッチとティーポットを刑事の前に置きながら尋ねた。

「やはり指紋はひとつも見つかりません。渦巻き部分や皮膚隆線が手品のように現われることもありませんでした」

「残念」セオドシアはそう言い、ちょっと間をおいた。「あれが凶器だと思う?」

刑事はクロワッサンをひとくちかじり、じっくりと味わった。それから口をひらいた。

「一時間ほど前、ラトリング夫妻から話を聞きました。あれはたしかに、行方不明だったペーパーウェイトだそうです」彼はそこでまた少し、口をもぐもぐ動かした。「いちおう、シモーン・アッシャーの店にも寄って、彼女にも確認してもらうつもりです」

「彼女を容疑者リストから除外しちゃだめよ」セオドシアは釘を刺した。「店には同じようなペーパーウェイトがたくさんあるんだから」

「在庫があるからと言って、犯人とはかぎりませんよ」

「そうだけど、シモーンはどこかこう……妙な気がするの」

「それは彼女がグランヴィルを殺したと、あなたが思いこんでいるからでしょう。警察ではそういうのを先入観と言いましてね。事件の解決の邪魔になるだけです」

「世間では直感と呼んでいるわ」セオドシアは言い返した。

「あなたはなんでも直感で動きすぎです」

「シモーンが事件に関わっていると断言できるわけじゃないけど、彼女も容疑者リストにくわえるべきよ」セオドシアは周囲を見まわしてから、刑事の向かいの席に腰をおろした。ティーポットのふたをずらしてみると、お茶がいい感じに出ていた。そこで刑事のカップに注いだ。

「恐れ入ります。ところで、ラトリング夫妻について、どの程度ご存じですかな？」刑事は急に真顔になって尋ねた。

その質問はセオドシアの意表を突くものだった。

「これといったことはとくに」

殺人事件が起こった当初からラトリング夫妻のことは端役程度にしか思っていなかった。お茶の間劇場によく登場する、エキストラのようなものだと。主要登場人物ではなく、雑多な感じを出すためにいる、その他大勢だと。「そもそも、夫妻のことはなにも知らないもの。〈レイヴンクレスト・イン〉のオーナーだという以外には」

「ほほう」刑事は突然、ひとり悦に入った。「いまはオーナーではないんですよ」

セオドシアは呆然と相手を見つめた。

「なにを言い出すの？　オーナーに決まってるじゃない。だって、ゆうべのふたりを見ればわかるもの。商売に穴があいたと、とても気に病んでたわよ。そうとうまいってる感じだった」

刑事はチェシャ猫のような笑みを浮かべた。「いつものことですが、抜かりのない捜査の要《かなめ》は地道な証拠集めでしてね」彼はティーカップを少し持ちあげた。「ところで、たいへんおいしいお茶ですな」

「なんの話？」セオドシアは詰め寄った。「お願いだから話をそらさないで！」

「財政状況について調べたと言っているんですよ。通常の捜査を終えたのち、部下のひとりに夫妻の帳簿や膨大な量の裁判所の記録をひそかに調べさせたところ、ラトリング夫妻は〈レイヴンクレスト・イン〉の所有権を持っていないと判明しました」

セオドシアはそれを聞いて、一トンもの煉瓦をぶつけられたような衝撃を受けた。

「夫妻はオーナーじゃないの？」

刑事は得意そうな顔でうなずいた。

「じゃあ、オーナーは誰なの？」どうしても納得がいかなかった。きっと刑事はなにか勘違いをしてるのよ、そうよね？

「この三年間は、ギムラー不動産という会社が割賦払土地売買契約を結んでいました」

「結んでいた、と言ったわね。つまり、そのギムラー不動産はべつの誰かに売ったと言いたいの？」

「そのとおりです」

「驚いたわ」ラトリング夫妻の行動は、不安を抱えたオーナーのそれとしか思えなかったのに。両手を揉み絞り、人生のすべてがそれにかかっていると言わんばかりに、〈レイヴンクレスト・イン〉が見舞われた不運を嘆いていたのに。

「驚くのはまだ早いですぞ。つづきがあるんですからな」刑事はそこでわざとらしく間をおいた。「とある弁護士、すなわちドゥーガン・グランヴィルなる人物の協力を得て、ギムラー不動産は〈レイヴンクレスト・イン〉を差し押さえたのです」

「なんですって！　ラトリング夫妻は〈レイヴンクレスト・イン〉の所有者ではなく、しかもドゥーガンが先頭に立って差し押さえを実行したというの？」まさに、事実は小説より奇なりだ。「それはいったいどういうこと？」

「ここからがややこしいんですよ。どうやら、差し押さえがなされたのち、〈レイヴンクレスト・イン〉の割賦払土地売買契約はまったくべつの所有者に売られたようです」

「まあ！」セオドシアは腰を抜かしそうになった。

刑事はすばやくお茶をひとくち飲んだ。

「ラトリング夫妻はもてなし上手な宿の主人とは言えないようでした。しかも、マーケティングや全面改装といったことに時間も金もかける気はなかったようですな」

「つまり、夫妻は宿をうまく切り盛りできなかったわけね。その結果、支払いがとどこおった」

刑事は肉づきのいい人差し指をセオドシアに向けた。「ビンゴ」

頭がくらくらした。かたや怒れるラトリング夫妻、かたや高慢なグランヴィル。

「これで状況はがらりと変わったわ。ドゥーガンが差し押さえに手を貸したと知り、ラトリング夫妻は頭に血がのぼったのかもしれない。こっそり三階にあがって彼を殺したのも、あの夫婦かもしれないわけね」

「その可能性はたしかにあります」刑事は言った。

セオドシアは懸命に考えた。「もしかしたら、結婚式の当日、ラトリング夫妻はドゥーガンと最後にもう一度交渉しようとしたんじゃないかしら。最後の訴えをしたのかも」

「ほう？」

「でも、なにかが起こった。口論になり、話がこじれた」

刑事は納得したようには見えなかった。それでも熱心に耳を傾けていた。

「フランク・ラトリングはなんとかならないかと頼みこむつもりで、ドゥーガンの部屋を訪ねた。そのときドゥーガンはコカインを吸っていた。そのせいで、事態が悪いほうへと転がったのかもしれない」

「ラトリングがペーパーウェイトでグランヴィルを殴りつけたと？」

「そんなことをするつもりはなかったんじゃないかしら」セオドシアは言った。「かっとなってやってしまったのかも。フランク・ラトリングは一種のトランス状態になって正気を失ったんだわ。一瞬にしてね。でなければ、言い合うか揉み合うかするうち、ペーパーウェイトが棚から落ちて、運悪くドゥーガンを直撃したのかも」

「かもしれない、が多すぎますな」ティドウェル刑事は言った。

「ええ、たしかに」セオドシアも反論しなかった。刑事が最後に残ったクロワッサンを食べ終えるのを、黙って見つめていた。「それでこれからどうなるの？」

「わたしの知るかぎり、新オーナーは〈レイヴンクレスト・イン〉に手を入れて、居心地のいい朝食付きホテル《B&B》にするつもりのようです。つまり、事業を継続していくということです」

「わたしはラトリング夫妻のことを訊いたのよ」

「そうでしたか。警察本部に連行し、ゴムホースで思いきり殴ってやりますよ」

「本気じゃないわよね」

「ええ、ですが、あらためて事情を聞くのはたしかです。それもたっぷりと」

「自供すると思う？」セオドシアは訊いた。

「自供するだけのものがあれば、するでしょう」

「その間もラトリング夫妻はあそこにいるわけね。〈レイヴンクレスト・イン〉に」

「今月末までですがね」

「そのあとはどうなるの？　あそこを引き払うわけ？　転居するの？」
「おそらくは」
「ふたりが本当に犯人だった場合、引っ越されたら逮捕がむずかしくなるんじゃない？」
「うまくいけば」と刑事は言った。「それまでに事件は解決します」
「うまくいけばね」セオドシアは同じ言葉を繰り返した。

それから二十分間は物思いにふけっていた。いくつものテーブルにお茶とスコーンを運び、客にほほえみかけ、知り合いとは雑談も交わした。しかし、その間ずっと、頭のなかは最大級のトルネード並みに渦を巻いていた。商売下手なラトリング夫妻。ふたりの頭上にダモクレスの剣のごとくぶらさがっている差し押さえ。ドゥーガン・グランヴィルとの関係。

グランヴィルとラトリング夫妻の交渉は皮肉な言葉と敵意に満ちたものだったのだろうか？　おそらくそうだろう。ラトリング夫妻がグランヴィルに罵詈雑言を浴びせたのか、それともグランヴィルのほうがふたりを侮辱したのか。不運なラトリング夫妻をあざ笑ったのだろうか？　そしてそれがあだとなったのか。

この線をたどるしかない。そのためにはデレインから話を聞く必要がある。

三時をまわる頃には店も落ち着き、セオドシアは奥のオフィスに引っこんだ。すわり心地のいいオフィスチェアに腰をおろすと、デレインの自宅の電話にかけた。

「もしもし」震える涙声が応答した。

「デレインなの？」セオドシアは、デレインがとうとう精神のバランスを崩したのではないかと心配になった。神経がおかしくなり、深い悲しみに襲われたのではないかと。それからか大きく洟をすすりあげる音がし、ズズズという音がつづいた。洟をかむ音だ。

すれた声が言った。「いいえ、ナディーンよ」

「ナディーンだったの。お元気？」

「元気なわけないじゃないの！　ドゥーガンを見舞った悲劇のせいで、あたしたちふたりとも、ひどく落ちこんでいるんだから」

「お気の毒に。デレインにかわってもらえるかしら」

またズズズという音がして、ひそひそと話す声が聞こえた。ようやくデレインが電話口に出た。

「セオ、あなたなの？」

「ええ、わたし。悪いときに電話しちゃったみたいね」

「そうじゃないの。ナディーンがまた例のヒステリーを起こしただけ」デレインの声はそこで突然、とげとげしくなった。「もう、タイマーでもついてるみたいに周期的にああなるのよ。ミス間欠泉と呼びたいくらいだわ」

おそらくナディーンの声だろう。「そんな意地悪を言わなくたっていいじゃない」と言うのが聞こえた。

「そっちこそ、のべつまくなしにギャーギャー言わないでよ！」デレインが辛辣に言い返した。それから電話に戻った。「で、なにかご用？」

「いくつか質問があるの」セオドシアは言った。「わたしの調査に関することで」

「いいわよ」デレインは待ってましたとばかりに言った。「なにが知りたいの？」

「結婚式の会場を〈レイヴンクレスト・イン〉にしたのはどうして？」

「ああ、そのこと」デレインはとたんに少し元気がなくなった。「いちばん大きな理由は、ドゥーガンがあそこがいいんじゃないかと言ったからよ。あたしが電話したところはみんな先約が入ってて、もう必死の思いでそこそこの会場を探してたときに、彼が助け船を出してくれたってわけ」

「じゃあ、〈レイヴンクレスト・イン〉はそもそもドゥーガンのアイデアだったのね」

「そういうことになるわね」デレインはそこで間をおいた。「だって、セオ、このあたしがあんなうらぶれた宿を選ぶと思う？　あたしのことはよく知ってるでしょ。服やインテリアの趣味が完璧なのを」

「もうひとつ教えてほしいの」セオドシアは言った。「きのうも訊いたのはわかってるけど、ボビー・セイント・クラウドについて、本当になにも知らないの？　少し時間をおいたから、なにか思い出せたんじゃない？」

「ぜーんぜん」デレインは言った。「なんでそんなことを訊くの？」

「ATFの捜査官がその人物を捜してるの」セオドシアは言った。しかもその人、わたしをじっと見つめてくるのよ。というか、わたしの気を惹こうとしてるの。

「セイント・クラウドという人のことなんかなんにも知らないわ。ごめんね、あんまり役に立てなくて」

「いいのよ、いちおう訊いてみただけだから。〈DGストージーズ〉に寄って、誰かなにか知らないか訊いてみたほうがよさそうね」

「ねえ、セオ」デレインは言った。「今夜、ドゥーガンの家で会えないかしら。サマーガーデン・ツアーの計画を練りたいの」

「そう……大丈夫だとは思うけど」今夜はマックスとギブズ美術館でコンサートを鑑賞する予定になっているが、たぶん、予定を変えてもかまわないだろう。

「そうしてもらえると助かるわ。七時頃におたくの裏口のドアをノックするのでいい？」

「いいわ、じゃあ、また」セオドシアは言った。

デレインとの電話を切るとすぐ、セオドシアはマックスの電話にかけた。彼は最初の呼び出し音で出た。「もしもし」

「マックス、セオよ」

「やあ、かわいこちゃん。どうかしたの？」

「今夜のコンサートに行けないと言ったら、がっかりする？」

「ぼくを捨ててほかの男とデートするんでなければ気にしないよ」

「そんなことは絶対にしないわ」セオドシアは言った。

「ならひと安心だ。これで問題解決だね。ところで……なにかあったのかな……大事な用件でも？」

「実はね、サマーガーデン・ツアーのことでデレインに協力するはめになっちゃって」

「デレインに？」マックスは啞然とした声を出した。「ちょっと待ってくれ。彼女は喪に服してるはずだろう？　黒いベールをかぶり、ロザリオの祈りを唱えていなくていいのかい？」

「それがそうじゃないのよ」

「なんだって彼女はサマーガーデン・ツアーに関わってるんだい？」

セオドシアは、ドゥーガンの家がツアーでめぐる六軒の個人宅に入っているのだと説明した。

「きちんと謝って辞退させてもらうわけにはいかないのかな」マックスは言った。「だって、家の持ち主が亡くなったんだよ。それはりっぱな理由になると思う」

「そう思うでしょう？　でも、ドゥーガンの家はもう、ツアーの目玉として宣伝されちゃってるんですって」

「なるほどね」マックスはくくっと笑った。「宣伝されてるんじゃ、もう変えられないね。宣伝はぼくらの幸せと生活に欠かせないものなんだから」

「あら、それとまったく同じことをわたしもデレインに言ったわ」

「察するに」とマックス。「きみは隣に住んでいるから都合がよかったわけだ」

「しかも、頼りになるケータラーでもあるし」

「そりゃそうだ。わかった、納得したよ。サマーガーデン・ツアーの準備のほうが、今夜ぼくの隣でカーター作曲のフルート協奏曲を聴くより優先順位が高いのはたしかだ」

「カーターねえ」セオドシアは言った。「大のお気に入りの作曲家とは言えないかも」

「同感だ」マックスは言った。「でも、ぼくはここの職員だからね、しょうがないんだ」

15

「入ってもいいかな」ドレイトンの声がした。

セオドシアはデスクから顔をあげた。お茶のカタログをぱらぱら見ながら、マルハナバチの柄のマグと花柄のマグのどちらを注文すべきか悩んでいたが、「どうぞ」と言って、気さくに手招きした。

ドレイトンは横歩きで入ってくると、みんなから〝お椅子様〟と呼ばれている大きな張りぐるみの椅子に腰をおろした。

「夏向きのお茶のブレンドを説明したいのだが」ドレイトンは言うと、眼鏡をかけ、小さな黒革の手帳をひらいた。

「ええ、お願い」セオドシアは言った。「でも、今年は取りかかるのがちょっと遅いんじゃない?」

「それについては言葉もない。今年は夏の到来が遅かったものでね」彼は苦笑いしながら蝶ネクタイをいじった。

「でも、うちのお客様はきっと、あなたの考案したブレンドを喜んでくださるわ」それが証

拠に、〝ホットでもアイスでも飲めるドレイトンの夏向きのお茶〟について、すでに何人かのお客から要望が来ている。

「最初のブレンドは」とドレイトンは言った。「プランテーション・ペコと名づけてみた。フラワリー・オレンジペコにレモングラスとブラックベリーをちょっぴりくわえたものだ」

「いい感じ」セオドシアは言った。「ハイウェイ六一号線沿いにあるすべてのプランテーションを讃えるブレンドね」

「そのとおり」

セオドシアはペンを手にすると、それでカタログを軽く叩き、よし、マルハナバチの柄にしようと決めた。「ほかには？」

「ローカントリー・ラプサンだ。ラプサン・スーチョンにマンゴーとハイビスカスをブレンドしたお茶だ。こくがあって味わい深く、きりっとした風味がある」

「棚に並べるはしから売れそうだわ」セオドシアは言った。「まだあるんでしょう？」

「もうひとつある」鼈甲縁の半眼鏡ごしにセオドシアを見つめるドレイトンは、博学なフクロウを思わせた。「キアワ・アイランド・クーラーだ」

「名前からして、アイスティー専用のブレンドのようだけど」

「そうとも。ベルガモット、オレンジ、レモンがほのかに香る紅茶ベースのブレンドだ」

「おいしそう。もっとも、あなたが考案するブレンドはいつだって大ヒットなんだけど。おかげで、在庫を揃えておくのが大変よ」

「そういう悩みなら大歓迎じゃないか。いまが乱気流の時代であることを思えば」

「同感」セオドシアはカタログのページをめくり、竹でできた鍋敷きもいくつかオーダーしようかしらと頭の片隅で考えた。

ドレイトンは手にしたモンブランのペンを振り動かした。

「それからお茶会の計画も練らなくてはならん」

セオドシアは顔をあげ、彼を見やった。「どのお茶会？」

「金曜日に開催するスコットランドのお茶会だ。ハイランダーズ・クラブに依頼されているやつだよ」ドレイトンは椅子にすわったまま体の向きを変え、大きな声で呼んだ。「ヘイリー！」

二分後、ヘイリーがオフィスに飛びこんできた。「お呼びでしょうか、ご主人様」

「金曜のスコットランドのお茶会のメニューを決めたいのだが」ドレイトンは言った。

「うん、あたしの担当だよね」

「叩き台になるような案はあるかね？」ドレイトンは訊いた。ヘイリーと同じく、彼も細部をきちんとつめることにこだわるたちだ。

「そうねえ、ハギス（羊の内臓をゆでてミンチにし、オート麦、タマネギ、ハーブを刻んだものと一緒に羊の胃袋に詰めたスコットランドの一般的な料理）は無理かな。あたしの腕じゃ、あんなのはつくれないもん」

「この前話したコッカリーキならどうだね？」

「コッカ……なんですって？」セオドシアは口をはさんだ。また変わった料理を考えたもの

ドレイトンのお薦め

夏向きオリジナル・ブレンドティー

プランテーション・ペコ

フラワリー・オレンジペコにレモングラスとブラックベリーをちょっぴりくわえたもの。

ローカントリー・ラプサン

ラプサン・スーチョンにマンゴーとハイビスカスをブレンドしたお茶。こくがあって味わい深く、きりっとした風味がある。

キアワ・アイランド・クーラー

ベルガモット、オレンジ、レモンがほのかに香る紅茶ベースのアイスティー専用ブレンド。

ね。

「コッカリーキだ」ドレイトンが言った。「鶏肉、リーキ、ジャガイモ、セロリでつくるスコットランドの伝統的なスープなのだよ」

「それならなんとかつくれそうかな」ヘイリーが言った。「ドレイトンがいいレシピを手に入れてくれればね」

「まかせたまえ」

「それではほかのメニューは？」セオドシアは訊いた。

ヘイリーはちょっと考えこんだ。「ケーパー、キュウリのスライス、クレーム・フレーシュを添えたスモークサーモンのティーサンドイッチかな」

「いいね」ドレイトンは書きとめながら言った。

「チェダーチーズとチャツネのティーサンドイッチもつくろうか」とヘイリー。

「ショートブレッドも出そう。ショートブレッドを忘れるわけにはいかないからな」

「スコーンかオートミールのケーキもあるといいかな」

「どちらかあるといいだろう」ドレイトンはそう言うと、まだなにかつけくわえたそうな様子で黙りこんだ。

「どうかしたの、ドレイトン？」セオドシアは声をかけた。

「ぜひやってみたいことがあってね、カップケーキにタータンチェックのデコレーションをしたいのだよ」

　ヘイリーはしばしそのアイデアを検討したのち、うなずいた。

「うん、できるんじゃないかな。色のちがうフロスティングを用意すればいいんだもん。で、それをデコレーションペンや絞り袋に詰めて、重ね描きするの」そう言うと、ドレイトンの顔をじっと見つめた。「ひょっとして、描いてほしいタータンチェックのサンプルがあるんじゃない？」

「訊いてくれてよかったよ」ドレイトンは上着のポケットに手を入れ、小さな布きれを二枚出した。「いまのところ、スチュアート・タータンとブラックウォッチ・タータンがいいんじゃないかと思っている」

「両方ともとてもすてき」ヘイリーは二枚の布をさわりながら言った。「でも、どっちがどっちなの？」

「スチュアート・タータンは白地に赤と緑のチェックが入っているほうだ」

　ヘイリーはその布をじっくりとながめた。「着色したフロスティングで簡単に描けそう。もうひとつのブラックウォッチのほうは……青と緑か。うーん」

「うーん、とはどういう意味だ？　むずかしいということかね？」

「多少はね」ヘイリーは手を左に、それから右に振り動かした。「でも、できないってわけじゃないわ。パターンを研究しなきゃいけないだけ」

　ドレイトンはセオドシアのほうを向いてうれしそうにほほえんだ。

「われらがヘイリーならやってくれるとわかっていたよ」

故ドゥーガン・グランヴィルが副業として経営していた〈DGストージーズ〉はウェントワース・ストリート沿いの、ワインショップとメンズ靴専門店にはさまれるようにして建っていた。正面の窓に派手なネオンが灯り、ブリティッシュ・レーシンググリーンに塗られた木の鎧戸と同色の陽よけがついた、間口の狭い二階建ての店だった。

窓に閉店の札がかかっていたが、明かりはまだついているし、奥のほうで人影が動いているのも見えた。ドアをすばやくノックすると、それに合わせて窓のガラスが振動した。ようやくドアのところまでやってきた男性は首を左右に振り、〝もう閉店しました〟と口の動きで伝えてきた。

セオドシアも首を左右に振ってみせた。「あけて」と口を動かした。「ドゥーガンが殺害された件で話したいことがあるんです」

男はしょうがないなという顔になり、掛け金をはずしてドアをあけた。

「ありがとう」セオドシアは小さな店に足を踏み入れたとたん、葉巻とその煙の香りに圧倒されそうになった。「うわあ。とても……豊かな香りがしますね」

男は食い入るように彼女を見つめていた。

「ミスタ・グランヴィルのことでおいでになったんですね？　警察の方ですか？　でしたら、もう二度も話を聞かれましたが」

男は五十代なかばだろう、すまなそうな表情と淡いブルーの目をしていた。くたびれたような、わびしそうな、それでいて油断のなさそうな様子は、年老いたブラッドハウンド犬を思わせる。

「個人的に調べているんです」セオドシアは言った。「ミス・デレイン・ディッシュの依頼で。ドゥーガンの婚約者の」

「なんとも恐ろしい事件でした」心からそう思っているのがわかる表情だった。「しかも結婚式の当日とは」

「あの、あなたは……？」

「コーキーと言います。コーキー・ローズ」

「この〈ＤＧストージーズ〉の店長の方？」

コーキーはうなずいた。「ええ。店長、経営コンサルタント、商品補充係、その他、やらなきゃいけないことすべてを担当してますよ」

「事件のあとも店を休んでいないんですね」セオドシアは言った。「誰の指示で？」

「ミスタ・グランヴィルの息子さんに言われましてね」コーキーは答えた。

「義理の息子さんですね」セオドシアは訂正した。

「とにかくその方は、この先も店をつづけてほしい意向のようです。少なくとも買い手が見つかるまでは」

セオドシアはコーキーの話の意味を考えた。チャールズ・ホートンはまたも頼まれもしないのに、あのぽっちゃりした手を突っこんだわけだ。でも、ちょっと待って。〈ＤＧストージーズ〉のいまのオーナーは誰なんだろう。ホートンのものになったのか、それとも遺言書によってデレインに贈られたのか。はっきりさせるには、謎の遺言書を確認するしかない。

「みごとなお店ですね」セオドシアはあたりさわりのない会話をこころみた。本箱型の葉巻ケースをひとつひとつじっくりとながめた。どれもグルカ、マカヌード、アルトゥーロ・フエンテ、ダビドフといった興味深い名前の葉巻が詰まっている。半円形に並べた革のラウンジチェアが目に入り、壁には五十インチの薄型テレビがかかっている。たしかにここは、葉巻を愛好する人たちにとって、隠れ家的な場所だ。

「おいでになるのがもう少し早ければ、トルコ・コーヒーが残っていたのですけどね」コーキーは言った。「もちろん、ブランデーとワインは常備していますが」

「でも、それは常連の方に出すためにあるんでしょう？　ふらりと立ち寄った人にじゃなく」

「おっしゃるとおりです」

「輸入葉巻について教えてもらえませんか」セオドシアは言った。

「当店の品はすべて輸入ものです。ニカラグア、エルサルバドル……」

「キューバ産のものは？」

「それは違法なんですよ」コーキーはあわてて言った。「貿易そのものが禁止されていますから」

「わかってます」セオドシアは片手をあげた。「お願いですから、しらばっくれて時間を無駄にするのはやめましょう。ドゥーガンがキューバ葉巻を常時仕入れていたらしいと、たまたま耳にしました。疑問なのは、誰から仕入れていたかです」

コーキーはなんのことだかさっぱりわからないという顔をつくろった。「警察にも言いましたが、わたしにはわからないんですよ」

「ボビー・セイント・クラウドという名前に聞き覚えはありませんか？」

コーキーは淡い色の目をさっとそらした。

「あるようですね」セオドシアは言った。

コーキーは落ち着いた態度を崩さなかった。「ミスタ・グランヴィルの口から、一、二度、聞いた気がします」

「やっぱり」セオドシアは言った。「ATFのジャック・オールストン捜査官からも彼のことを訊かれたでしょう？」

コーキーは体の重心を一方の足からもう片方に移した。「訊かれたかもしれません」

「いま現在、店内にキューバ葉巻はありますか？」

「ありません」

「でも、入る予定はあったんでしょう？」セオドシアは当てずっぽうで言った。「また入荷するはずだったんじゃないですか？」

コーキーは少したじたじとなった。「ええ、たぶん。しかし、それに関してはミスタ・グランヴィルが一手に引き受けていたので。彼の人脈についても、どのようにして葉巻を入手していたのかも、はたまたどこに納入されていたのかもわからないんです」このときの彼の声には、訴えるような響きがまじっていた。

「キューバ葉巻は直接ここには入ってこないんですか？」セオドシアは訊いた。

「一度にほんのわずかしか」

「なんの変哲もない茶色い紙に包まれた大きな箱ではなく？」

コーキーはまたもうなずいた。「ええ」

「警察はお店の記録を調べたと思いますが」

「たしかに調べました」コーキーは言った。「隠すようなものはなにもありませんし」

「キューバ葉巻を仕入れていることはべつにして」

コーキーはがっくりとうなだれた。「ええ、まあ……そうですね」

セオドシアはキング・ストリートを自宅に向かって車を飛ばしていたが、ふと思いついて急ハンドルを切り、そのブロックをぐるっとまわりこんだ。歴史地区を左に右に曲がりながら通り抜け、ようやく〈レイヴンクレスト・イン〉にたどり着いた。

ジープのなかから古ぼけた建物を見あげ、キューバ葉巻と謎のボビー・セイント・クラウドについてあれこれ考えをめぐらした。コーキーはその人物を知っているようだったが、連絡方法はわからないと言う。グランヴィル殺害はキューバ葉巻に関係しているのだろうか。そんなくだらないことが原因なのだろうか。

つらつら考えながら、〈レイヴンクレスト・イン〉のわきにまわりこみ、見るも無惨な庭をながめた。

ラトリング夫妻はどうなんだろう？　あのふたりはこの事件にどう関わっているんだろう？　そもそも、なんらかの役割を果たしていたのだろうか。単に、運悪く巻きこまれてしまっただけなのだろうか。

勝手口につづく崩れそうなステップを二段あがって、なかに入った。そこは宿の裏手にある廊下で、ゴミ袋が三つ、壊れたデスクチェアと束ねた古新聞と一緒に置かれていた。どこからか声が聞こえてきて、セオドシアは聞き耳を立てた。十秒ほどすると会話の要点がつかめた。驚いたことにふたり連れがチェックインするところで、フランク・ラトリングが宿の主人らしく歓迎のあいさつをしていた。彼はどんな気持ちなのだろう。宿の主人でいられるときが終わりに近づきつつあり、悲しくはないのだろうか。お金ばかりかかってなんの利益も生まなかったこの宿を始末できて、せいせいしているのだろうか。

でも、それって重要なこと？　ううん、わたしにはどうでもいいことだわ。

セオドシアは足音を忍ばせて奥の階段をのぼった。どういうわけか、この場所に引きつけられてしまう。あらたな手がかりが見つかると思っているわけじゃない。ただ、思ったのだ……なにを？

なにを思ったの？　ここの空気を吸えば、なにがあったかひらめくとでも？　まさか、そんなことはありえない。誰だって無理よ。

けっきょく、生まれつき好奇心が旺盛なだけだという結論に落ち着いた。それにもちろん、調べてみるとデレインに約束したこともある。だから……こうして調べているのだ。いちおう。

三階までのぼると、足をとめ、ぐるりと見まわした。薄暗い廊下をまっすぐ行けば、あの日デレインがいたスイートルームがある。右にのびているべつの廊下を行けば、グランヴィルがいたスイートルームだ。

あたりは真っ暗で、おそらく、どの部屋にも客はいないのだろう。なにしろ、明かりらしい明かりは、あがってすぐのところの小さな窓から入る光だけだ。首をのばして窓から下をのぞくと、いまいるところは小さな池のすぐ左側だった。ガラスのペーパーウェイトを見つけたあの池だ。

そしてふと思った——グランヴィルを殺した犯人は、この窓をあけて凶器を池に投げこんだのかも。雷が鳴っていたし、稲妻が空を切り裂いていたから、落ちたときの音など聞こえなかっただろう。この窓からボウリングのボールを十個以上投げ落としたとしても、それが地面にぶつかる音など誰にも聞こえなかったろう。あるいは水中に没する音も。

ふむ、興味深いわ。

セオドシアはもう一度、あたりを見まわした。そのときはじめて、もうひとつ上の階が気になった。幅はそれまでの半分しかないとはいえ、上にあがる階段がある。

この上はなにがあるのかしら。屋根裏部屋？

突きとめる方法はひとつ。

セオドシアは手すりにたまった埃と、足を踏み出すたびにきしむ床に気をつけながら、狭い階段をそろそろとのぼった。狭苦しい踊り場に着いてみると、小さな窓と細いドアが目に入った。すかさずドアをあけようとしたが、しっかり鍵がかかっていた。

おそらくこの先は屋根裏部屋だわ。そこもがらくただらけね、きっと。

とたんに興味が失せて窓に向き直ると、埃が積もって汚れていた。この宿が繁盛しないのも道理だ。〈レイヴンクレスト・イン〉全体から、やる気のなさが伝わってくる。人差し指で窓をこすってみる。指先が真っ黒になった。セオドシアはかぶりを振り、外を見ようと身を乗り出した。驚くべきことに、いまいる場所は例の小さな池の真上だった。

木漏れ日のあたる小川でマスがくるりとひっくり返るように、心臓が小さく、どくんと跳ねあがった。

ペーパーウェイトはここから投げ落とされたのだろうか。いや、そもそも、この窓をあけた人はいるのだろうか。それとも何年も使われずにたまった埃のせいで、あかなくなっているのだろうか。

確認する方法はひとつだけ。

昔風の窓だった。上下に分かれていた。上半分ははめ殺しで、下半分だけが前方にスライドするタイプだ。セオドシアは掛け金をはずし、両手を窓枠にかけて押した。

ぴくりとも動かない。

深呼吸して、もう一度挑戦した。今度は少しだけ、ぶるっと震えるように動いた。三度めの正直といくかしら。

体を横に傾け、力いっぱい押した。窓がぎしぎしいいながら動きはじめたので、今度は両手を窓枠にぎゅっと押しつけた。窓が大きくひらきかけたそのとき、先のとがったものが指に刺さった。

痛っ！

急いで手を引っこめると、人差し指の先に小さな灰色のとげが刺さっていた。

まったく、もう。

とげを抜き、癪にさわる窓枠に目を向けた。雨、湿気、暑さ、歳月、シロアリのせいでふくれてゆがみ、その後、乾燥してささくれていた。

そのささくれたところに、繊維片がからまっているのに気がついた。セーターかジャケットの袖が引っかかったのだろう。

どういうこと？　これはなにか意味があるのかしら。なにかの証拠なの？

セオドシアはホボバッグに手を入れ、ｉＰｈｏｎｅを出した。それを繊維片の近くまで持っていき、写真を撮った。次に少しうしろにさがり、べつのアングルからもう一枚撮った。しばらく、その繊維片をじっと見つめていた。ほかのものとはちがって、埃がたまっておらず、かなり最近のものと見ていいだろう。セオドシアは顔をしかめた。ここに誰がいたのか、その人物はなにをしていて、ジャケットだかセーターだかを引っかけたのか。

身の破滅になりかねない証拠を処分していたとか?

頭のうえで電球がぴかっと光るように、セオドシアはひょっこりと思い出した。チャールズ・ホートンがけさ、葬儀の場に淡いベージュのリネンのジャケット姿で現われたことを。

あなたなの、くすくす笑いさん?

あらたな珍種を発見した生物学者のように、セオドシアは手をのばし、ささくれから繊維片をそっと取った。

そして自分に問いかけた。これが事件解明の鍵となってくれるだろうか、と。

16

「ねえ、どう思う?」セオドシアはアール・グレイに訊いた。「あの人に電話したほうがいい?」

セオドシアは自宅のキッチンで、アール・グレイとともに静かに夕食をとっていた。愛犬のほうはドッグフードが入ったボウルに顔を突っこんでいたが、セオドシアのほうはカニのチャウダーを前にしても食欲がいまひとつわかなかった。三角に切ったトーストの最後の一枚を愛犬と分け合い、繊維片を見つけたいきさつについて説明した。

「要するに、それが大事な手がかりかもしれないの」

アール・グレイは澄んだ茶色の目でセオドシアを見つめ返した。さっきから熱心に耳を傾け、同感だと身振りで訴えている。

「やっぱり、そう思う?」セオドシアは言った。「じゃあ、電話するわ」

アール・グレイは寝そべると、前脚に鼻をのせた。目だけ動かしてセオドシアを見あげ、柔らかくてビロードのような額にうっすらとしわを寄せた。

「ええ、きっとびっくりするでしょうね。少なくとも、最初のうちは。でも、わたしが見つけたものを知れば……」

セオドシアは電話を取り、決然と番号を押した。たらいまわしにされ、異なるふたつの関所を突破したあげく、ようやくティドウェル刑事につながった。

「今度はなんです？」刑事は開口一番そう言った。

「さっき、〈レイヴンクレスト・イン〉にまた寄ってみたんだけど、なにを見つけたかわかる？」

「幽霊ですかな？」

「ちがうわ。ふざけないでよ、お願いだから。繊維片を見つけたの」そのニュースは不気味なほどの沈黙で迎えられたので、セオドシアはさらに説明した。「奥の階段を使って四階の屋根裏部屋にあがったの。信じられないかもしれないけど、池の真上の位置に小さな窓があったのよ。ほら、わたしがガラスのペーパーウェイトを見つけた、あの池」

ティドウェル刑事の荒い息づかいが、電話をとおして聞こえてくる。

「とにかく、誰かがあそこからペーパーウェイトを投げたんじゃないかと思って窓をあけたら、指にとげが刺さって、繊維片を見つけたというわけ」

「もっとくわしく願いします」刑事は言った。

「とげのこと？　それとも繊維片のほう？」

「おちょくるのはおやめなさい」

「なんの変哲もない繊維片で、色は明るいベージュという感じ。ブラウスかジャケットの袖が窓の下枠に引っかかったんじゃないかと思うの」

「いま、それはどこにあるのですか？」刑事は訊いた。

「バッグにあった封筒に入れたわ。銀行のＡＴＭに置いてあるような封筒に」

「その話は誰にもしていないでしょうな？」

「もちろん」

「そこを動かないでください。パトロールの警官に取りに行かせます」

「わかった」とセオドシア。「その人たちにもいまの話を伝えたほうがいい？」

「けっこうです。いいから、封筒を渡して、よけいな首を突っこまないことです」

「いまさら首を突っこむなと言われても無理だわ。だって、これこそわたしがやるべきことだもの。殺人事件を調べることが」

「いいえ、ちがいます。けっして、ゆめゆめ、そんなふうには考えないように」ガチャンと大きな音がして電話が切れた。

「冗談じゃないわ」セオドシアはいびつな笑みを浮かべ、切れた電話に言った。


十分後、パトカーがやってきて、セオドシアは熱意あふれる若い巡査ふたりに封筒を渡した。その五分後、裏口の戸を叩く大きな音がした。

「デレインだわ」セオドシアはキッチンを急ぎ足で抜けながら言った。ドアをあけた。「いらっしゃい。どうぞ入って」

「今夜はやけに元気がいいじゃないの」デレインはミリタリー仕立ての黒いパンツスーツでばっちり決めていた。なかに入ると周囲を見まわし、アール・グレイの姿を認めたとたん、顔をほころばせた。

「実は、いまちょうど……」セオドシアはそこまで言って口ごもった。デレインにもあの手がかりの話をするべきだろうか。ううん、誰か容疑者が勾留《こうりゅう》されるまで待ったほうがいい。必要もないのに、これ以上つらい思いをさせたり、いらいらさせても意味がない。「早く取りかかりたくてうずうずしてたの」

「そう言ってもらえてうれしいわ」

すでにアール・グレイはデレインのそばまで行って、鼻先を手に押しつけている。いまはやさしくなでられ、顎の下をかいてもらっていた。

「だって、ものすごい大仕事になりそうなんだもの」

セオドシアはハンドバッグを手にすると、アール・グレイに犬用クッキーをあたえた。

「だったら、さっそく行って取りかかりましょう」

裏口を出ると、空は急速に暮れつつあった。裏の壁にからまる蔓のなかの隠れ場所で、鳥たちが夜の歌をさえずっている。リビーおばさんのプランテーションから最近移植したギボウシと小さく丸まったシダの葉が、そよ風にやさしく揺れていた。

「メニューのことでいくつか思いついたんだけど」デレインはごつごつした石敷きのパティオにハイヒールの音を響かせながら言った。

た。


「そうくると思ってたわ」セオドシアは言った。

「マカロンはすごく……ぎゃー！」デレインは片手を振りあげ、血も凍るような悲鳴をあげた。あわてふためいて向きを変えた拍子に、彼女の額とセオドシアの額がまともにぶつかった。


セオドシアは数秒ほど目の前がチカチカしたが、どうにか落ち着きを取り戻すと、裏のフェンスのてっぺんにちょこんとすわる黒い影に目をこらした。目が暗さに慣れるにしたがい、ふわふわした輪郭、鋭く光る目、目のまわりの黒っぽい部分がはっきりしてきた。

「いやだわ」セオドシアはうんざりしたように言った。「アライグマじゃないの。まったくもう、また現われたのね。あるいは、前のアライグマのいとこかもしれないけど」

デレインもすぐにわれに返り、首をめぐらして、問題の動物をまじまじと見つめた。

「あら」とたんに声がやわらいだ。「まあ、けっこうかわいいじゃない」そう言うと口もとをほころばせながら片手を差し出した。「脅かそうとしたんじゃないのよね？　本当はとてもおとなしいんでしょ？　いい子だわ」

「そんなのと仲良くしないでよ」セオドシアは言った。「家に連れて帰るつもりじゃないなら」

「セオ」デレインは叱りつけるような口調になった。「あのアライグマだって、あたしたちと同じようにこの惑星に生きる権利があるのよ」

「この惑星のどこでも好きなところで生きてもらってかまわないけど、わたしの裏庭で、大事な金魚を好き勝手に食べるのだけはお断り」セオドシアはそう言うとバーベキューグリルの焼き網をつかみ、池の上からかぶせた。念には念を入れ、石をいくつかのせて重しにした。「かわいそうなアライグマさん」アライグマが壁を滑りおり、別れのあいさつも、うしろをちらりと振り返ることもなく路地をドタドタ走り去ると、デレインは同情するように言った。「がんばるのよ、きみたち」セオドシアは金魚に声をかけた。「罠を仕掛けて、あの憎たらしいアライグマを捕まえるまで、この焼き網にがまんしてね」

一匹の金魚が訴えるような目で彼女を見あげたような気がした。

「あの子を罠にかけるつもり？」デレインはかっとなって言った。

「ええ、生け捕りにする。そしてあの迷惑な動物をよそにやるわ」セオドシアはそこで片手をあげた。「この件については、もうひとことだって聞くつもりはないから」

セオドシアのところの狭い裏庭とはちがい、グランヴィルの家の庭は桁外れに広かった。周囲プロの園芸家の手による見せるための庭で、りっぱな屋敷にぴったりマッチしていた。周囲に花壇、灌木、異国情緒あふれる像を配した長方形の美しいプールがあり、奥の両隅には常緑のオークが歩哨のようにそびえている。

家の近くは敷石を並べたパティオになっていて、つくりつけのバーベキューグリルと薪のピザ窯をそなえていた。

セオドシアは地面をひとわたり見まわした。ほぼ完璧だ。

「ガーデニングの業者には連絡したの？」

「したわ」デレインは答えた。「明日の朝いちばんに誰か寄こして、全部きれいにしてくれるって」

「いまのままでもぜんぜん悪くないと思うけど」セオドシアは言った。「ちょっと刈りこんだり剪定したりするだけで、ぐっとよくなるわよ。ただし、パティオに置く家具はたくさん必要ね。少なくともテーブルを二十五台ほどと、そのまわりに充分な数の椅子がいるわ」

「ひいきにしてるパーティ用品のレンタル会社に、もう連絡したわ」デレインは言った。「金曜の朝に配達されるから、あたしたちはテーブルと椅子を並べるだけでいいの」

「すごいじゃない」セオドシアは言った。ここまでは、たいした苦労はせずにすんでいる。ほかも全部、この調子ならいいんだけど。中指に人差し指を重ねて十字をつくって幸運を祈り、木でできたものにさわって悪いものを追い払わなくては。

デレインは鍵束を出し、先に立ってグランヴィルの家の裏口に向かった。

「大丈夫？」セオドシアは声をかけた。デレインは心もとない様子で鍵を選んでいた。

「平気よ」デレインは答えた。

ドアが大きくあき、ふたりは奥の廊下に足を踏み入れた。全体として、とても居心地がよく、趣があった。赤ワイン色の壁、白と黒のタイルを市松模様に張った床、壁にはしゃれた絵が飾られ、その下にある木のバチェラーズチェストには硬貨を入れたボウルと、緑色の笠がついた真鍮の電気スタンドが置かれていた。

デレインは明かりのスイッチを入れ、少し左に寄った。電気がつくと彼女は言った。

「ここがキッチンよ。あなたに見てほしいの」

セオドシアは夢のキッチンとでも言うべき部屋に入った。ウルフ社の八口タイプのコンロ、ダブルオーブン、広々としたカウンター、それに収納スペースもたっぷりだ。内装はフレンチカントリー風で、その主役はシンクがふたつある花崗岩のアイランドカウンターだった。

「こんなキッチンで料理したらさぞかし楽しいでしょうね」セオドシアは言った。

「ドゥーガンは料理をしなかったの」デレインが言った。「あたしもだけど」

「一度も？」セオドシアは啞然とした。この家に住んでいるのが自分なら、ここからてこでも動かないだろうに。

「あなただって知ってるでしょ」デレインは小さく肩をすくめながら言った。「あたしが炭水化物は食べないって。タンパク質しか摂らないの。それにあたしはテイクアウトするのが大好きだし」彼女はそう言うとキッチンをぐるりと見まわした。「ドゥーガンがキッチンを新しくしたのは、そのほうが高く売れるからよ。どうしてか知らないけど、家を買う人のなかには大きくて設備の揃ったキッチンを好む人がいるんですって」

「それがあなたには解せないのね」セオドシアは言った。

デレインは口をつぐみ、花崗岩のカウンターに両手をつき、セオドシアをひたと見つめた。

「とにかく、ここで用は足りる？　ケータリングで使うのにってことだけど」

「なんとかなると思うわ」なんとかなるどころじゃないけどね。

デレインはコンロを指でしめした。「あれでお茶を淹れられる?」

「少なくともお湯は沸かせるわ。ええ、ここで充分よ」充分すぎるわ。

「わかった」デレインはこれで決まりというように両手をはたき合わせた。「次に行く?」

「案内をお願い」

グランヴィルは裕福な生活を送っていた。広々としたリビングルームにはバロック様式の額に入った油彩画がたくさんかかっていた。淡い緑色をした揃いのシルクのソファと、そのあいだに置かれた朱漆の四角いコーヒーテーブル。一方の壁をでんと占めているヘップルホワイト様式のサイドボード。グランヴィルはこの大きくてりっぱな家を、高価なアンティーク、上等な家具、それにシルクの東洋絨毯で飾りたてていた。

彼の自宅がサマーガーデン・ツアーに選ばれたのも不思議ではない。メインフロアにぞろぞろと入ってきたツアー参加者は調度品をうっとりとながめたのち、裏庭に出て庭園を散策し、そこでもひとしきり感激することだろう。

しかし、グランヴィルはもうその光景を楽しめない。賞賛の声を聞くこともかなわない。

「ここがこんなに気味が悪くてがらんとしてるなんて、いままで思ったこともなかった」デレインが震え声で言った。「なにもかも、こう……死んだような感じだわ」

実際そうだからよ、とセオドシアは思った。

しかし口には出さなかった。そのかわりにこう言った。「今度のイベントを、わたしたちなりに盛りあげましょうよ。サマーガーデン・ツアーでここに立ち寄ってもらうことが、ドウーガンへの供養になるように」

デレインは涙をこらえた。「まあ、セオ、すっごくすてきな考え。いいと思う。とてもいいわ」

セオドシアはリビングルームに値踏みするような視線を向けた。

「ここに必要なのはお花ね。だって、ガーデン・ツアーなんだし」

「ええ」デレインは洟をすすった。

「そこのコーヒーテーブルにはピンクの牡丹でつくった、大きなブーケを飾ったらどうかしら」

「観葉植物じゃだめ？」デレインが言った。「この部屋に合うと思うの」

「いいわね。明日電話して、いくつか配達してもらって。でも、ちまちましたものじゃないほうがいいわ。ベンジャミンかヤシの仲間がふた鉢もあればいいと思う」

「そうね」デレインは言った。

「家のクリーニング業者にも来てもらうんでしょう？」

「もちろんよ」デレインはいくらか元気が出てきたようだ。

「さっき言ってたパーティ用品のレンタル会社にもう一度電話して、通路用マットとビロードのロープとパーティションポールも持ってきてもらって」セオドシアは言った。「そうしたほうが、混乱を最小限に抑えられるから」

「そうやって、とっとと外に誘導するわけね」

「家のなかには高価なものがたくさんあるから、警備員も何人か配置したほうがよさそうよ」

「そうする」

「軽食のことだけど」セオドシアは言った。「できるだけシンプルなものにしたほうがいいと思うの。お茶、レモネード、スコーン、それにバークッキーを何種類か。だって、軽く食べて、さっさと次の見学先に移動してもらいたいでしょ」

「いつまでもうろうろされちゃ困るものね」

セオドシアはリビングルームをゆっくりと抜け、ダイニングルームに入った。ここもやはり、ゆったりとした豪勢なつくりで、シェラトン様式の大きなダイニングテーブル、淡いオレンジ色のシルクを張った椅子、それにペカン材の背の高い食器棚をそなえていた。食器棚の上には、繊細なシルバーのティーポットと盛り皿が並べてあった。

「このシルバーの食器は片づけたほうがいいわ」セオドシアはデレインに注意した。「万が一ということもあるから」豪華なワインクーラーを手に取ってひっくり返し、メーカーの刻印に目をやった。ティファニーのスターリングシルバーだ。「さすがね」と小声でつぶやいた。

好奇心がむくむくと頭をもたげたのと、ひょっとしたらキューバ葉巻が隠してあるかもと期待する気持ちから、食器棚の下の両開き扉を引きあけた。葉巻はなかったが、シルバーの食器がたくさんあった。まさに宝庫だ。

「デレイン、あそこのシルバーの食器は二階に移したほうがいいわ」セオドシアはリビングルームに戻りながら言った。「念のために」しかしその言葉はうつろに響くだけだった。デレインはいなくなっていた。

セオドシアは湾曲した階段のほうに歩いていった。二階にあがったのだろうか。

「デレイン？」と呼びかけた。「上にいるの？」

返事はない。

セオドシアはちょっとためらってから、階段をのぼりはじめた。足もとの絨毯は、セオドシアの自宅の階段に敷いたみすぼらしい東洋風の敷物とちがってふかふかだった。とは言え、彼女はまだこの世にいて自宅の居心地のよさを満喫しているが、グランヴィルはそうじゃない。

階段をのぼりきると、セオドシアはふたたび声をかけた。

「デレイン！　どこにいるの？」

「ここよ」と弱々しい声が返ってきた。

セオドシアは廊下をそろそろと進んだ。「どこ？」

「主寝室」

途中、対になったアンティーク陶器のスタッフォードシャー犬の前で立ちどまってしみじみながめ、それからようやく両開きドアを押しあけた。

デレインはそこにいた。

「なにをしてるの？」セオドシアは訊いた。

デレインが振り返った。その表情には深い悲しみの色が浮かんでいた。

「この部屋を見て」デレインは押し殺した声で言った。「がらんとしてる」

セオドシアの目には、とてもがらんとしているようには見えなかった。脚にツイストデザインがある、青いブロケードのカバーをかけた大きなプランテーションベッド、アンティークのサイドテーブル、それにつやつやと輝くマホガニーの整理箪笥。窓にはシルクブロケードのカーテンがかかり、白大理石の暖炉の前には白いビロードを張ったラブシートが置かれている。

「帰りましょう」セオドシアはうながした。「あまり長くいると、あなたの心が乱れちゃうわ」

「心なんかとっくに乱れてるってば！」デレインはつっけんどんに答えた。

セオドシアはデレインのそばに行き、抱き寄せた。「ええ、そうね。その気持ちはよくわかる。無理に気丈に振る舞わなくたっていいのよ」

「なにか……」デレインは言いかけてやめ、唇をなめてから、あらためて口をひらいた。

「なにか形見になるものをもらってもかまわないと思う？」

「いいんじゃないかしら」セオドシアは言った。九万五千ドルの価値がある油彩画でなければね。

「あたしがドゥーガンのために買ったネクタイがあるの。黄色とブルーのエルメスのネクタイ」

「だったら問題ないわ」セオドシアは言った。

デレインはグランヴィルのウォークイン・クローゼットに入っていった。セオドシアはしばらく待った。しかし、しばらくのはずが何分たっても出てこなかった。

「ネクタイは見つかった？」セオドシアは呼びかけた。「手伝いがいる？」

いつの間にかデレインがクローゼットから出てきていた。眉間にしわを寄せ、顔は真っ赤、髪の毛が乱れている。あきらかに動揺した様子で、両手でドアの枠をつかんでいた。

「大丈夫？」セオドシアは訊いた。デレインは幽霊でも見たような顔をしていた。まあ、本当に見たのかもしれない。

「ううん、大丈夫なんかじゃないわ」デレインは声を絞り出した。「あ……あのネクタイを探してたら、み……見つけちゃったの。女の服ばかりかかったラックを！」

「なんですって？　それって……？」セオドシアは急に言葉が出てこなくなった。

デレインは宙にこぶしを突き出した。「言っておくけど、あれは絶対に、あたしのものじゃないから！」

「たしかなの？」セオドシアは訊いた。「よく見たほうがいいわ。もしかしたらうっかり忘れてるだけかもしれないでしょ、何枚か置きっぱなしにしてるのを」

デレインの当惑は怒りに変わりはじめた。「ありえないわ。どう見たってあたしのじゃないもの」

あらら。どうやら、ドゥーガンは誰かと浮気をしていたようね。

「もう出ましょう」セオドシアは言った。

しかしデレインは、骨にむしゃぶりつくラットテリアのように、怒りの感情から距離をおこうとしなかった。

「あれは絶対、いまいましいシモーン・アッシャーのものよ！」

「そうなの？」セオドシアは小声で訊いた。

「あの浮気男ったら、彼女とまだつづいてたんだわ」と鼻息も荒く言う。「あたしと二股かけてたのよ」

「本当にあなたの服じゃないのね？」

「それ、本気で言ってるの？　全然あたしの趣味じゃないわよ。そもそもサイズだってちがう」

「わかった」セオドシアは言った。グランヴィルはどういう人生を送っていたのだろう、と考える。一夫一婦制を守るつもりがなかったのはあきらかだ。

デレインは頭痛がしてきたというように両手で頭をはさんだ。「もう帰る！」と甲高い声をあげた。「いまはツアーのことなんか考えられない」

「落ち着いて」セオドシアは声をかけた。「きっとしかるべき理由があるのよ」本当に？

ううん、あると言ったほうがいいと思っただけ。

しかし、なにを言ってもデレインの昂奮はおさまらなかった。

デレインはぷりぷりしながらグランヴィルの家の鍵をセオドシアの手に押しつけた。「戸締まりをお願いできる？　あたし……あたしはいますぐここを出たいの」それだけ言って立ち去った。

「やれやれ」セオドシアはつぶやいた。服のことが気になり、自分でも見てみることにした。デレインの言うことを信じていないわけではない。でも、彼女は作り話をするのが上手だ。

クローゼットに飛びこむと、ヨーロッパ仕立ての高級スーツと特注のシャツがかかった二列のラックに目がいった。グランヴィルはかなりの着道楽だったようだ。もっとも、それだけのお金があったからだけど。

奥のほうに、問題の服があった。スカートが数枚、ブラウス、黒いカクテルドレスが一着、淡いピンクの化粧着。

もしかしたら、本当にシモーンの服かもしれない。何年か前のもので、ここに置きっぱなしなのを忘れているのかもしれない。グランヴィルと別れて体重が減ったのかもしれない。あるいは、ビンテージショップを開店するのに合わせて小さなサイズが入るようダイエットし、ここにある服はもう必要なくなったのかもしれない。

セオドシアは電気を消し、一階に戻った。ふいに、彼女もこの場所から離れたくてたまらなくなった。この家はよどんだようなさびれたような雰囲気を発している。それもすさまじいまでに。

急いで一階を見てまわり、玄関のドアに鍵がかかっているのを確認すると、正面側の廊下に郵便物が山のようにたまっているのに気がついた。とっさの判断で手紙、請求書、その他チラシのたぐいを拾いあげてバッグに詰めこんだ。このなかに重要なものが、デレインに必要なものがあるかもしれない。それにくわえ、チャールズ・ホートンには調べさせたくないという気持ちも、頭の片隅にあった。

迎えに出たアール・グレイはウーウー言ったり、しっぽを振ったりと大はしゃぎだった。

「しばらく外に出てきたら?」セオドシアは愛犬に言った。「裏で遊んできなさいよ」

アール・グレイは顔をあげ、鼻で取っ手をしめした。

「でもお願いだから、アライグマがうろうろしてるのに出くわしても、いいこと、絶対に取っ組み合いの喧嘩をしないこと。わかった?」

セオドシアがドアをあけると、アール・グレイはいちもくさんに飛び出した。

さてと、どうしたものか。まずはおいしいお茶でも淹れよう。

巨大なイチゴの形をした赤いホーローのやかんをつかみ、水を入れてコンロにかけた。それから戸棚をあけ、お気に入りのカモミール・ティーの缶を出した。カモミールはもちろん、夜に飲むにはうってつけだ。気持ちがとても落ち着くし、リラックスと安眠の効果にすぐれている。

青白柄の小さなティーポットを選び、茶葉をスプーンで二杯すくって入れ、お湯が沸くのをじっと待った。キッチンのあちこちに動かしていた目がハンドバッグのところでとまった。

テーブルに適当にかけておいたせいで、下に落ち、グランヴィルのところから持ってきた郵便物が少し飛び出していた。テーブルのところまで行き、〈パティオ・ピザ〉の投げこみチラシをなにげなく拾いあげたついでに、単なる好奇心から、残りの郵便物もひとつひとつ見ていった。大量の請求書が届いていた。サウス・カロライナ電力ガス会社、アモコ社、バドの芝刈りサービス、それにキャムキャスト社。チャールストン・オペラ協会と図書館協会からの招待状。そしてアメリカン・エキスプレスの請求書。

最後の封筒を拾いあげながら、このなかにグランヴィルの最近の行動を解明するヒントが隠されているかもしれないと考えた。封筒はいま自分の手のなかにあり、タイミングよくやかんからは湯気が立ちのぼっていたから、湯気に封筒をかざすのは簡単だった。魔法でもかけたように糊がはがれ、封があいた。

ひらけ、ゴマの呪文みたい。でも、これをどうしたら？

封筒を傾けると、明細書がするりと出てきた。

こうなったら調べるしかないわね。たしかに適正なやり方とは言えないけど、いまは殺人事件を調べているんだから、しようがない。

グランヴィルが最近クレジットカードで払った記録に目をとおしたセオドシアは、彼の散財ぶりに唖然とした。一流レストランで少なくとも二十回以上食事をし、その金額だけでも膨大なものだった。それにくわえて、バタフライ・ガーデン生花店、〈マクドゥーガルズ〉というメンズブティック、ポプル・ヒル・デザイン会社、シェファーズ稀覯書店、メトロポリタン理容店、ライトニング宅配便などなど。ガソリンスタンドとコンビニエンスストアでの買い物は数知れず、宝石店での買い物も一回あった。その店、ハーツ・ディザイア宝石店はセオドシアの親友のブルック・カーター・クロケットがオーナーだ。

〈レイヴンクレスト・イン〉の部屋代については請求書に記載されていなかった。もっとも、それは次の月の請求になるのだろう。部屋代にについてはすでにティドウェル刑事がラトリング夫妻に確認をしているはずだ。デレインの部屋、ブライズメイドの部屋、それにグランヴィル本人の部屋の料金を払ったのが誰なのか、突きとめていることだろう。

そう思うと、今度は例の部屋がまた気になりはじめた。三一四号室。あそこに泊まっていたのは何者だろう。謎の葉巻業者？　元恋人のシモーン？　それともまったくべつの人？　まだ突きとめていない人物？

笛の音が甲高く鳴り響き、セオドシアは物思いからわれに返った。やかんがしゅんしゅん沸いていた。火からおろしてティーポットに熱湯を注いだ。カモミールの花がポットのなかでくねくねとよじる様子を見ながら、このあとどんな紆余曲折が待っているのだろうと考えた。

17

あけて木曜日は灰色の曇り空だった。セオドシアはティールームのなかをあわただしく動きまわってカップとソーサーを並べ、キャンドルに火を灯し、シルバーの食器についた小さな汚れを拭き取りながら、このあと天気はどうなるのだろうかとやきもきしていた。明日と土曜の夜は、グランヴィルの屋敷を見学客が列をなして歩き、サマーガーデン・ツアーと銘打った散歩を楽しむことになっているのだ。

でも、雨が降ったら？　そのときはどうなるの？　ツアーが取りやめになるとは考えられない。グランヴィル殺害でさえ公開を免除してもらう充分な理由にならなかったのだから、雨でも同じに決まっている。

だったらどうしよう？

セオドシアは入り口近くのカウンターで、黄色いレモンジャムを小さなガラスのボウルに流し入れた。

そのときは、屋内でお茶と軽食を出すしかない。とんでもないことになりそうだ。

「セオ」ドレイトンの声がした。「ドゥームニ茶園のアッサムをポットで淹れたいのだがどう思う？」

　ドレイトンの言葉でセオドシアはわれに返った。彼が言うアッサムとは、北東インドにあるアッサム渓谷で栽培されている茶葉で、味も香りも濃厚で、渋みがかなり強い。

「お客様がぜひにとおっしゃるならかまわないけど、あの味は慣れが必要だと思うの。ミルクを入れて、少しまろやかにしたほうがいいわ」

　ドレイトンは鼻にしわを寄せた。宣教師夫妻の子どもとして中国に生まれた彼は、お茶に関してはうるさいところがあり、それはこれからも変わらないだろう。なにしろ、ロンドンのクロフト＆スクエアという紅茶専門の会社でお茶に関する知識を磨き、アムステルダムでおこなわれる主要なお茶のオークションに多数、足を運んできたのだ。

　厨房から出てきたヘイリーはドレイトンがカウンターにいるのに気づくと、すかさず足をとめた。

「なんでそんなに顔をしかめてるの？」

「わたしが、アッサム・ティーにミルクを少し入れたらと勧めたの」セオドシアが言った。

「ははあん。つまりドレイトンがいつもの、濃い紅茶に関するご高説を繰り広げてるのね」

「そんなところ」セオドシアは言った。

「ご高説を繰り広げているわけじゃない。伝統を守りたいだけだ」とドレイトン。

「ドレイトンがそこまでこだわるのは、天気のせいだと思うな。どんより曇ってると、濃厚なお茶が飲みたくなるものなのよ」

「ほらな？」ドレイトンは言った。「ヘイリーですら、わたしと同意見だ」

「ヘイリー」セオドシアは呼びかけた。「午前中のお客様に出すスコーンはなににしたの？」

「二種類用意したわ」ヘイリーは答えた。「バタースコッチとクルミのスコーンに、シナモンとレーズンのスコーン」

「ブラックレーズンかね、それともゴールデンレーズンかね？」ドレイトンが訊いた。

「いやだわ、もう」ヘイリーはロサンゼルスの高級住宅街に住むヴァリー・ガールの口調をまねた。「ゴールデンに決まってるじゃない。あたしのことはよくわかってるでしょ」

「それと、きょうのランチのメニューは？」セオドシアは訊いた。

「すっごくいけてるメニューよ。レンズ豆のスープ、フェンネルとリンゴのサラダ、鶏肉とアスパラガスのキッシュ、チキンのパテとフランスパン、それに野菜のテリーヌをはさんだティーサンドイッチ」

「そうそう、忘れないでね」セオドシアはドレイトンに向かって言った。「ランチにはお茶を愛する会のみなさんがいらっしゃるの。八人で。ティーカップの交換会を計画されてるんですって」

「うん」ヘイリーが言った。「そのグループには最初にスコーンを出すつもり。ふたつのうち好きなほうを選んでもらって、それをほかの甘いものやしょっぱいものと一緒に三段のトレイに並べるんだ」

「すばらしい」ドレイトンはそう言ってから、今度は真顔になって言った。「その会の人たちは、この特別なアッサムを飲みたいとおっしゃるだろうか」

「予約の電話を受けたときに」セオドシアは言った。「モロッコ産のミント・ティーとカフェイン抜きのダージリンをそれぞれポットに淹れてほしいとのご要望をいただいてるの」

「いちおう訊いてみただけだ」


昼前になると、ゴーストハンターのふたりがまたもやって来た。セオドシアはジェドとティム、それに彼らが持参した種々雑多な器具をテーブルまで案内したが、そこへドレイトンが急ぎ足でやってきたので驚いた。

「きみたちふたりに会いたかったのだよ」ドレイトンはにこにこ顔で声をかけた。

セオドシアは片方の眉をあげた。ドレイトンたら、いったいなにをたくらんでるの？

「実は、お気に入りのお茶を味見してもらいたいと思ってね」ドレイトンは熱々のアッサム・ティーを兄弟に手早く注いだ。「ひとくち飲んで、感想を聞かせてほしい」

ふたりはお茶を口に含んだ。

「おいしいですね」とジェド。

「元気が出ます」とティム。

「ほほう」ドレイトンの顔がぱっと輝いた。

セオドシアはひとりくすくすと笑った。またふたり、賛同者を獲得したようね。

「すごくいい知らせがあるんです」ジェドがふたりに向かって言った。「バロウ・ホールで撮影することになりました！」

「なんとまた」ドレイトンが言った。「ひさしぶりに聞く名前だな」

「知ってるんですか？」ティムが訊いた。

「知っているとも。バロウ・ホールの歴史は長い。もちろん、いまはもう荒れ果てていると思うが、かつてはプランテーションとして繁栄を誇っていたのだよ」ドレイトンは物思いにふけるように目を閉じた。「たしか、一八〇〇年代初頭に建設されたのではなかったかな」

「どんな作物を育てていたんですか？」ティムが訊いた。

「たしか、米のプランテーションだったと思う。ディックスフィールド川沿いにあるのだから、それ以外のものは考えられんだろう。あの当時栽培されたカロライナ・ゴールドという上質の米は百を超える海外市場に輸出されていたが、バロウ・ホールはその原動力だったのだよ」

「でもその後はつらい時代もあったようですが」ジェドが先をうながした。

「残念ながら、そのとおりだ。諸州間の戦争、すなわち南北戦争ののち、没落してしまってね」

「その後長らく、放置されていたと聞きました」ティムが言った。

「そうだろうな」とドレイトン。

「やがて州が買いあげ、精神病院になったそうですね」ジェドがメモを見ながら言った。

「本当なの？」セオドシアは訊いた。その事実は知らなかった。

「そうなのだよ。精神医学の暗黒時代のことだ。もとの建物に建て増しをして、巨大な施設を造ったそうだ」ドレイトンは大きく息を吸った。「しかし、それもはるか昔のことで、ほとんど忘れられているはずだ。バロウ・ホールは五十年近く無人で、いまはもう朽ち果てたも同然だと断言できるね」

「ところが、そうじゃないんです」ジェドが言った。「きょう、朝いちばんにふたりで行ってみました。そんなにひどい状態じゃありませんでしたよ」

「本当かね？」

「ほら」ティムは言うと、持っていたデジタルカメラをテーブルの向こうへ滑らせた。「ご自分の目で見てください。何枚か写真を撮ってきました」

ドレイトンは鼈甲縁の半眼鏡をかけ、写真に見入った。

「本当だ。そうとう古いはずなのに、まだちゃんと建っている」

「そして探索されるのを待っているんです」とジェド。

「なんだって？」ドレイトンは言った。「まさかきみたちは、なかに入るつもりじゃないだろうね」そう言って、カメラをセオドシアのほうに滑らせた。

「ぼくらからすれば、最高の現場ですよ。少なくともゴーストハントする場所としては」

セオドシアは写真に見入っていたが、そこでひとつ意見を述べた。「なかはネズミだらけなんじゃない？」

「すぐにわかりますよ」とティム。「土曜の夜に探索する予定ですから」

「それはいい考えとは言いかねるな」ドレイトンは言った。

「そうおっしゃる根拠は？」ジェドが訊いた。

「あの古い場所をテレビ番組で紹介するのはやめたほうがいい。かつての精神病院が、悲惨で超過密状態だったことを視聴者に思い出させるだけだからだ」

「実はですね」とティム。「だからこそ、ぼくらはバロウ・ホールを取りあげたいんです」

「もうひとつ考えていることがありまして」とジェドがセオドシアに質問の矛先を向けた。

「ミスタ・グランヴィルの自宅でロケハンできませんか」

「いい考えがあるわ」セオドシアは言った。「明日の晩、チケットを買って彼の家に行ってごらんなさい、好きなように見てまわれるから」

「どういうことでしょう？」ティムが訊いた。

「偶然にも、グランヴィルさんのお宅はサマーガーデン・ツアーでめぐる家のひとつになってるの」

「家が一般公開されるんですか？」ジェドが訊いた。

「一階だけよ。裏庭も公開されるわ」

「マジですか！　それは願ったりかなったりです！」


十二時ちょうど、お茶を愛する会のメンバーが到着した。女性ばかり八人が帽子と手袋を身に着け、美しくラッピングした包みを手にしている。それに昂奮しているらしく、にぎやかだった。

当然ながら、案内役はドレイトンがつとめた。

「みなさん」彼は深々とおじぎをした。「インディゴ・ティーショップへようこそお越しくださいました。みなさんのために特別なお席を用意してございます」そう言うと、彼はテーブルまで案内し、ひとりひとりに椅子を引いてやった。そうするあいだも愛想を振りまき、お世辞の言葉を浴びせることを忘れなかった。

「まさに水を得た魚よね」ヘイリーが小声でセオドシアに言った。ふたりはカウンターのところで様子を見守っていた。

「ドレイトンは正真正銘の南部紳士だもの」セオドシアは言った。

ヘイリーはため息をついた。「いまじゃ、それも絶滅危惧種だけど」

「そうかしら」セオドシアは、たしかに紳士と言える人を何人か知っている。

「うん、まあ、あたしがデートする人には、本物の紳士はあんまりいないかな」ヘイリーはふふふと笑った。

セオドシアは親しみをこめて肘でそっと突いた。「それはあなたがいつも、バイク乗りタイプとつき合うからよ。革の服で決めたタフな人たちと」

「でもさ、タフなのは見かけだけよ。本当はすごくおとなしいんだから」

セオドシアはドレイトンに目を向けた。背筋をぴんとのばして立ち、お茶のメニューをすらすらと説明している。「彼みたいな人が本当の意味でのタフガイよ。われらがドレイトンは、人格も道義心も絶対にぶれないもの」

「そっか」ヘイリーは言った。「そんなふうに考えたことはなかったな」

それからのセオドシアは大忙しでスコーンを配り、お茶を注ぎ、質問に答え、さらには、実はお茶はあまり好きではなくてと申し訳なさそうに打ち明けたお客に、ノンカフェインのドリンクメニューを提案した。

「ハーブ・ティーやフルーツ・ティーならお気に召すと思いますよ」

「それはお茶とはちがうの？」女性は訊いた。

「チャノキのものはなにも含まれていません。そういう意味のご質問でしたら。当店のオレンジ・ブロッサム・ティーはオレンジピール、細かくしたリンゴ、それにハイビスカスの花をブレンドしたものです。また、ローズヒップ・ティーはローズヒップとレッドクローバー、スターアニスのブレンドなんですよ」

「どっちもおいしそうね」女性は言った。

「ええ、とっても」

「でも、いちばんおいしいのはどれかしら？　なにがお勧め？」

セオドシアはちょっと考えてから言った。「マンゴー・タンゴをポットでお持ちしましょうか。パッションフルーツ、マンゴー、ブルーベリーをブレンドしたとてもおいしい飲み物ですよ」

「聞いているだけでおいしそうだわ」

セオドシアは注文のフルーツ・ティーを淹れて運ぶと、ヘイリーを手伝うため急いで厨房に引っこんだ。

「わたしはなにをしたらいい？」

ヘイリーはサンドイッチを三角に切り、慎重な手つきでトレイに並べていた。

「そこの、エディブルフラワーをのせたトレイを取ってくれる？ それをサンドイッチやクッキーの隙間に飾ってほしいの」

「わかった」セオドシアは言った。

二年前、経営が苦しくなったとき、しばらくエディブルフラワーを省略しましょうと提案したことがある。しかし、ヘイリーは聞き入れなかった。彼女にしてみれば、目にもおなかにもごちそうにならなければ、ティートレイとは言えないのだ。

「これでよし、と」ヘイリーは最後のサンドイッチを置くと、一歩うしろにさがった。「どう？」

「いつもながら、すてきよ」

「じゃあ、運んじゃおう」ヘイリーが三段のトレイをひとつ持ち、セオドシアがもうひとつを持った。

ふたりはゆっくりとした慎重な足取りで厨房を出て、ティールームに入った。

ドレイトンがふたりに気づいた。「みなさん」と八人がすわるテーブルに向かい、歌うようなバリトンボイスで言った。「ティートレイの登場です」ぱらぱらと拍手が起こり、ドレイトンはすばやくキッシュを指でしめし、サンドイッチとチョコレートバーについてくわしく説明した。

セオドシアは、ビル・グラスが入り口のところに立っているのに気がついた。急いで彼のもとに駆け寄り、少し息を切らしながら言った。「来てくれたのね」

「約束だからな」ビル・グラスはセオドシアの顔の前で、ぺらぺらの新聞の束を振った。「それに《シューティング・スター》紙も何部か持ってきた。お客にも見せたいだろ」

そんなことをするつもりはまったくなかったが、とりあえず受け取り、たっぷりと礼を言ってからカウンターの裏に隠した。

「それにカメラも持ってきたぞ」グラスは首にかけたニコンをしめした。「結婚式の日に撮った写真を見てくれ。いや、結婚式前だな、正確には」

「うれしいわ」セオドシアは言ったが、いまは目がまわるように忙しく、すべてをほったらかしてデジタルカメラの写真に見入る時間はない。「よかったらすわって、先にランチでも食べてててくれない？」

グラスは目を細くした。「いまのは本気か？　いつもはさっさと追い出そうとするくせに」

「そんなことしてないわよ」セオドシアは彼の腕をつかむと、隅のあいている席まで連れていった。そこならほかの客の迷惑になることもないだろう。「ここでゆっくりくつろいでて。すぐにスコーンとサンドイッチを持って戻ってくるから」

「すまないな」

「ヘイリー」セオドシアは厨房に駆けこんだ。「ビル・グラスに出すものを、適当にお皿にまとめてもらえる？」

「なんですって？」ヘイリーが言った。「あのばか、うちの店でなにをしてんの？」

「デレインの結婚式の当日、あの人は写真を撮ってたの」セオドシアは言った。「それを見せてもらう約束なのよ」

「ふうん」

「スコーンとサンドイッチをいくつか、お皿に盛りつけてくれれば、それでいいわ」

「ちょっと待って。だったら、きちんとしたものにしなきゃ」ヘイリーは皿にシトラスサラダを盛りつけ、そこにスコーン一個とサンドイッチふた切れ、それにブラウニーをひと切れのせた。

「いいわね」セオドシアは言った。

「あ、そうだ」皿を持ちあげようとしたセオドシアにヘイリーは声をかけた。「クロテッド・クリームも添える？」

「いらないわ。歓迎されてると勘違いされたら困るもの」

口をもぐもぐ動かしているグラスを横目に、セオドシアはお茶を愛する会のメンバーにおかわりを注いでまわった。メンバーたちは持参したプレゼントを交換し合い、包みをあけているところだった。ちょっと興味をそそられたセオドシアは、テーブルのそばに立って、どんなティーカップを見つけてきたのかとながめていた。セオドシア自身もあちこちの骨董店やガレージセールに足を運び、ビンテージもののティーカップやティーポットを発掘しており、その腕はなかなかのものと自負している。しかし最近では、同じ趣味の人が多いらしい。おかげでいい品を見つけるのは、年々むずかしくなっていた。

「まあ、すてき！」よく店に来てくれるジェニーという女性が大きな声を出した。「見て！」そう言って、花柄のカップを高くかかげた。

「アビランドね」セオドシアは言った。「チューリップとガーランドをあしらった柄だわ」

「古いものなの？」ジェニーが訊いた。

「四〇年代のものよ。だから、かなり古いほうね」

べつの女性が自分のティーカップをかかげた。「これはどうでしょうか？」そのカップには白地に色とりどりのブーケが描かれ、しゃれた持ち手と縁がスカラップになったソーサーがついていた。

「それはババリアね」セオドシアは言い、またべつのティーカップに目を向けた。「そっちのはシェリー。デインティ・ピンク・ポルカ・ドットというのだと思うわ」

「水玉模様《ポルカ・ドット》がついているから、まちがいない」ドレイトンが言い、手にしていたティーポットをかかげた。「おかわりがいる方は？」

「とてもうまいよ」

セオドシアが向かいにすわるとビル・グラスが言った。

「こんなちっちゃなサンドイッチがいい商売になるんだな」

「ええ、おかげさまで」

「うちの新聞の一面を見たかい？」

「もちろん」見出しにはでかでかと、〝結婚式で殺人事件！　大物弁護士が撲殺される〟とあった。「実に当を得てるわね。うまくまとまってる」

グラスは目を細くしてセオドシアを見つめた。

「本当は派手に書きすぎだと思ってるんだろ」

セオドシアは肩をすくめた。「あなたの仕事だもの。あなたのほうがよくわかってるはずでしょ」

グラスは皿からブラウニーをつかみ、口に放りこんだ。「ひとつ言っておく」彼はくちゃくちゃ噛みながら言った。「おれが撮った招待客の写真は、どうってことないものばかりだ。自称名士どもがごちゃごちゃ集まってるだけのね」

「とりあえず見てみるわ」

グラスはカメラをセオドシアに渡し、次の写真を見るにはどのボタンを押せばいいか教えた。

「招待客の写真は三十か四十枚ほどかな。あとはおまわりに追い出される前に、死んだやつの写真を十枚ほど撮った」

「すごいじゃない」もっとも、セオドシアの関心は招待客にあった。全員の名前がのった招待客リストはあるが、なにを着ていたかを確認したかったのだ。窓枠に引っかかっていたページュの繊維片の正体を、着ているものから突きとめるつもりだった。

「なにかおもしろいものはあったかい？」写真を一枚一枚見ている彼女にグラスが声をかけた。

「いまのところはなにも」セオドシアは答えた。こうやって写真を見るのはかなり疲れる。写真は小さいし、グラスが不快なほどそばにいて、熱い息をうなじに吹きかけてくるからだ。自分のパソコンにアップロードして、ひとりのときにゆっくり見られたらいいのだが。それでも、とにかくがんばった。

「なかなかいいだろ、え？　アングルとか構図がだぜ」

グラスはセオドシアの邪魔をして楽しんでいるようだった。そもそも、この人はいつだって不愉快だし、ぺちゃくちゃしゃべりすぎだ。これがいつもの姿なのだ。

「よく撮れているわ」セオドシアはぼそぼそと言った。

グラスはひしめき合う招待客の写真のほか、花のアレンジメントやティーテーブルの写真も撮っていた。また、そうとうな著名人のクローズアップ写真もあった——州議会の上院議員にチャールストン・オペラ協会の理事だ。

三十枚ほど見たところで、アラン・グラムリーの写真が出てきた。セオドシアの知らないふたりと雑談しているところをとらえた写真だった。ゆがんだ口を大きくあけ、横を向いているせいで、かなり不気味な顔になっている。しかし、セオドシアがぴくりとも動けなくなったのは、グラムリーが着ている服のせいだった。写りはあまりよくないが、グラムリーが濃いチェック柄のスラックスを履き、明るいベージュのシングルのジャケットを着ているのははっきりわかった。

18

セオドシアはその画像を食い入るように見つめた。

アラン・グラムリーがベージュのジャケットを着ている。わたしが見つけた繊維片と似たような色だ。彼が事務所のパートナーを殺したなんてありうるかしら。

セオドシアはその確率を三割強とにらんだ。グラムリーには情というものが感じられず、なんとなくあやしいところがある。それに、デレインに対する態度は思いやりにかけ、とても無礼だった。そう考えると、これまでは容疑者としてさほど重要視されていなかったかもしれないが、第一容疑者の地位にのぼりつめたと言っていい。

セオドシアは意を決してボタンを押した。八枚あとにデレインの天敵、シモーン・アッシャーが現われた。

あら、シモーン。こんなところにいたのね。

シモーンは体を横に向けて立ち、昔のファッションモデルのように肩ごしに振り返るポーズを取っていた。着ているスーツは、ぴたぴたのジャケットにものすごく短いスカートの組み合わせだ。どちらの素材も淡いベージュのリネンだった。

セオドシアはこの事実を嚙みしめた。あの繊維片がなにかにつながるとは思っていなかったのに、すでにふたつも見つかった。そうじゃない、三つだ。この写真のなかにはいないが、チャールズ・ホートンも淡いベージュのブレザーを持っている。これらはなにを意味するのだろう？　すべて奇妙な偶然？　それともグランヴィルに近しいこの三人のうちひとりが犯人ということ？　セオドシアはしばらく考えこんでいたが、やがてグラスに言った。

「ちょっと頼まれてくれないかしら」

グラスは最後に残ったスコーンを口に入れ、黒い目に不審の色を浮かべて彼女を見やった。

「内容による」

「あなたが撮った写真をティドウェル刑事にメールで送ってもらいたいの。というのも、ほら、あの人はまだ見てないから、でしょ？」

「ああ。こんな写真があることすら知らないだろうな」

「見てもらえば参考になると思うの」

「殺人事件の捜査だからか？」

「ええ」

ビル・グラスは手をくねくねとテーブルにのばし、人差し指をカメラに置いた。

「おそらくあんたは、このなかの写真に重要な手がかりがあると見てるんだろう」

セオドシアは必要以上にグラスにしゃべるつもりはなかった。「そうかもね」

「だから、ティドウェル刑事にも見せたいと思ったわけだ」

「そんなところ」

グラスはしばらくセオドシアをじろじろながめてから言った。

「わかった。刑事にメールしておこう。だが、このなかの写真がきっかけでなにかわかるか、逮捕ということになるなら、真っ先におれに知らせてくれよな」

「ティドウェル刑事はきっと同意してくれるはずよ」セオドシアは言った。それはないと思うけど。

「いいだろう」グラスは言った。「事務所に戻りしだい送るよ」

「ありがとう。本当に助かるわ」

グラスはセオドシアに指を向けた。「これでひとつ貸しだぞ。わかってるな」

「ええ。わたしが信用できる人間なのはわかってるでしょ」少なくとも自分ではそう思っている。


「あんなよた者をもてなすとは信じられんよ」

ビル・グラスが帰ると、ドレイトンが言った。ドレイトンは相手が誰でも〝いけすかないやつ〟とも〝ろくでなし〟とも〝カス〟とも言わない。品がよすぎて口にできないのだ。そのかわり、〝よた者〟という表現を使う。古めかしい言葉だが、かなり当を得ている。

「グラスに愛想よくしなきゃいけなかったのよ」セオドシアは言った。「こっちから頼んだ手前」

「あの男が撮った写真を見ていたようだが」

「デレインの結婚式の日に撮った写真よ」

「なにか興味深いものは見つかったのかね？」

「まあね」そう言うと、長いつき合いの親友であるドレイトンに、〈レイヴンクレスト・イン〉を再訪したことと、そこで窓枠に引っかかった繊維片を見つけたことを打ち明けた。さらに、アラン・グラムリーとシモーン・アッシャーがベージュの生地の服を着ていたことも説明した。そこに義理の息子のホートンもくわえた。

ドレイトンは小さく口笛を吹いた。「そこで、犯人はそのうちのひとりだと考えているのだね？」

「可能性はあるわ」セオドシアは言った。「もちろん、まったくべつの人かもしれないけど」

「とにかく、きみはたいへん興味深い証拠を見つけたわけだ。問題は、決定的な証拠をどう手に入れるかだな。彼らの自宅に不法侵入し、クローゼットをあさるという方法は論外として」

「写真をティドウェル刑事にメールで送るよう、ビル・グラスに頼んだわ。そうすれば、彼らの家に入ってクローゼットをあさるための裁判所命令が取れるでしょ」

「うまいこと考えたな」ドレイトンは言った。「実際にそのように警察が動いてくれればいいが」

「そうなるよう祈るしかないわ」

「ねえ」ヘイリーの声がした。「邪魔したくはないんだけど、いま、ものすごく変な荷物が裏口に届いたの」

セオドシアとドレイトンは顔を見合わせた。〝今度はいったいなに？〟という顔つきだった。

「あ、そうか」セオドシアはすぐさま、以前にかけた電話を思い出した。「中身がなにかわかるわ。それはまずまちがいなく、わたしが頼んだものよ」

「そう？」ヘイリーは鼻にしわを寄せた。「だって、本当に普通じゃないものだったわよ」

「その謎の品物をわたしもこの目で見るとしよう」ドレイトンが言った。「どんなものか知らないが」

三人は一列になって厨房の前を通りすぎ、セオドシアのオフィスを抜けた。裏口に出ようとすると、金属の大きな罠がふさいでいて、ドアは細くしかあかなかった。

ヘイリーは体をねじこむようにして外に出ると、つま先で罠を蹴った。

「ボートを借りて、これを水中に沈めようっていうの？　うちの店、そこまで新鮮なシーフードに困ってるわけ？」

「ロブスターを獲る罠じゃないわ」セオドシアは言った。「アライグマを生け捕りにするための罠よ」

「アライグマに罠を仕掛けるの？」

「やってみようと思って」とセオドシア。「裏庭に一匹、うろうろしてるのがいて、うちの金魚にいたずらするのよ」

「またかね」ドレイトンは言った。「たしか、その獣は追い払ったと思っていたが」

「追い払ったんだけど、戻ってきちゃったの。あるいは、いとこかもしれないけど」

「いいことを思いついた」ヘイリーが言った。「捕まえたら、アライグマのパイにしちゃおうよ」

ドレイトンは顔をしかめた。「まさか本気ではないだろうね」

「本気も本気よ」とヘイリー。「あなたも南部暮らしが長いでしょ、ドレイトン。リスを食べたことはないの？」彼女はおかしそうに目を輝かせた。「それじゃなかったら、タヌキは？」

「とんでもない！」

「あら、リスもタヌキもほっぺたが落ちそうなほどおいしいのよ。だから、こう思ったの。それだけにしておくことはないんじゃないかって。料理の裾野を広げてアライグマも食べたらどうかなって」

「いや、断じてノーだ。絶対に認められん」

ヘイリーはにやにやしていた。「そんなこと言わないでよ、ドレイトン。もっと人生を楽しまなきゃ」

ドレイトンはつき合いきれないと言うように首を振った。

「きみのけったいなユーモアには、まったくついていけんよ」

「本当は、たじたじとなったくせに」とヘイリー。「そうでしょ？　一本取られたでしょ？」
「そう思いたいなら、勝手に思いたまえ」

三時をまわる頃には、インディゴ・ティーショップの忙しさもやわらいでいた。お客がいるテーブルはあとふたつだけ。ドレイトンはお茶の缶を片づけていた。おそらく、まずは原産国順に、そのあと産地順に並べていると思われる。ヘイリーは厨房で、ケイティ・ペリーの「ラスト・フライデイ・ナイト」を少し調子っぱずれに歌っていた。

セオドシアはまだ繊維片（証拠の切れ端と言うべき？）と、グランヴィルのアメリカンエキスプレスの請求書にあった金額が気になって、ふたりにあわただしく行ってきますを言うと、〈ハーツ・ディザイア〉に向かってチャーチ・ストリートを大股に歩いていった。

「こんにちは、ブルック」そう声をかけながら店に入ると、頭上で小さなベルがちりんと鳴った。

カウンターのうしろの作業台で白瑪瑙《しろめのう》を磨いていたブルック・カーター・クロケットは顔をあげ、すぐにセオドシアと気づくとにっこり笑った。ブルックは五十すぎの快活な女性で、真っ白な髪をピクシーカットに決めている。高級なアンティークのジュエリーを専門に扱うと同時に、腕のいいジュエリーデザイナーでもある。地元に棲息するウミガメの保護資金をつのるため、スターリングシルバーでカメの形のペンダントを何種類も製作している。また、チャールストンの名物をチャームにした美しいブレスレットも作っている。彼女が手作りするチャームには、小さなスイートグラスのバスケット、パルメットヤシ、ザリガニ、教会の尖塔、鋳鉄のベンチ、米袋、それにサムター要塞などがある。

「あなたが好きそうな品があるのよ」ブルックはいきおいよく立ちあがってセオドシアを出迎えた。

「なにかしら」セオドシアは訊いた。ブルックの店に来ると、気持ちをくすぐられるすてきなアクセサリーが必ずいくつか見つかる。問題は、こっちの予算と必ずしも釣り合わないことだ。

「先週、ニューヨークに行ったの。カラヴェル宝飾展がひらかれてたから。そこでいくつかえり抜きのアンティークジュエリーを手に入れたんだけど、そのうちのひとつがとてもあなた向きでね」

ブルックは厚手の黒いビロードを広げると、ガラスケースをあけてカメオのブローチを出した。ビロードの上に置かれたそれが、誘うようにきらきらと光った。

「とても豪華だわ」セオドシアは言った。「手作業で色をつけてあるの？」

「そうよ」ブルックは言った。「いまでは浮き彫りにしたカメオが一般的だけど、ヴィクトリア朝時代には、カメオの絵はたいてい手描きされていたの。これはリモージュの磁器に色をつけたものよ」

セオドシアは小ぶりの上品なカメオに見入った。描かれているのは頰をバラ色に染め、襟ぐりの深いドレスを着たフランスの貴婦人だ。鳶色の髪を無造作なポンパドールに結い、一連のパールのネックレスをつけている。なんとなく、自分に似ている気がした。まるでいまより早い時代に生まれ、自分の肖像を繊細なブローチに描いてもらったかのようだ。

「気に入ったわ」セオドシアは言った。

「でしょう?」とブルック。「目にとまった瞬間にぴんときたの。あなたはあまりアクセサリーをつけないけど、つけるときはちょっと変わった特別なものを選ぶでしょ」

「たしかにこのブローチはとてもユニークだわ。おいくらか訊いてもいいかしら」

「三百ドルで、手描きの貴婦人はあなたのものよ」

「その貴婦人はあと一週間くらい、ここにおいでかしら?」セオドシアは言った。「やりくりできるか確認しないと」

「ええ、大丈夫。だって、デスクの抽斗にしまっておくもの」

「ほかのアンティークのアクセサリーもすてきだわ」セオドシアは言った。黒いビロードを張ったトレイには、大ぶりのアメジストがついた指輪、ピスタチオグリーンに色づいたバロック風の真珠のネックレス、それに初期のティファニーのデザインとおぼしきシルバーのブレスレットがのっていた。

「最近は、お金に困ってジュエリーを売る人が多いのよ」ブルックは言った。「何人かのフロリダのディーラーに聞いた話だけど、バーナード・マドフによる巨額詐欺事件の直後は、パーム・ビーチの女性たちが先祖伝来の宝石を二束三文で売っていたらしいわ」

「悲しい話ね」セオドシアは言った。

「でしょう？　どう考えても好みじゃないからと、おばあさんの指輪を売るのならまだわかる。でも、お金に困って売るなんて。ほとんど悲劇よ」

「ねえ、ブルック」セオドシアは言った。「シモーン・アッシャーという人と会ったことはある？　キング・ストリートで〈アークエンジェル〉というお店を経営してる人。おもに扱っているのはビンテージの服だけど、アクセサリーもいくらか売ってるわ」

ブルックは首を横に振った。「ううん。かなりの新顔なんでしょうね。そのお店、行ってみる価値はある？」

セオドシアは肩をすくめた。「まあね。でも、置いているジュエリーはアンティークというよりはビンテージだと思う」

「ベークライトのバングルや色つきガラスのブローチのような？」

「ええ」セオドシアはそこで少し間をおいた。店の経営者に客のことを訊くのは、どんな場合でも気まずいものだ。「ちょっと答えにくい質問をさせてほしいの」

「いいわよ」とブルック。

「答えてもらえなくても、全然かまわないから」

「そう言われると好奇心がわいてきちゃう」

「実を言うとね、デレインに頼まれていろいろ調べてるの」セオドシアは言った。

「婚約者が殺された件でしょう」ブルックは言った。「ええ、本当にひどい事件ね。それもここ歴史地区で起こるなんて……おかげで、どうにも気持ちが落ち着かなくて」

「その気持ちはわかるわ」

「それに、デレインの力になってあげてくれてありがとう。警察はまだこれといった答えにたどり着いてないんでしょう？」

「ええ、まったく」

ブルックは首をかしげた。「でも、あなたはなにか嗅ぎつけたんでしょ。絶対そうよ。その真剣な表情でわかるもの」

「ええ、なにか嗅ぎつけたような気がするの」セオドシアは言った。

「で、訊きたいことというのは？」

「ドゥーガン・グランヴィルのところに届いた、いちばん最近のアメリカンエキスプレスの請求書に目をとおす機会があったんだけど」

「うん」

「そこに記載されたなかに、ここ、〈ハーツ・ディザイア〉での買い物も一件、含まれていたの」

ブルックはうなずいた。「なにを買ったときのものか話しても、べつに深刻で暗い秘密をばらすことにはならないと思うわ」そこでいったん言葉を切った。「スターリングシルバーのキーホルダー二個に、注文されたとおりに文字を彫ったのよ」

「そう」セオドシアは言った。

「花婿付添人たちにあげるつもりだったんじゃないかしら」

「そうじゃないわ」セオドシアはゆっくりと言った。「わたしの知るかぎり、花婿の付添はひとりしかいなかったもの。義理の息子のチャールズ・ホートンだけよ」

ブルックは肩をすくめた。「でも、彫った文字はごくありふれたものだったと記憶してるけど」

「どうだったの？　なんて彫ったか覚えてる？」

ブルックは考えるような顔になった。「たしか、そのへんに書類があったはず。調べてみましょうか？」

「そうね……お願い」

ブルックは奥のカウンターをくまなく探し、抽斗をひとつひとつ引っかきまわしたあげく、ようやく黄色い紙きれを出した。「これだわ。キーホルダーのひとつには〝ＣＨＨ〟と彫ったの」

「チャールズ・ホートンの意味ね」とセオドシア。「ほかのは？」

ブルックは紙にざっと目をとおした。「ほかのと言っても、ふたつしかないのよ」

「もうひとつのキーホルダーにはなんて彫ったの？」

「〝永遠に〟という言葉を彫ったわ」

「それだけ？」とセオドシア。

「それだけ」とブルック。

「変ね」

「ふたつめのキーホルダーはお友だちか、仕事でつき合いのある人に贈ったのかも。依頼人とか？」

「弁護士が依頼人に〝永遠に〟なんて文字を彫ったキーホルダーをプレゼントするかしら？」セオドシアは頭をひねった。

「つき合いの長い依頼人かもしれないじゃない」ブルックは言った。

「そうね」セオドシアは言ったが、〝永遠に〟という言葉はもっと心のこもったものに思えた。恋人へのプレゼントに添えるような。


セオドシアはティーショップに戻るとすぐ、ティドウェル刑事に電話をかけた。

「ビル・グラスから写真を受け取った？」と訊いた。「刑事さんにメールで送ったでしょう？」

「ええ」刑事は答えた。「少々驚きましたよ。こんな写真があるとは思っていませんでしたので」

「お礼ならあとで聞くわ。とりあえずいまは、感想を聞かせてほしいの」

「感想と言うと……？」

「グラムリーさんとシモーン・アッシャーの服に気がついたでしょ。わたしが見つけた繊維片が、どちらかのジャケットのものと一致すると思う？」

「ありえるとは思いますが」

「そうそう、それに、ホートンも淡いベージュのジャケットを持ってたわ」

「よく観察しておいでですな」

セオドシアは天を仰いだ。まるで歯を、それも奥歯を抜かれるような感じだった。

「確認するつもりはあるの？　だって、かなり確実な手がかりよ」

「われわれも、ちゃんと手がかりを追っていますので」

「あら、そう。実はね、もうひとつ手がかりを見つけたの」セオドシアは文字を彫ったキーホルダー二個について、手短に説明した。相手がまたも沈黙すると、「興味深いでしょ？〝永遠に〟の文字が彫られたキーホルダーなのよ。誰のためのものか、気にならない？」

「ボビー・セイント・クラウドの所在をつかんでくれたほうが、よっぽど興味深いと思いますね」

19

アール・グレイは警戒するように生け捕り罠のにおいをくんくん嗅いだ。それからセオドシアを見あげ、ゆっくりとうしろにさがった。

「あなたには関係ないわ、スイートハート」セオドシアは言った。「この前の夜に襲撃してきたアライグマに使うの。あの小さな悪党をこれで生け捕りにしてやるわ」

そう言われても、アール・グレイはまだ落ち着かない様子だった。大きなアザレアの茂みの奥に身を隠すのが賢明と判断したようだ。

「ピーナッツバターよ」セオドシアは容器のキャップをはずしながら言った。

「罠にこのピーナッツバターをたっぷり置いて、おびき寄せるの」そこでアール・グレイに目をやった。「でも、あなたはここに頭を突っこんじゃだめよ」

アール・グレイはさらにじりじりと後退した。

罠に餌を置いて仕掛けると、セオドシアはアール・グレイを連れて家のなかに戻った。今夜はのんびり過ごしていた――ホワイト・ポイント庭園まで軽く走ったあと、ゲイトウェイ遊歩道を一気に走り抜け、自宅に戻って遅い夕食をとった。アール・グレイはドッグフード、セオドシアはクロックムッシュだ。

そしていま、二階の塔の部屋で安楽椅子におさまり、猫が事件を解決するミステリを読もうとしていた。けれども、身近で起こった殺人事件が気になってしょうがなかった。なにしろ犯人はまだ野放しなのだ。

〈レイヴンクレスト・イン〉で見つけた繊維片はグラムリー、シモーン、チャールズ・ホートンをしめしているように思われる。しかし、フランクとサラのラトリング夫妻を容疑者リストからはずす気にもなれない。このうちの誰かが、グランヴィルに死の一撃を見舞ったのだ。動機は彼に強い恨みを抱いていたから。

問題は——このなかの誰がもっとも追いつめられていたかだ。セオドシアの経験によれば、追いつめられた人は往々にして一か八かの行動に出る。だとすれば……このうちの誰が？

本を閉じて、椅子のわきにある小さなテーブルに置き、考えをまとめようとした。茉莉花茶の茶葉を詰めたシルクの枕を取って、首のうしろにあてがった。それから片脚をのばし、キリムを張ったオットマンをつま先で引き寄せた。

これでよし、と。足が高くなって気持ちがいい。つま先をくねくねさせながら思う。このくつろいだ姿勢なら、ここ数日の出来事を振り返るのによさそうだ。

目をそっと閉じたとたん、〈レイヴンクレスト・イン〉の暗く長い廊下へと引き戻された。その廊下を誰かが足音をしのばせて近づき、グランヴィルがいる部屋に入り、彼を殺害した。闇と、結婚式当日のどしゃ降りの雨音にまぎれて。

グランヴィルの結婚を望まなかった者の仕業だろうか。

それはありうる。あるいは彼を排除しようともくろんだ者が、ひとり無防備でいるのはこのときしかないと思ったのか。

セオドシアは手を頭のうしろにまわし、首のつけ根を揉んだ。そこは凝りがたまりやすく、ツボが集まっている場所だ。ゆっくりと揉みほぐすうち、明日から始まるサマーガーデン・ツアーに思いが飛んだ。明日のこの時間は、お茶を淹れ、スコーンを配り、あたふたと走りまわっていることだろう。おそらく、終了までの時間はあっという間に過ぎるだろう。

目をあけ、共有部分の背の高い植え込みの向こう、グランヴィルの宮殿のような自宅のほうを見やった。外は真っ暗で、しかも室内の明かりが窓に反射して、輪郭すらはっきりわからない。しかし、明日になればクリスマスツリーのように明かりが煌々と……。

セオドシアは目に映ったものがなんだかよくわからず何度もまばたきし、あらためてじっと見入った。

あら、どうして二階の窓で光がゆらゆら動いてるの？

デレインがこそこそ歩きまわってるのかしら？　ちがう。あそこにいるのが恐がりのデレインなら、家じゅうの電気をつけるはず。だとするとあれはきっと……。

泥棒？　あの家に泥棒が入ったの？

セオドシアはあわてて立ちあがり、寝室に飛びこんだ。ベッドのわきにある電話をつかみ、緊急通報の九一一をプッシュした。通信係が出ると、セオドシアは隣の家に泥棒がいるようだと言ってグランヴィルの住所を伝え、できるだけ早くパトカーを寄こしてほしいと訴えた。

すぐに二階の窓に引き返し、そこで様子をうかがった。

しかし、光はもう見えなかった。

消えちゃった？　どうやら消えたようだ。さっきのは窓になにかが映っただけで、わたしが勘違いしたんだわ。

ちがう。今度は下の部屋の窓にちらりと光が見えた。グランヴィルの自宅にはとても貴重な油彩画、骨董品、それに銀製品があるのを実際に見て知っている。きっと泥棒はそれをねらって侵入したのだ。いったいいつから家のなかを荒らしていたことか。犯人は持参した袋なり枕カバーにグランヴィルのお宝をめいっぱい詰めこみ、この収穫にひとりほくそえんでいることだろう。

じっと息を詰めて待つうち、セオドシアは以前耳にした、憎たらしいほど狡猾な泥棒の話を思い出した。その男はいつも新聞の訃報欄に目を光らせていて、遺族が予想もしないときに襲撃し、ひとつ残らず奪うのだという。

セオドシアはいらいらと落ち着かない気持ちを抱え、いったい警察はいつになったら来るのだろうと考えた。もうパトカーは手配したの？　だとしたら、なぜこんなに時間がかかるの？　もう一度電話したほうがいいかしら。

黒いセーターを肩にかけ、急ぎ足で下におりてアール・グレイを起こした。

「ほら、あなたも一緒に来て。問題発生よ！」

セオドシアはゆっくりと、音をさせないように裏口のドアを押しあけ、愛犬とともに裏のパティオに出た。ここなら監視場所にぴったりだ。見つかりにくいから安全だし、しかもちゃんと様子はうかがえる。セオドシアはそろそろと石のベンチに乗っかった。そこからなら、なににもさえぎられることなくグランヴィル宅の裏口が見わたせる。

でも、侵入者がもういなくなっていたら？　正面玄関から急いで逃げ出していたら？

カチリという小さな音がして、セオドシアは耳をそばだてた。

なにかしら？

グランヴィルの家の裏口を覆う暗闇に視線をこらした。

次の瞬間、夜陰にまぎれる忍者のごとく、黒っぽい人影が裏口からこっそり現われた。

まずい！　出ていっちゃう！　逃げちゃうわ！

どうすればいいの？　あとをつける？　もう一度九一一に連絡する？　そうしなくても、警察はあと数秒のうちに到着するかしら？

裏口のドアが小さな音をたてて閉まり、黒っぽい人影は人目をはばかるように、裏の路地に向かって煉瓦の通路を進んでいく。

考えている時間はない。とにかくなにか……なにかしなくては！

セオドシアはアール・グレイの首輪をつかみ、裏門をそろそろと路地のほうに押しあけた。偶然を装って侵入者と鉢合わせできるかもしれない。そうしたら犬の散歩に出たふりをして、愛想よく会釈すればいい。うまくやりとおせば、相手の顔を観察できる。特徴をそこそこつかむ程度には。

計画はうまくいかなかった。というのも、侵入者はグランヴィルの家の裏門を抜けると、すぐさま反対方向に向かったからだ。

さあ、どうしよう？　早く考えるのよ！

セオドシアは一歩前に踏み出し、親切そうな声を装って呼びかけた。

「すみません、なにか落としましたよ」

その計略も失敗だった。相手は弾丸のごとく路地を走りはじめた。

セオドシアはあれこれ考えず、アール・グレイの首輪にかけていた手を放して叫んだ。

「行け！」愛犬はすぐさま路地を駆け出し、激しく吠えながら、侵入者を猛然と追いかけた。

セオドシアもすぐにフルスピードで走りはじめた。侵入者がつまずいて盗品が入った袋を落とすか、アール・グレイにズボンの尻を噛まれるかしますようにと念じながら、玉石の道に靴音を響かせた。しかし、ウィンフィールド屋敷の裏手にある急カーブを曲がると、アール・グレイが激しく息をあえがせながら右往左往していた。人の姿はどこにもなかった。

「見失っちゃった？」

アール・グレイは秘密の任務に失敗したのがわかっているのか、おどおどとセオドシアを見あげた。

セオドシアは愛犬の頭をなでた。「いいのよ、あなたがひとりで泥棒を捕まえて、手錠をかけ、被疑者の権利を読みあげるなんて思ってたわけじゃないんだから。よくやったわ。わたしもあなたもできるだけのことはしたわ」

　自宅の裏門の近くまで来たとき、白黒ツートンのパトカーがいきおいよく迫り、がくんととまった。

　巡査がふたり飛び出した。

「すみません」ひとりが言った。「迷惑行為で通報した方ですか？」

「迷惑行為じゃないわ。住居侵入よ」セオドシアはグランヴィルの自宅を指差した。「何者かがあの家に忍びこんだみたいで、わたしはその人が裏から出てくるところを目撃したの」そこで今度は自分の家を指差した。「わたしはそこに住んでるの。隣の者よ」

　もうひとりの巡査がメモを取りながら訊いた。「侵入者が裏口から出るのを目撃したあと、なにがありました？」

「うちの犬に追いかけさせたわ」セオドシアは答えた。

　ふたりの巡査はアール・グレイに目をやった。犬のほうは注目を浴びて、急にそわそわしはじめた。

「そのあとは？」最初の巡査がうながした。まだアール・グレイを見おろしていたので、まるで犬に質問したように見えた。

「わたしも追いかけました。でも見失ってしまって。逃げられちゃったんです」

「その人物の人相はわかりませんか？」

「いいえ。すみません、とても暗かったから」

巡査ふたりはユーティリティーベルトを引っ張りあげると、グランヴィルの家の裏口に向かい、セオドシアとアール・グレイもそのあとにつづいた。

「こじあけられてるな」最初の巡査が言い、懐中電灯を上下左右に動かしてドア枠を照らした。「疵がついてるのがわかるだろう?」

「この家の人間が犬を飼ってるんでなければね」もうひとりの巡査が答えると、ふたりは同時に振り返り、アール・グレイに目をやった。

「そのお宅には犬はいないし、そもそもどなたもいないんです」セオドシアは説明した。

「持ち主はドゥーガン・グランヴィルさんで、その人は……」

「殺されたあの人か」最初の巡査は顔をしかめ、このあらたな情報を処理するように、口をもごもごと動かした。「だったら、応援を呼ばないといけない。まずいことになりそうだ」

「やっぱり?」セオドシアは言った。

二十分後、バート・ティドウェル刑事がだぶだぶのカーキ色のスラックスに、チャールストン大学のトレーナーという恰好で現場に到着した。仕事用のきちんとした恰好をしていない刑事は、これまで数回しか見たことがない。どうしたわけか、普段着姿の刑事はいくらか人間らしく見えた。それにいくらか……まともに。

しかしあいにく、刑事は呼び出されてぷりぷりしていた。

「ソーローの『森の生活』の第三章の世界に入りこんでいたんですがね」彼は責めるような

口ぶりでセオドシアに訴えた。

彼女は両手をあげ、てのひらを外側に向けた。「お隣さんの裏口をこじあけたのはわたしじゃないわ。懐中電灯を手に、家のなかをこそこそ歩きまわってたのもわたしじゃない」

「しかし、通報したではありませんか」刑事はなじるように言った。

「聞き捨てならないわね」セオドシアはだんだん頭に血がのぼりはじめた。「良識ある市民になっちゃいけないわけ？」

刑事は大きくため息をつくと、セオドシアを裏庭に残したまま、グランヴィルの家のなかに姿を消した。十分後、戻ってきた。

「なにかなくなっているものはあった？」セオドシアは訊いた。

「ありました。小さな絵が何点か盗まれ、銀製品もいくつかなくなっているうえ、室内はどう見ても荒らされています」

「荒らされているとは？」

「抽斗がすべて引き出されたうえ、ひっくり返されていました。それにいろんなものが散乱しています」

現場の状況が目に浮かびはじめた。「じゃあ、美術品の窃盗だけではないのね」

「所蔵品のリストを入手する必要がありますな。保険会社からでも」

「侵入者には、垂涎《すいぜん》もののお宝を大量に盗み出す以外にねらいがあったように思うの」セオドシアは言った。「なにか特定のものを探してる感じがしたわ。だから窃盗だけでなく、一種の……発掘任務も負っていたんじゃないかしら」

刑事はぽかんとセオドシアを見ていた。

「デレインに連絡しなきゃ。いますぐ」セオドシアはくるりと向きを変え、自分の家に向かって全速力で走り出した。刑事がすぐあとを追いかけ、呼びとめた。

「それはやめたほうがいいと思います」刑事は息を切らして言った。

「そんなことない。だって、デレインがあの家の新しい持ち主になるのはまず確実なのよ」

セオドシアはそう言って裏口のドアをあけた。「知らせなきゃだめよ」

刑事は彼女の家のキッチンに勝手にあがりこみ、流しとコンロのあいだを巨体でふさぐように立った。「わたしにまかせてもらえませんか。ある意味、この件はわれわれが探していた答えと言えます。これで誰にも文句を言われずに部下を呼び寄せ、家を徹底的に捜索できるのですからな」

セオドシアは少し考えた。「でも、デレインには知らせてくれるんでしょう?」

「ええ、もちろん。明日の朝いちばんに」

セオドシアはそれならいいと判断した。寝ようとしているデレインを、緊急事態だからと呼び出す必要もない。

「いいわ」セオドシアは言った。「彼女を蚊帳《かや》の外に置かないなら」

刑事はセオドシアのキッチンをぐるりと見まわし、ティーポットのコレクション、アンティークの缶、チーク材の小さな朝食用テーブルに目をとめていった。

「すてきなキッチンですな。実に居心地がいい」

「まだ少し手を入れないとだめだけどね」セオドシアは言った。もう夜も遅いし、疲れてもいた。建具やら食器戸棚の改装計画についてくわしく話すのにいい時間とは言えない。それに、軽食のたぐいを出すつもりもまったくなかった。たとえティドウェル刑事がそれをねらっているのだとしても。

アール・グレイは犬用ベッドにおさまると、これはぼくのだと言わんばかりに前脚で守った。かかってこられるものならかかってこいと、ティドウェル刑事に挑んでいるように見える。

「それはなんですかな?」刑事はキッチン・テーブルに置きっぱなしになっていた郵便物の束をしめした。

「ああ、それはドゥーガンの郵便物」

「なぜあなたが持っているのです?」

「ゆうべ、デレインと行って、サマーガーデン・ツアーの準備をしたときに持ってきたの」

「なんの準備と言いました?」刑事は強い口調で訊いた。

「サマーガーデン・ツアー」セオドシアは繰り返した。「明日からおこなわれるイベントよ。金曜と土曜の夜に。ドゥーガンのお宅もそれに参加しているの」

「それはいけません」刑事のぼさぼさの眉がくいっとあがり、頭を強く振ったいきおいで顎の贅肉《ぜいにく》が左右に揺れた。

セオドシアはチラシを手に取り、刑事の手に押しつけた。

「いけませんとはなによ。だったら刑事さんが、ガーデン・クラブの人たちにプログラムから削除するよう言えばいいでしょ」

刑事は差し出されたチラシをわざとらしく見やった。

「リストからはずすよう言ってはみたのですな?」

「もちろん。デレインがちゃんと言ったわ。でも、こっちの主張は聞き入れてもらえなかった」

「となると、明日の夜は人々が大挙して犯行現場を荒らしまわるわけですな」刑事は、セオドシアのせいだと言わんばかりの目でにらんだ。

「ええ、まあ……そういうことになるわね。だから、刑事さんたちもさっさと仕事をするしかないわ」

刑事はなにか言いかけたが、すぐに思い直した。

「ミス・ディッシュには明日話します。なかを見てもらうついでに、なにがなくなっているか教えてもらいます」

「そう、わかった」そうと決まれば、ティドウェル刑事にはさっさとお引き取り願いたい。長い一日だったから、とっととベッドにもぐりこんで明かりを消したくてたまらなかった。

「出るときに門の掛け金をかけていってもらえる?」

刑事は何事かぶつぶつ言うと、裏口から外に出た。数歩進んだところで、先に進むのをためらっているのか、敷石の上でぐずぐずしている。

やめてよ、もう。セオドシアは心のなかでつぶやいた。

刑事の声がふわふわとただよってきた。「ほほう、これはなんですかな？」いかにもおもしろがっている声だった。

セオドシアは裏口のドアから顔を出した。「今度はなんなの？」

「罠になにかかかっているようですぞ」刑事は言った。

「なんですって？」セオドシアはパティオを急ぎ足で抜け、箱形のワイヤートラップをのぞきこんだ。きらきら光る二個の目がセオドシアを見つめ返している。「やったわ！　捕まえた！　小さな悪魔を生け捕りにしたわ」信じられなかった。アライグマ氏がのこのことやってきて、仕掛けた罠にかかるだなんて！

「本人はあまりうれしそうな顔をしていませんな」刑事が言った。

しかしセオドシアは大はしゃぎだった。「これを教訓に、うちの無力な金魚を食べるのはやめることね」

アライグマは非難がましい目を向けた。〝だって、おなかがすいてたんだよ〟と訴えているようだ。

「どうしてゴミ箱のふたをあけないのよ、きみは」セオドシアはアライグマに言った。「ほかの自尊心あるアライグマはそうしてるでしょ」

アライグマは小さな前脚で金属の檻をつかみ、すごい目でにらんだ。

「で、こいつをどうするのですかな？」刑事が訊いた。

「それはその……」罠にかけることしか頭になかったから、そのあとの始末は全然考えていなかった。「刑事さんがなんとかしてくれないかしら」

刑事はぎょっとした顔をした。「わたしにこの獣を始末しろとおっしゃるのですか？」

「でも、どこかに連れてって、撃ち殺せというわけじゃないわ。ただ……なんて言うか……指紋を採って、厳しく言い聞かせて、近くの公園にでも離してやってくれればいいの。できれば、ここから何マイルか離れた公園にでも」

「この小さなならず者が舞い戻ってきたらどうするんです？」

セオドシアは肩をすくめた。

「その場合は、証人保護プログラムに入れるしかないわね」

20

「で、それからどうなったのだね？」ドレイトンが訊いた。インディゴ・ティーショップは金曜の朝を迎え、ドレイトンとヘイリーはセオドシアのひとことひとことに固唾《かたず》をのんで聞き入っていた。

「侵入者が路地を走って逃げたから、アール・グレイに追跡させたの」セオドシアは言った。

「すごい、すごーい」ヘイリーは思わず大きな声を出した。「で、アール・グレイはそいつを捕まえた？」

「ううん。でもできるかぎりのことはしたから、きっと相手はひるんだと思うわ」

「じゃあ、もう二度と来ないね」

ドレイトンは祁門茶《キーマン》を何杯か量り入れながら、セオドシアの話を頭のなかで整理した。

「つまり、昨夜、何者かがグランヴィルの屋敷に押し入り、貴重な品をたっぷりと盗んだうえ、抽斗の中身まであさったと言うのだね？」

「ティドウェル刑事の話ではそうみたい」セオドシアはさんざん頼んだものの、なかに入れてもらえなかったのだ。

「でも、なんか変だよね」ヘイリーが言った。「あたしなら、絵をあと二、三枚もらっちゃうけどな」

「美術品を盗むだけが目的ではなかったのかもしれんな」とドレイトン。「ほかにも目的があったのだよ、きっと」

セオドシアはドレイトンの意見にわが意を得たりとばかりに飛びついた。

「そうなのよ！　わたしもそう考えてるの」

「だったらなにが目当てだったのかな」とヘイリー。「お金？　屋敷のなかに現金が隠してあったとか？」

「単なる勘だけど、そうじゃないと思う」セオドシアは言った。

ヘイリーはほっそりした腰に両手を置いた。「じゃあ、なんなの？」

セオドシアはレモンバーベナ・ティーの小さな缶を手に取り、ふたをあけた。

「おかしな話に聞こえるかもしれないけど、侵入者は情報を探してたんじゃないかしら」

「それは突飛すぎるんじゃないかな」

「そう？」セオドシアは突飛とは思わなかった。考えれば考えるほど、犯人は目当てのものがあって忍びこんだとしか思えない。

「セオが前に言ってた、行方不明の葉巻を見つけようとしてたんじゃないの？」

「その可能性も否定できないわね」

「きみの話では、ティドウェル刑事はけさ、あらためて屋敷を捜索するということだったが」ドレイトンが言った。

セオドシアはうなずいた。「ちょうどいまやっているところじゃないかしら。部下の人たちかもしれないけど。徹底的に調べてるはず」

「じゃあ、葉巻も見つかるかもしれないね」ヘイリーは言うと、鼻にしわを寄せた。「グランヴィルさんが殺された理由はそれなのかな？　葉巻をめぐるトラブル？」

「ちがうと思う」セオドシアは言った。「もっと巨大で悪質ななにかが関わっている気がするの」

「たとえば、どんなものだね？」ドレイトンが訊いた。「グランヴィルは葉巻以外にも密輸なり違法な取引に関わっていたとでも？」

「そこまではわからない。でも、なにかおかしなことが進行中なのはたしかよ」

「ふうむ」

そのあとは三人とも忙しく働いた。ドレイトンはティーポットを古代ギリシャ劇の合唱隊のように整然とカウンターに並べた。ヘイリーは厨房に急いで戻り、オーブンの番をしつつ、忙しい朝と昼の準備をした。セオドシアはティールーム内を一周し、キャンドルに火が灯っているか、砂糖入れには砂糖がちゃんと入っているか、銀製品はきれいに磨いてあるか、どのテーブルも完璧にセットされているか、ひとつひとつ確認していった。

鉛枠の窓から射しこむ暖かな朝陽と、ぴかぴかに磨かれた木の床とで店内がきらきら輝くと、今度は展示品に目を向けた。なぜか、デュボス蜂蜜の瓶がぐしゃぐしゃに乱れていたので、一列にきちんと並べ直した。売り物のチンツやプリントのポットカバーをふんわりふくらませ、ブドウの蔓で手作りしたリースをあらたにひとつかけた。ミニチュアのティーカップ十個ほどをシルクのピンクのリボンでつないだ、オリジナリティあふれる横長のリースだ。

これでなにもかも完璧ね、とセオドシアは心のなかでつぶやいた。あ、もうひとつあった……ティーカップのアクセサリーだ。ティーカップ・ペンダントのチェーンがもつれているのを直し、ブルックがシルバーで縁取ってブローチやチャーム付きブレスレットに仕立ててくれた、ビンテージのティーカップやソーサーの破片にほほえみかけた。

さてと、これで本当になにもかも完璧に整った。そこへ、ヘイリーが走りこんできて叫んだ。「ねえ、またなにか届いたよ!」

ドレイトンがあれこれ作業していたカウンターから顔をあげた。「また、あの恐ろしい罠ではないだろうね」

「ドレイトンあてになってるけど」ヘイリーは言った。

ドレイトンはとたんに顔を輝かせた。「頼んでいた花のアレンジメントだ。開店前に届けばいいと思っていたのだよ」

「なにを注文したの?」セオドシアは訊こうとしたが、全部言い終わらないうちに、ドレイトンはいなくなっていた。「〈フロラドーラ〉から届いたのかな?」とヘイリーに訊いた。

ヘイリーは、さあというように両手をあげた。「そうだと思うわ」

「これを見たまえ」ドレイトンの大声が聞こえた。急ぎ足でティールームに戻ってきた彼は、釣り鐘形をした淡いピンクの花の大きなブーケを高くかかげていた。

「きれいね」ヘイリーは言った。「でも、なんていう花？」

「ヒースだ」ドレイトンはほくほく顔で言った。「正確に言うと、花ではなく、花のついた低木だがね」

「スコットランドの荒地に生えてるヒースのこと？」ヘイリーは訊いた。

ドレイトンはうなずいた。「そのとおり」

「スコットランドのお茶会のテーブルに飾るのね」セオドシアはにこにこして言った。「ぴったり合うわ」

「ドレイトンも細かいことにこだわるたちだもんね」とヘイリー。

「きみには負けるよ」とドレイトン。

「それに着るものまでばっちり決めてるし」ヘイリーは自分の襟元をいじるまねをした。

「タータンチェックの蝶ネクタイなんかしちゃってさ」

「当然だろう」ドレイトンは入り口近くのカウンターに向かいながら言った。「きょうは特別なイベントなのだからね」

ヘイリーはセオドシアに目配せした。「ドレイトンたら、雑誌から抜け出てきたみたいだと思わない？《南部の生活》とか、その手の雑誌から」

「それがわれらがドレイトンなのよ」セオドシアは言った。「絵に描いたように完璧な人なの」

昼近くになると、セオドシアは息が切れかけていた。店は大にぎわいで、お客が次から次へと入ってきて、セオドシアは次から次へとお茶を注いだ。

「いくら注いでも間に合わないわ」スパイスプラム・ティーが入ったポットを手にしながら、セオドシアはドレイトンに愚痴を洩らした。

ドレイトンは無愛想にうなずいた。「ランチの時間が待ち遠しいね。店はオイルサーディン並みにぎゅうぎゅう詰めになるぞ」

「んもう、まったく」

それでもふたりはどうにか、金猿茶、イングリッシュブレックファスト・ティー、それにリンデン・ティーをポットで淹れて出すかたわら、焼きたてのスコーン、アーモンドクロワッサン、バナナのブレッドを運んだ。

十一時十五分になると、嵐の前の静けさとも言うべき、ひと息つける時間ができた。

「タータンチェックのカップケーキを見たかね？」ドレイトンが訊いた。

「ううん」セオドシアは顔にかかったひと筋の髪を払った。「見たほうがいい？　ヘイリーはまたやってくれた？」

ドレイトンが指をくいっと動かし、セオドシアもあとを追うように厨房に入ったところ、乳白色の二段のトレイにアイシングをかけたカップケーキが十二個並んでいた。

「どうだね？」ドレイトンは言った。「前に決めたとおり、スチュアート・タータンとブラ

ドレイトンのお薦め

金猿茶

中国の紅茶。お茶のつぼみとファーストリーフで作る貴重なお茶で、茶葉が金色がかっているのが特徴。金猿(ゴールデンモンキー)茶という名前は、茶葉が猿の手の形に似ていることに由来する。

ックウォッチ・タータンだ」

「ふたりとも今度はなにをじろじろ見てんの？」ヘイリーがコンロから顔をあげた。

「じっくり見ていると言ってほしいね」ドレイトンは言った。「じろじろではなく。しかも、われわれの見事なカップケーキに感動しているところだ」

「われわれのカップケーキって言った？　言っておくけど、生地をつくったのも、オーブンで焼いたのも、アイシングの模様を考案したのもあたしなのよ」

「わたしが構想を練ったからではないか。それは認めてもらわないとな」

「わかったわよ、そういうことにしておく」ヘイリーはもごもご言うと、恐ろしく鋭利なナイフを手にし、スコットランド産サーモンを器用にスライスした。それを三角に切ってクレームフレーシュを塗った全粒粉パンにのせた。「お店のほうはどんな様子？　まだ混んでる？」

「少し落ち着いたところ」セオドシアは言った。「ありがたいことに」

「じゃあ、ハイランダーズ・クラブの人たちに出すメニューを発表するね」ヘイリーは何十というレシピと食べ物の写真と一緒に壁に貼られたメニューに目をやった。「コッカリーキ、サラダ、ティーサンドイッチが二種類。それにショートブレッドとマーマレード」

「いいじゃないか」とドレイトン。「わたしは特別ブレンドのスコティッシュヘザー・ティーをポットで淹れるとしよう。基本はアッサム・ティーとケニア・ティーのブレンドだが、そこにヒースの風味をくわえたものだ」

「まさに全精力を傾けたという感じね」セオドシアは言った。

「そうだとも」とドレイトン。「テーブルに並べるのはロイヤル・スタッフォード・ロバートソンのカップとソーサーだ」

「紋章とタータンチェックのリボンが描かれた磁器のこと？」ヘイリーが訊いた。

「そのとおり」ドレイトンが集めたティーポットとティーカップの数は、セオドシアのコレクションをはるかにしのぐ。

「そうなんだ。あれはすごくかっこいいよね」

「ところで、焼き菓子はどっちにするのか決めたかね？　オートケーキにするのか、それともスコーンか」

ヘイリーは満足そうに笑ってみせた。「ドレイトンのために、ふたつのいいところを合わせてみたわ。バタースコッチのチップが入ったオートミールのスコーンを焼いたの」

「そいつはすばらしい」ドレイトンは喜びではちきれんばかりに言った。「実はだね、きょうの会食はわれわれが手がけたなかで、テーマをもっともよく再現したお茶会になりそうな気がするのだよ」

「チョコレートなお茶会は？」ヘイリーが訊いた。

「ヴィクトリア朝のお茶会だってあったわよ」とセオドシア。

「もちろん、すばらしかったさ。だが、きょうのはそれを上まわると予想しているのだよ」

ドレイトンは鼻歌を歌いながら、早足でティールームに戻っていった。

ヘイリーがセオドシアに目をやった。「あんなにはしゃいだドレイトンを見るのは、去年、盆栽が最優秀賞をとったとき以来だわ」

「まさに燃える男って感じ」セオドシアはうなずいた。

「セオだってそうでしょ」とヘイリー。「もっともあなたの場合は、昼も夜も燃えてる状態よね。ゴーストハンティングはあるし、手がかり探しはあるし、おまけにデレインに頼まれてガーデン・ツアーを手伝うしで、そのうちへばっちゃうんじゃない？」

「今夜のメニューは考えてくれたんでしょう？」セオドシアは出し抜けに尋ねた。

ヘイリーはうなずいた。「うん、もちろん。あたしがついてるから安心して。だけどさ、デレインたらセオに責任を丸投げして、ひどいと思うな」

「隣に住んでるからたいしたことないと思ってるのよ、きっと。裏庭を突っ切って、お茶の用意をするだけだと」

「そして彼女は、来てくれた人を出迎え、気前のいい女主人役を演じられるってわけね」

セオドシアは肩をすくめた。「そういうこと」


十二時ちょうど、チャールストン・ハイランダーズ・クラブの面々がランチに現われた。せかせかと店に入ってきた六人はドレイトンのかしこまった出迎えを受け、店の中央にある丸テーブルに案内された。ほとんど女性ばかりの店内で男性は自分たちだけと気づいていたとしても、それを気にする様子はなかった。それどころか、ヒースのブーケ、タータンチェックのランチョンマットとナプキン、それにドレイトンのコレクションであるロバートソンのカップとソーサーを褒めちぎった。

満足した様子の六人を見てセオドシアはうれしくなった。お茶は女性だけがたしなむものではなく、もっと多くの男性にもよさをわかってほしい。実際、世界のほとんどの地域では、男性も女性もひとしくお茶を飲む習慣を大切にしている。何世紀も前からある中国のティーショップだろうと、インドの忙しいオフィスだろうと、あるいは繊細な小ぶりのグラスでお茶を飲む中東のバザールだろうと関係ない。お茶は水に次いで、世界で二番めに飲まれている飲み物なのだ。それにおそらく、もっとも愛されてもいる。

ドレイトンがひと品めのオート麦のスコーンとクロテッド・クリームを出すのを見ながら、セオドシアは軽い足取りで厨房に引っこみ、注文の品ふたつを手に取った。

「あっちの様子はどう？」ヘイリーが訊いた。

「てんやわんやだけど、なんとかなってる」セオドシアは答えた。

「ドレイトンは水を得た魚でしょ」

「自分の目で見てごらんなさいよ。執事になりきってるから。燕尾服を着てないのが不思議なくらい」

「ドレイトンは期待を裏切らないもんね」ヘイリーは手早くサラダを盛りつけ、セオドシアに向かって皿を滑らせた。「はい、お願い。大にぎわいのティールームに行ってらっしゃい」

セオドシアは前菜を運び、あらたに来店したお客を何人かテーブルに案内し、淹れたてのお茶が入ったポットをふたつ持って、店内を何周かした。

お客への対応がすべて終わってふと見ると、ドレイトンが担当するグループはすでにコッカリーキとティーサンドイッチをおいしそうに食べていた。ひとつ深呼吸をすると、少し時間はありそうだと判断し、ハイランダーズ・クラブのテーブルにゆっくりと近づいて、自己紹介をした。

紹介を始めて十秒後、集まった六人の大半を知っているか、少なくとも見覚えがあることに気がついた。ヘリテッジ協会のイベントで会ったことがある人がふたり。地元で商売をしている人が三人。このグループの中心人物らしきスタントン・マクドゥーガルは、キング・ストリートにある高級紳士服店の〈マクドゥーガルズ〉を営んでいる。

セオドシアの名前がグランヴィルの死の報道で言及されたせいだろう、マクドゥーガルはすぐさま殺人事件の話題を持ち出した。ほかの五人も会話にくわわり、お悔やみめいたことを言ったり、あるいは事件の真相に関する仮説を述べたりしはじめた。

「わたしが思うに」ヘリテッジ協会で長らく理事をつとめているユーアン・ウォレスが言った。「仕事上のトラブルではないかな」

「そうかもしれません」セオドシアは言った。行方不明のキューバ葉巻がいまも頭に引っかかっていた。

「とにかく」マクドゥーガルが割って入った。「グランヴィルの死はまったくもって悲劇だ。チャールストンは非常に有能な弁護士をひとり失ったことになる」

「グランヴィルさんをよくご存じのようですね」セオドシアは言った。

「ああ、知っているとも。しょっちゅう、うちの店でワイシャツをオーダーメイドしていたのでね」マクドゥーガルは小さな笑みを洩らした。「しかも腹まわりが急激に大きくなったものだから、注文の数もうなぎのぼりだったよ」

「いいお客さんだったんですね」たしかにグランヴィルはこの六カ月で、そうとう恰幅がよくなっていた。本人が無頓着だったせいなのか、それとも毎晩デレインに最新流行のレストランに連れていかれたせいなのかはわからない。

「たしかにグランヴィルはうちのいい顧客だった」マクドゥーガルは言った。「わかると思うが、法廷ではきりっと見せたがっていたからね。それに、うちの店の者は全員、彼が人当たりのいいおもしろい男だと言っていたよ。誰彼かまわず、投資話を持ちかけていた」

「株式市場への投資ですか？」

「そうじゃないんだよ」マクドゥーガルはゆっくりと言った。「株式の話は持ち出したことはないな。だが、自分が経営するシガーショップと各種の不動産物件について、熱っぽく語っていたね」

「グランヴィルさんは不動産取引に熱心だったんですか？」

はじめて聞く話だった。不動産の話はひとことも聞いたことがなく、どうしてデレインは教えてくれなかったのかと不思議だった。もしかしたら、彼女も知らなかったのかもしれない。きっとあわただしい婚約期間と、差し迫った結婚式で頭がいっぱいだったのだろう。

「そうともさ。グランヴィルは不動産に異常なほど情熱を燃やしていたね。夢中だったよ。集合住宅を十棟ほどと、ほかにも、本人は冗談まじりに無用の長物と言っていた物件をふたつほど所有していたらしい」

おもしろくなってきたわ、とセオドシアは思った。ドレイトンが持ってきたタータンチェックのアイシングをほどこしたカップケーキを見て、全員が感嘆の声をあげた。グランヴィルの不動産のことは、あとでデレインに訊いてみよう。あるいはパートナーだったアラン・グラムリーに。もっとも、意地悪なグラムリーがありがたくも話してくれるなら、だけど。

21

ランチタイムはとどこおりなく過ぎ、セオドシアとヘイリーは今夜のサマーガーデン・ツアーのメニューを検討していた。

「あたしが考えてるのはね」ヘイリーが言った。「レモンのバークッキー、アーモンドとエスプレッソのクッキー、それにいくつかのケーキの盛り合わせなんだ」

「わたしはそこまで考えてなかったわ」セオドシアは言った。「お茶とクッキーくらいでいいかと思ってた」

「でもさ、去年のツアーでウィルミントン・ハウスはビスコッティとダブルファッジのブラウニーを出してたんだよ」

「それを上まわる内容にしたいわけね？」

ヘイリーは頭をつんとそらせ、皮肉っぽく笑った。

「そこまでする必要はないのよ」セオドシアは言った。「しかもこんな切羽詰まってから準備するんだもの」

「いいじゃない」ヘイリーは甘い声を出した。「こういうの得意なんだからやりたいの」そう言って、ブロンドの髪を耳にかけた。「好きにやらせて」

「わかった」セオドシアは折れた。「でも、お願いだから根を詰めないでね。せっかく一生懸命やっても、デレインは気にもとめないかもしれないし。最近の彼女は、お世辞や感謝の言葉をあまり口にしなくなってるから」

「そんなの気にしてないわ」

「それで、どんなケーキを考えてるの?」セオドシアは訊いた。「モカ・ケーキみたいなのかしら?」ヘイリーがつくるモカ・ケーキは、セオドシアが食べたなかでも絶品中の絶品だ。バニラのアイシングと刻んだクルミを使っていて、とにかくおいしい。

「うーん、それじゃないけど」ヘイリーは言った。「でも、そんな感じのものかな」

「はっきり言ってくれないのね」

「見てのお楽しみにしたいんだもん」

「わかった」セオドシアは言った。「あなたにまかせる」

ランチの時間は終わった。午後もなかばになり、セオドシアは厨房にふたたび飛びこんで、ヘイリーの様子を確認した。

「見ちゃだめよ、見ちゃだめ!」

「わかったわ。ごめん」

いつの間にかドレイトンがドアのところに立っていた。「スコーンはどのくらいあるかね？」

「二、三個残ってるけど」ヘイリーが答えた。

ドレイトンはティールームのほうを親指でしめした。「デレインのお姉さんのナディーンが、ほんの数分前に入ってきてね」と小声で説明した。「男の人も一緒だ」

「本当に？」セオドシアとヘイリーが同時に言った。

「はじめて見る顔だ」ドレイトンはまだ少し声を落としていた。

「新しい恋人じゃないかな」ヘイリーが言った。

「つき合ってる人がいることすら知らなかったわ」セオドシアは言った。「だって、結婚式には誰か連れてきていた？」

「わからん」とドレイトン。

「恋人の存在は隠してたのかもよ」ヘイリーは言った。「たしか、到着は遅れたし、すごくあたふたしてる感じだったもん」

「それは妹が結婚するからじゃないのかね」

「とにかく、デレインみたいなことにならないよう祈るわ」とヘイリー。

「シーッ」ドレイトンは口の前で指を一本立てた。「声が大きいぞ！」

「わたし、ちょっとあいさつしてくるわね」セオドシアは言った。「ヘイリー、オーツ麦のスコーンを二個とバナナのブレッドをスライスしてお皿に盛りつけてちょうだい。ナディーンは甘いものが大好きだから」

セオドシアがスイーツを持っていくと、ナディーンは肩と肩がくっつくほど近くにすわった連れの腕をつかみ、くすくす、にたにた笑っていた。連れの男性はショウガ色の髪に澄んだ茶色の目、いかつい顎と高い頬骨をしたハンサムだった。

「セ・オ・ド・シ・ア!」ナディーンは彼女に気づき、甲高い声で呼んだ。「会えてうれしいわ!」

「いらっしゃい、ナディーン。きょうは朝からずっとすごく忙しかったけど、午後のお茶のお供にと、スコーンとバナナのブレッドをなんとかかき集めてきたわ」金曜日なのであと三十分で店じまいすることは言わなかった。

「気を遣ってくれてうれしいわ」ナディーンはそう言って白い歯を見せると、連れの男性を見てくすくす笑ったが、セオドシアに紹介するつもりはないらしい。

セオドシアはテーブルにあったティーポットを手に取った。ふたりのカップに慎重な手つきでおかわりを注ぎ、ポットをティーポットウォーマーにのせた。「では、ごゆっくり」

「ありがとう」ナディーンは言った。

セオドシアはすぐには立ち去らなかった。「もしかして、きょうは妹さんと話をした?」ティドウェル刑事から昨夜の侵入事件を知らされ、デレインがどんな気持ちでいるのか気になったのだ。

ナディーンは顔をあげもしなかった。「いいえ、とくには」そう言って、スコーンにかぶりついた。

「一緒にいる男は何者なんだね？」セオドシアが入り口近くのカウンターに戻ると、ドレイトンが小声で訊いた。

「さあ」セオドシアは答えた。「紹介してくれなかった」

「失礼だな」

「だってナディーンだもの。いつだって人の心をもてあそんでばかり。そうそう、これからちょっとオフィスに引っこんでデレインに電話をかけるわ。たしかな情報源の口から、なにか聞き出せないかやってみる」

「口以外からは聞き出せんだろう」ドレイトンがもごもご言った。

「ドレイトンたら！」セオドシアは言ったが、その顔にはほほえみが浮かんでいた。


セオドシアは麦わら帽子が入った段ボール箱を足で蹴ってどけ、デスクチェアに腰をおろした。デレインの携帯電話にかけると、数秒でつながった。

「けさ、ティドウェル刑事から連絡があったでしょう？」セオドシアは忙しさにかまけて、もっと早く連絡しなかったことを申し訳なく思った。

「ええ、あったわ」デレインは言った。

「侵入事件のことは全部聞いた？」

「もう、恐ろしいったらないわよねえ」デレインは甘ったるい声で言った。「またひとつ、心配ごとが増えちゃったわ」

「まったくよ。わたしもちょっと動揺しちゃった」

「とんだ災難だわ」

「今夜にそなえてドゥーガンの家を元どおりにしなきゃいけないけど、どうする？　ティドウェル刑事の話だと、なかは惨憺《さんたん》たるありさまらしいわよ。抽斗がいくつもひっくり返されてるし、戸棚も荒らされたとか」

「それはもう手を打ったわ」デレインは言った。「いまちょうどドゥーガンの家にいるんだけど、全部もとに戻ってる」

「搬入のほうはどうなってるの？　そっちは予定どおりなのよね？　パティオに置くテーブルと椅子、ビロードのロープとパーテイションポールなんかは？」

「いま運びこんでるところ。だから、いまいちばん心配なのは、あなたのほう」

「本気で言ってるの？　悪いけど、お茶と軽食はヘイリーとわたしとでやってるわ。約束どおり、ちゃんと出せるわよ」

「それを聞いて、肩から大きな重荷がおりたわ」

「デレイン」セオドシアは少しむっとして言った。「そもそも心配する必要なんかないのよ。わたしが途中で投げ出したりしないのはわかってるでしょ」

「姉さんとはちがってね」デレインはため息をついた。「まったく役にたってくれるわよ、あの人ったら」

「ナディーンはいまこっちにいるわ。十五分くらい前に来たの。お友だちと一緒にね。かっこいい男の人」

「たいしたものだわね、姉さんも」

「あら。ナディーンがつき合ってる相手をよく思ってないみたいね」

「たとえよく思ってたとしても、ナディーンはこれっぽっちも気にかけるもんですか。あたしがなにを言ったって、聞き流すだけ。だいいち、もういい大人なんだから、自分で過ちから学んでもらわないと」

どっちもどっちだと思うけど、とセオドシアは心のなかでつぶやいた。「用件はもうひとつあるのよ、デレイン。前に話したグラムリーさんとの話し合いの場は準備できた？」

「ああ、あれね。ええ。あなたのアドバイスにしたがって、弁護士を雇ったわ。明日の朝、グラムリーのオフィスで会うことになってる」

「そう。これで、遺言書と生命保険の件ははっきりするわね」そして、わたしは巻きこまれずにすむ、と。

「ねえ、セオ」デレインは歌うような口調で言った。「今夜はなにを着るつもり？」

「そうねえ、Tシャツにスラックスの上から、いつものパリのウェイター風のエプロンかな」

「そんなんじゃだめよ」

セオドシアは耳をふさぎたくなった。着心地のよさを最優先にしたセオドシアのファッションは、いつもふたりの諍《いさか》いの種だ。

「今夜は上流っぽくしてもらわなきゃ。うちの店に寄って、なにか見つくろってちょうだい」

「デレイン、そんな時間はないの。お忘れのようだけど、わたしには軽食を用意して、パックに詰めるという仕事があるんだから」

「きちんと装うための時間はいくらだってつくらなきゃ」デレインは慣れた調子で言った。「店番のジャニーンに電話して、あなたに合う夏用のシルクの服を出すよう言っておくから」

「わかった……努力する」

「絶対に気に入るわよ」

さあ、どうかしら。

デレインは長引く沈黙の意味を察したように言った。「セオ、あたしのセンスを信用しないの？」傷ついたような声だった。

「そんなことないってば、デレイン。あなたがいいと思ったものなら大丈夫よ」セオドシアは電話を切ると、がっくりとうなだれ、頭をデスクにつけた。コツン。

「そんなにひどい話だったのかね？」ドレイトンが心配そうな顔で出入り口のところに立っていた。

「デレインと話してると頭がどうにかなりそう」

「そりゃ、そうだろう」

「最初は、グランヴィル＆グラムリー法律事務所で保険契約と遺言書について話し合うと考えただけで気絶しそうだったくせに。それが今度はころっと調子が変わって、弁護士を雇って、専門家の目で見てもらうなんて言い出すんだもの」

「ほかにはなにか？」ドレイトンはデスクの前の椅子にすとんと腰をおろした。

「わたしの今夜の仕事ぶりに不安があるみたいなことを言うのよ。料理やお茶のことでね」

「きみがそんなことをするわけがない」ドレイトンは言った。「それだけ言われて、なぜ怒りを爆発させなかったのだね？」

「どうしてかしら。そんなことをしちゃいけないと思ったの。心の奥ではわかってるからかしら。デレインはただ……まだ動揺してるだけだって」

「悲しみは往々にして、人の悪い面を引き出すからな。そんなつもりはなくとも、ひどい態度を取ってしまうものなのだよ」

　セオドシアは両のてのひらをデスクにぴたりとつけ、ドレイトンを見つめた。

「あなたの言うとおりだわ。いちいち気にしなければいいのよね？」

「それがわたしの経験からくる助言だ」

「今夜はあなたも来る？」セオドシアは訊いた。

「ちょっと寄ってみようかとは思っている。この通りの先にあるマリソル・ホールの庭を見学させてもらってから、歩いてグランヴィルの家まで行くつもりだ」彼は両の眉毛をあげた。

「それとも、デレインの家と言うべきかな？」

「どうかしら？」セオドシアは言った。「まだはっきりしないのよ」

運が味方して、セオドシアは〈コットン・ダック〉の二軒先に駐車場所を見つけることができた。車を飛び降りて通りを小走りしていくと、店のすぐ前でジャック・オールストンと鉢合わせした。

「ここで買い物をされるんですか」彼はあいさつがわりに言った。

「それがなにか?」この人はどうしていつも、詰問するような物言いをするのだろう。

オールストンは〈コットン・ダック〉をしめした。

「こういう店で買い物をするのかと、おもしろく思いましてね」

「それのどこがおもしろいのかしら」セオドシアは訊いた。オールストンは厚かましくて癪にさわるが、それでいて魅力的と言えなくもない。

「あなたらしくないんですよ。あなたは社交界の蝶というタイプには見えないから」

「そんなんじゃないわ。ただ、特別な機会に着る服を買いに来ただけ」

オールストンの変幻自在なブルーの目がきらりと光った。「その特別な機会とはどんなものか教えてもらえませんか? デートかな? それとも……?」

「そうです」セオドシアは言うと、彼のわきをすり抜けた。「デートなんです」

お願いだからついてこないで、と念じながら〈コットン・ダック〉の入り口をくぐった。お願いだからついてこないで。しかし、首だけうしろに向けたところ、オールストンの姿はなかった。そしてどうしたことか、少しだけがっかりしている自分がいた。

デレインの店で働く、いつ見ても働きすぎのような顔をしたジャニーンがカウンターの奥で顔をあげた。

「デレインさんから電話がありました。ファッションの緊急事態に陥っていると聞きましたよ」

「わたしが、じゃないわ」セオドシアは言った。

ジャニーンはわかっているというようにうなずいた。「あ、なるほど。今夜はサマーガーデン・ツアーのお手伝いをするので、デレインさんからあらたまった服を着るよう言われたんですね」

「ええ、そんなところ」

セオドシアは〈コットントン・ダック〉の店内をぐるりと見まわした。ロングドレスばかりのラックの隣には、シルクのトップスと揃いのワイドパンツがかかった回転式ラック。アンティークのハイボーイ型チェストのシルクで内張りされた箱のなかには、ドロンワークをほどこしたキャミソールがきれいに並んでいる。オペラパールのネックレスが、チャーム付きのブレスレットやチェーンネックレス、それに薄手のスカーフとともに吊りさげられていた。靴のコーナーに並んでいるのは、足がふらふらしそうなルブタンやジミーチュウのハイヒール。高温多湿のチャールストンの気候にぴったりの上品で軽いコットン素材の服や、さらさらとしたスカートのラックもあるし、ビンテージの服のラックもいくつかあった。それにイタリアから輸入したラ・ペルラ、コサベラ、グイアラブルーナなどの高級ランジェリーも揃っている。

「デレインさんからは、シルクのものがいいと言われました」ジャニーンは濃紺のチュニックと、それに合わせた細身のスラックスを手に取った。「これなどは……いかがでしょう」

そう言ってセオドシアのほうに差し出した。「マイアミのデザイナー、ステファノ・ミラーのデザインなんです」

優美なひだをとったシルクはやわらかな手触りだった。

「わあ、たしかに……品がいいわ。デレインにしては、という意味よ」てっきり、スパンコールのついた、ワンショルダーでも勧められるかと思っていたのだ。仮装大会みたいなドレスか、さもなくば、『ダイナスティ』などの古いテレビ番組から抜け出たみたいな服を。

「たしかにデレインさんは派手できらきらしたものが好きですものね」ジャニーンはうなずいた。「でも、これはとてもすてきだと思います」

「じゃあ、試着してみるわ」セオドシアは言った。見れば見るほど気に入った。シルクのTシャツ、カーキ色のスラックス、それにフラットシューズという恰好から、いい感じにイメチェンできそうだ。「でも、この服にフラットシューズは合うかしら？　今夜は立ちっぱなしなのよ」

「とりあえず着てみてください。いい靴がないか探します」

セオドシアは服を手にし、小走りで試着室に向かいかけたが、振り返って訊いた。

「何分か前に男の人が入ってこなかった？　ジャック・オールストンという名前の人なんだ

けど」

「いいえ」ジャニーンは答えた。「いなかったと思いますよ。昼すぎからずっとここにいましたけど」

「そう、ありがとう」セオドシアは試着室のカーテンをわきに寄せ、蹴るようにして靴を脱いだ。ジャック・オールストンは〈コットン・ダック〉の近くでなにをしていたのだろう。デレインを探していたの？　彼女が現われるのを待っていた？　そうだしたら、その理由は？　彼女を尾行するつもりだったとか？　そうすれば、これぞというところに行き着けると思ったの？　密輸された葉巻がある場所に？

セオドシアはシルクの服に着替えながら考えこんだ。デレインが内部情報を隠し持っているなんて思いたくない。とは言え、この七日間というもの、デレインはまともにものが考えられない状態だった。だとすれば、ひょっとして……ひょっとしてパズルの小さなピースを持っていながら、それに気づいていないということだってありうるではないか。

22

お湯が沸いてやかんが甲高い音をたてるなか、セオドシアとヘイリーはドゥーガン・グランヴィルのとても広いキッチンを、パニックを起こした亡霊のように飛びまわっていた。時刻は六時四十五分。七時になれば、サマーガーデン・ツアーのお客が大挙して押し寄せてくる。

「浸出時間に注意してね」セオドシアは念を押した。白茶は一分か二分でいいが、紅茶は二分から三分、ハーブ・ティーは三分から六分の時間が必要だ。

「厳密にやろうと思うけど」ヘイリーが右手にも左手にもティーポットをつかんで言った。「これってむずかしすぎ。だって……んもう、ドレイトンたらどうして必要なときにいないのよ？」彼女はすぐにおでこに手の甲をあてた。「あたしとしたことが、なんであんなこと言っちゃったんだろ。ふたりだけでちゃんとやれるなんて。それも自信たっぷりに」

「できるわよ」セオドシアは言うと、コンロからやかんをおろして金属の鍋敷きに置いた。「落ち着いて、集中していれば」

「こんな大変なこと、ふたりともよく毎日やってるね」ヘイリーは言った。「お茶を淹れるのって、本当にむずかしい」

「ドレイトンとわたしからすれば、大変なことをやってるのはあなたのほうよ」セオドシアは言った。「スコーンやクイックブレッドを焼いたり、スープやサンドイッチをこしらえたり」

ヘイリーは手をひらひら動かした。「ぜーんぜん。だって楽しんでるだけだもん。でもこういうのは……ちょっと苦手だな。ドレイトンがお茶についていろいろ教えてくれたときに、ちゃんと聞いてればよかった」

「ティーテーブルを庭に設営したら、少し余裕ができるわ」セオドシアは言った。ロシアの給茶器サモワールを三個持ってきたのは、セルフサービスで飲んでもらおうと考えたからだ。

「ところでさ」とヘイリー。「いま着てるシルクの服、いい感じ。〈コットン・ダック〉で買ったの？」

「そこ以外にないでしょ」セオドシアは言った。「どうしてかわからないけど、デレインからおめかしするようにと言われたの」

「セオはデレインのことをあれこれ言うけど、独自のセンスを持ってて、いい趣味をしてるのはたしかよ。あ、そろそろスイーツも用意しようか？」

「お願い」ヘイリーがお茶を淹れる仕事から解放されたくてしょうがないのはわかっていた。

「その前にあたしがつくったものを見てほしいんだ」ヘイリーは茶目っ気たっぷりな表情で、持ちこんだたくさんのバスケットと箱をあけはじめた。「待って！　まだ見ちゃだめ！　全部並べてからよ」

セオドシアはお茶に視線を戻した。

ヘイリーは数分、せっせとなにやらやっていたが、やがてセオドシアのほうを振り返った。

「ジャジャーン！」両手を高くあげた。

これまで見たなかで最高に斬新で、最高においしそうな食べ物を前にして、セオドシアの顔に思わず笑みがこぼれた。これでもかと並べられているのは、エスプレッソのクッキー、レモンのバークッキー、それに……ちょっと待って。まさかあれは、ケーキポップ？

「ケーキポップもあなたがつくったの？」

ヘイリーはうれしそうにうなずいた。ケーキポップは最近のトレンドで、丸い形の小さなケーキを串に刺し、アイシングをからめてトッピングをまぶしたものだ。

セオドシアは色とりどりのケーキポップから一本取った。

「どうやって時間をやりくりしたの？」

ヘイリーは肩をすくめた。「隙間時間にちょこちょことね。ケーキの生地を三種類つくっておいて、ケーキポップ専用のちっちゃな型を使って一気に焼いたんだ。あとは、串に刺して、特製のアイシングをからめただけ」

「粉砂糖や刻んだペカンに転がす手間もかけてるようだけど」セオドシアはヘイリーの芸術的な仕事ぶりに感心して言った。

「バタークリームのアイシングをかけて、細かくしたマラスキーノチェリーをまぶしたものもつくってみたんだ」ヘイリーは自分のアイデアに鼻高々だった。「それに、海塩をまぶしたチョコレート味のものもね」

「ヘイリー、これ、とてもすてきよ。かなり大変だったでしょうに」

ヘイリーは小さく首をすくめた。「ううん。まあ……ちょっとはね」

「大変だったと言いなさいよ」

「シャンパン風味のバタークリームは少しむずかしかったかな。ミルクチョコレートをかけたケーキポップは簡単だったけど。とにかく、あたしとしてはうんとすてきにしたかっただけなの」

「うんとすてきなのはあなたよ。一日じゅうティーショップで働いたうえに、これだけのものをつくって、たいしたことないって顔をしてるんだもの」

「あたしにはそれしかできないもん。あなたこそ、これだけの大イベントをひとりで切り盛りしてるじゃない」

「ケータリング業者に電話して、請求書をデレインにまわしたほうがよかった？」セオドシアは言った。

ヘイリーは銃弾を撃ちこまれたみたいに、胸を手で押さえた。

「ライバル業者にやらせるの？　ねえ、セオ、頼むからそれだけはやめて」

「そんなことをしたらあなたがショックで寝込んじゃうって言うのなら考える」

「寝込んじゃうわよ。寝込んじゃうに決まってるじゃない」

いドレスだ。


「セオ！」大きな声が聞こえた。「セオ！　手を貸してちょうだいよ」

「デレインだ」ヘイリーが言うのと同時に、デレインがキッチンに駆けこんできた。髪をお団子に結いあげ、ハート形の顔を一分の隙もないメイクで決めている。身に着けているのは、ギリシャ神話の女神がオリンポス山の豪華なパーティに着ていきそうな、裾が床まで届く白いドレスだ。

「まあ」セオドシアは言った。「あなたのその恰好、すごく決まってるわ」

「あたしはお客様をおもてなしする役だもの、せめてこのくらいはしないとね」デレインは言った。

「変ね」ヘイリーが小声でつぶやいた。「お客様をおもてなしするのは、あたしたち三人だと思ってた」

デレインはくるりと向きを変え、目をぎろりと光らせた。

「ええ、もちろんよ。あなたたちふたりにはデザートでもてなしてもらうわ。でも、あたしが表向きのもてなし役なの」

「そのドレス、とてもすてき」セオドシアはもう少しあたりさわりのない方向に会話を持っていこうとして言った。

「ビンテージよ。ホルストンのデザイン」

「シモーンの店で買ったんじゃないわよね」セオドシアは訊いた。

デレインは絶句した。「そんなわけないでしょ！　そもそも、あたしの〈コットン・ダック〉にだってビンテージの服のラックがあるんですからね。ビンテージが最近の流行なのは、ファッション業界にいる者ならみんな知ってることよ。ハリウッドの大物スターがレッドカーペットでビンテージのドレスを着てるのは知ってるでしょ。店の規模を大きくしてからというもの、ビンテージ・コレクションの数を増やそうとものすごく努力してきたんだから」

「そういう服はどんなところで見つけるの？」セオドシアは訊いた。わたしが知らないだけで、どこかにタイムスリップできる場所でもあるのかしら？　宇宙のどこかにほころびがあって、そこにビンテージの服が保管してあるとか？

「あっちこっち、いろいろよ」デレインはのらりくらりとごまかした。「マイアミ・ビーチに何軒か親しくしてる店があるし、ビヴァリーヒルズにいるすてきな女性ふたり組やニューヨークのスタイリストにもコネがあるし」

「膨大なネットワークを築いてるってわけね」ヘイリーが言った。

「そういうこと」デレインは言った。

「ヘイリーがケーキポップをつくったんだけど、どう思う？」セオドシアはとてもすばらしいスイーツの数々をしめした。

デレインはおざなりに目をやった。

「いいんじゃないの。さてと、おふたりさん、これを全部、外のテーブルに運んでもらえる？　あと数分で玄関のドアをあけるわ。お客様を待たせるようなことはしたくないの」

「ちょうど運び出そうと思ったときに、あなたが飛びこんできたのよ」セオドシアは言った。

「これならすてきなデザート・コーナーになるわ、きっと」デレインはヘイリーにほほえみかけた。「このちっちゃなお菓子はなんて言うんだった？　ケーキプロップ？」

「ケーキポップよ」ヘイリーは言った。

キャンドルに火を灯し、サモワールにお茶をたっぷり入れ、スイーツをのせたトレイを裏庭の大きなテーブルに置くと、セオドシアはやっとひと息つけた。パティオのあちらこちらに配されたテーブルには、白いリネンのテーブルクロスがかけてある。庭を縫うようにのびる石の通路を、雰囲気たっぷりの淡い照明が照らしている。デレインが雇ったハープ奏者が、美しい音色をかなでていた。

「すごーい」ヘイリーが言った。「あたしたちもなかなかやるじゃない」

「本当よね」セオドシアは言った。「と言っても、掃除と庭の手入れとパーティに必要な人材の手配は、全部デレインがやったんだけど」

「とにかく、とても豪華に見える」ヘイリーは、じょじょに裏庭に出てきたお客を見ながら言った。「ねえ、ほら。みんなちゃんとお茶とスイーツをセルフサービスでとってる」

「それを手に、庭を散策しているわね」ここまでこぎ着けるにはひやひやする場面もいくつかあったが、いまはなにもかも順調のようだ。

「意外な人が来てるよ」

「あら、アンジー！」セオドシアは思わず声をあげた。ストロベリーブロンドの髪をした小柄でかわいらしいアンジー・コングドンが、背の高いハンサムな男性と腕を組んで歩いてくる。「ずいぶんと……」

「ひさしぶり」アンジーがあとを引き取った。彼女はインディゴ・ティーショップから数ブロック離れたところにある、フェザーベッド・ハウスというB&Bのオーナーだ。

「少なくとも数週間は会ってなかったわね」セオドシアは言った。

「だって、うちが忙しい時期だもの」アンジーは言った。「スポレート祭が終わってほっとしたのもつかの間、観光シーズンに突入して宿は満杯よ」彼女はそこでひと呼吸おいた。「セオ、ヘイリー、大切なお友だちを紹介するわ。こちらはハロルド・アフォルターさん」

「はじめまして」セオドシアはそう言って、彼と握手した。

「よろしく」ヘイリーは会釈した。

「実はハロルドとわたし……おつき合いしているの」アンジーはにこやかにほほえみ、頬を赤らめた。

「まあ、すてき」セオドシアは言った。

「よかったね」ヘイリーは言った。

アンジーの最初の夫、マークは数年前に殺された。長い年月をへてようやく、また男の人とつき合えるようになったようだ。

「おふたりでこれを全部用意されたのですか？」ハロルドはパティオ全体をながめながら言った。

「わたしたちが担当したのは、お茶と食べるものだけなんです」

「そうは言うけど」アンジーは言った。「それだけでも大変な仕事だと思うわ」

「でも、とにかくおいしいの。遠慮せずに自分で好きなように取ってね」そう言ったとき、目の端にアラン・グラムリーの姿が映った。「どうぞゆっくりしていって。あとでちょっとおしゃべりしましょう」そう言うと、デレインより先にグラムリーをつかまえようと、急ぎ足でその場をあとにした。

パティオを突き進み、グラムリーの腕をつかんでぶっきらぼうな口調で言った。

「ちょっと話せます？」

グラムリーは呆然と彼女を見つめた。「今度はいったいなんの用です？」

「いいかげん、デレインに特別なはからいをしてあげてもいいと思うの。明日、彼女と会う予定なのは知ってるけど、前回よりも色よい返事を期待するわ」

「たしか彼女は弁護士を雇ったとか」グラムリーは言った。

「ええ。わたしがアドバイスしたんです」

「ご自分では味方として力不足だと考えたからですか？」

「味方としては充分ふさわしいと思うけど、法律に関してはなんの教育も受けてませんから。それにデレインとしては大事な質問に答えてもらわないといけないし」

「それについては、すべてなんとかしますよ」グラムリーは言った。

「そう願うわ」

グラムリーは首を傾けて庭全体をながめた。夜風が吹くたび、木の葉がさらさらと揺れ、花が首を振る。「じつに見事な庭です」

「ええ、本当に美しいわ」セオドシアはそう言いながら、横目で彼をうかがった。「お買いになるつもり？」

グラムリーは返答を避けた。「以前から気に入ってましてね。ご存じのように、パートナーはたいへんいい趣味をしていましたから」

「デレインもいつもそう言ってます」セオドシアは言った。「自分を評してですが」

「だとすると、ふたりはまさにお似合いのカップルだったわけだ」

「〝だった〟と過去形なのが残念ですけど」とセオドシア。

グラムリーはティーカップを口もとまで持っていき、ひとくち飲んだ。

「実においしいお茶だ」

「お茶をよくお飲みになるんですか？」

「場合によりますね」

セオドシアはグラムリーをじっと見つめ、心のなかでつぶやいた。まったく、のらりくらりとした人だわ。ほんの一瞬、昨夜グランヴィルの家を荒らしたのはアラン・グラムリーではないかという考えが浮かんだ。この人が抽斗を全部引きあけ、なんだかわからないけどなにかを探していた犯人かもしれない。

あるいは、突飛にすぎるかもしれないけど、デレインの仕業だったのかしら？　ううん、それはちがう。デレインはこっそり忍びこんだりしない。彼女なら堂々と入って、電気を全部つけ、上から下へと、順序立てて調べるはず。それになんと言っても、あの逃げ方。デレインは走るのが得意じゃない。彼女がのめりこんでいるのは……セオドシアはデレインが習っているエクササイズの名前はなんだったかと、脳みそを振り絞った。ピラティス。そう、それよ。デレインが得意としているのはピラティスだ。

ツアー開始から一時間がたち、セオドシアが成功を確信しはじめたとき、デレインがあわてふためいてキッチンに入ってきた。

「セオ！ 憎たらしいシモーン・アッシャーが来たわ！ 中国の女帝みたいにリビングルームを歩きまわってる！」

それだけは願い下げだった——ヒステリックにわめくデレインを相手にするのだけは。セオドシアは雰囲気をやわらげようとして言った。「中国にはもう、皇帝だか女帝だかは存在しないのよ、知らないの？ 毛沢東の登場で終わったの」

デレインは歯をぎりぎりいわせ、目を悪魔のように怒らせた。

「セオ。友だちなら、あの女をこの家から追っ払って！」

「追っ払うなんて無理よ」セオドシアは説得にかかった。「シモーンはこのツアーのチケットを買ってるんでしょうから」

「シーズンチケットを持ってたってかまうもんですか。ガーデン・クラブのいちばんのお偉いさんから、招待状をもらってたってかまわない。さっさと追い出して！　お願い！」

セオドシアはデレインの両肩に手を置き、裏口から外に出そうとした。「いい子だから、外に行っててちょうだい、いいわね？　絶対に騒動は起こさないと約束して。わたしができるだけのことをするから」

「本当に？」

「ええ、本当よ」

しかし屋敷のなかに戻ってみると、シモーンの姿はどこにも見当たらなかった。きっとデレインと鉢合わせしたくなくて、さっさと帰ったのだろう。しかし、なんとなく、逃げるようにいなくなるなんてシモーンらしくないとも思う。もっともっと強気なはずだ。ピットブル犬並みに。だとすると……。

リビングルームを見まわすと、見学客がぞろぞろと裏庭に出ていっている。そのとき、急に気になりはじめた。シモーンはコースをはずれて二階にあがったんじゃないかしら？　でもなんのために？　すべてを台なしにしてデレインを苦しめるためとか？　それとも最後にもう一度、感傷にひたりたくなったのかも。

確認するのは簡単だ。

セオドシアは一段飛ばしで、階段をのぼった。あがりきったところで足をとめた。誰もいる様子はない。だからと言って、シモーンが入ってはいけないところをうろうろしている可能性は否定できない。

セオドシアは主寝室に向かって廊下を歩き、両開きドアの片方を押しあけた。そこで目にしたものは……。

「シモーン！」

シモーンはくるりと体をまわし、驚きとショックが入り交じった顔でセオドシアと向かい合った。

「ここでなにをしてるの？」セオドシアは強い口調で尋ねた。

「べつに」シモーンは陽気に答えた。「ただちょっと……見てまわっているだけ」しゃれた紺色のパイピングがついた白いパンツスーツ姿のシモーンは、落ち着き払っていて計算高そうに見える。セオドシアが突然、目の前に現われたことさえ、楽しんでいるようだ。

「なにか探し物でも？」セオドシアは訊いた。シモーンもデレインと同じで、グランヴィルの形見の品がなにかほしいのだろうか。彼を思い出すよすがになるようなものが。

「まあ、セオドシアったら」シモーンは言った。「好奇心がふくれあがっているようね」

「あなたほどじゃないわ」セオドシアは言った。もしかしてシモーンは、いまも自分の服がグランヴィルのクローゼットにちゃんとしまいこまれているか確認したくて、それでここまであがってきたのだろうか。「自分の服を引き取りに来たの？」

シモーンは驚いた顔をした。「ここにわたしの服なんか一着もないわ」

「クローゼットの奥にかかってる服はあなたのじゃないの？」

「やめてよ」シモーンは横柄に鼻を鳴らすと、セオドシアのわきをすり抜けた。「なにを言ってるのかさっぱりわからないわ」そう言うと、ドアから出て、いなくなった。

セオドシアはそれでも納得がいかず、ささやかな女ものコレクションを、もう一度よく見ようとクローゼットに飛びこんだ。奥のほうに、ハンガーにかかった十着ほどがぎゅうぎゅうになっている。本人は否定したけど、やはりこれはシモーンのものなのでは？　それともべつの女性のもの？

シモーンが来たのは単なる好奇心だろうと判断し、セオドシアは立ち去ろうと向きを変えた。そのとき、リネンのジャケットに目がとまった。色はベージュで、襟と袖口のへりにごつごつした房がついている。

しばし立ちどまって、そのジャケットをじっと見つめた。〈レイヴンクレスト・イン〉で見つけた繊維片は、このジャケットのものだったりして。

ポケットからｉＰｈｏｎｅを出して窓枠に引っかかった状態の繊維片を撮影した写真までスクロールした。それから、ｉＰｈｏｎｅをジャケットの隣に持っていった。繊維片はこのジャケットのものだろうか？　おそらく。たぶん。

それにもうひとつ、このジャケットはシモーンが結婚式の日に着ていたのと同じものだろうか？

でも、同じジャケットだとして、なぜそれがここにあるの？

23

「いったいどこに雲隠れしてたの？」セオドシアがキッチンに戻るとヘイリーが訊いた。

「いくつか確認しておきたいことがあって」セオドシアは答えた。

「ドレイトンが来てるわ」ヘイリーは言った。「シアサッカーの服でぱりっと小粋に決めてた。あなたを探してたみたい」

「いまどこにいるの？　裏の庭？」

ヘイリーはうなずいた。「お茶を飲んでると思う。ああ、気になる。あたしたちの仕事ぶりを気に入ってくれたかな」

「もう、ヘイリーったら。気に入ったに決まってるじゃない」

セオドシアは配膳室に入り、缶詰スープや大袋入りの小麦粉や砂糖の前を通りすぎた。グランヴィルの死により、これらはおそらく地元の災害用備蓄物資として寄付されることになるのだろう。そんなことを思いながらわきのドアから外に出た。でこぼこした玉石の通路を歩いて家をぐるりとまわりこんだ。ガーデンライトが灯っていた。芝生はかなり短く刈りこまれ、まるでゴルフ場のグリーンのようだ。花壇ではエキナセア、キャンディタフト、それ

にバラがいまを盛りと咲き誇っている。ハナミズキもきちんと剪定され、すばらしい庭になっていた。土壇場になってデレインが通路沿いやプールのまわりに小さなキャンドルをたくさん並べたが、それが魔法のような効果をもたらしていた。グランヴィルが賞賛のまなざしを受け、褒め言葉を浴びることができないのが返す返すも残念だ。

ティーテーブルまでたどり着く前に、デレインとミリー・グラントのふたりと鉢合わせした。

「あの女はいなくなった？」デレインは嚙みつくように尋ねた。「いまそこでミリーとばったり会って、シモーンのことを話してたところなの。まったくあの女、図々しいにもほどがあるわ！」

ミリーがうなずいた。「事態を悪化させるだけですよね」

「シモーンは帰ったから」セオドシアは言った。「もういなくなったわ」

「本当に？」デレインは訊いた。「問題解決？　これでいざこざはなし？」

「いっさいなしよ」セオドシアは安心させるような声で言い、胸のうちでは、害のない嘘だけどと舌を出した。「意外にも、あっさり帰ったわ」

「なら、いいの」デレインは少しがっかりしたような声を出した。「よかった。これで一件落着ね」

セオドシアはミリーにほほえみかけた。「またお会いできてうれしいわ」ハープ奏者が「明日に架ける橋」を弾きはじめていた。

「デレインを応援する気持ちを見せたかったんです」ミリーは言った。「こんなぎりぎりになってから、この大役を引き継ごうなんてりっぱだわ。しかも、明日は大事な会合があるというのに」そう言ってデレインにほほえみ、はにかみながらその手に触れた。「きょう、事務所はひどく騒然としていました」

「なにもかもうまくいくわよ」セオドシアは言った。

「中指を人差し指に重ねてお祈りしてるんです」ミリーは言った。そしてデレインに向かって「わたしはあなたの味方よ」

「ナディーンとは大違いだわ、まったく」デレインは言った。「姉さんときたら、今夜は顔も見せやしない」

「きっと明日来るつもりなんですよ」ミリーが言った。

「まあ、そうかもしれないけど」

三人それぞれお茶とケーキポップを手にし、すわるところはないかとあたりを見まわした。セオドシアが黒い錬鉄のテーブルにすわっているドレイトンに気づいたのは、そのときだった。しかも、なんと、一緒にいるのはチャールストン在住のゴーストハンター、ベックマン兄弟ではないか。少なくとも来週までは、ゴーストハンターということになっている。

「行くわよ」セオドシアは先に立って歩き出した。「ドレイトンのところにお邪魔しましょう」

三人は目当てのテーブルまで行くと椅子に腰をおろし、ドレイトンはあわただしくミリーをジェドとティムのベックマン兄弟に引き合わせた。

「ゴーストハンティングですか」ミリーは興味と恐怖の入り交じった表情をジェドに向けた。「テレビで古い家を探索する番組は何度か見たことがあるけど、本物のゴーストハンターにお会いするのはこれがはじめてです」そう言って、わざとらしく震えてみせた。「なんだかおもしろそうですね」

「いまドレイトンさんから、チャールストンの幽霊について話をうかがっていたんです」ジェドが言った。

デレインが眉根を寄せ、ドレイトンにすばやく顔を向けた。「あなたは幽霊なんか信じてないと思ってたけど」

「もちろん、信じていないとも」ドレイトンは言った。「だが、伝説や言い伝えのたぐいはとてもおもしろいじゃないか」

「たとえばどんなものがあるんですか？」ミリーが訊いた。

「そうだな」ドレイトンは椅子の背にもたれた。「みんな、ゲイトウェイ遊歩道の話は知っているだろう？　人魂が出るとか、死んだ赤ん坊に子守歌を歌う女の幽霊が出るとか」

全員がゆっくりとうなずいた。

「いやだわ、怖い」デレインが小声でつぶやいた。

「それにブー・ハグという妖怪もいる」ドレイトンが言った。「淡い黄褐色をした一種の吸血鬼で、低地地方一帯で信じられている。もちろん、この手の化け物たちは夜にしか出てこないがね」

「そうよね」セオドシアは言った。

「幽霊がいちばんよく出るとされている場所はどこなんですか？」ジェドが訊いた。

「バッテリー・キャリッジ・ハウスというB&Bではないかな。何十人という宿泊客が肝をつぶした経験を持つ。夜になると、頭のない男が廊下をうろつくという話だ」

「プロヴォウスト地下牢はどう？」セオドシアは言った。「あそこを見学した人はよく、激しく焼かれるような感じがしたと言うわ。あそこで大火災があったでしょ」

「それに、鎖がカチャカチャいうのが聞こえるんですってよ」デレインが言った。どうやら少しずつ会話の雰囲気になじんできたようだ。

「チャールストンおよび南部全体のおもしろい点のひとつは」ティムが話に割りこんだ。「古い伝説が残ってることだと思うんです」

「黒ひげの話とかね」とセオドシア。

「それにエドガー・アラン・ポーの幽霊が、人けのない浜辺を歩いているという噂もあるな」

「マダム・マーゴの伝説もありますね」ミリーが言った。「あれも不思議な話です」

「でも、とりわけ恐ろしい話はなんでしょうか？」ジェドはすっかり楽しんでいた。「腰が抜けるほど怖くて、身の毛がよだつような話はないですか？」

「ふむ」ドレイトンはじっくりと考えこんだ。「疑問の余地はない。泣き叫ぶルーラの伝説だろう」

「なんなの、それ？」デレインが訊いた。「あたしは生まれも育ちもここだけど、そんなの聞いたことがないわ」

「南北戦争直後の話だ」ドレイトンは話しはじめた。「ルーラ・マースデンという女性は気の毒にも、戦争ですべてを失った。夫、息子ふたり、それに住む家までも。生活に窮した彼女はカルフーン・ストリートにあった下宿屋で、洗い場のメイドとして働くしかなかった。ある晩、激しく落ちこみ、絶望的になったルーラは下宿屋に火を放った。何十人という下宿人が炎を逃れるなか、ルーラは逃げず、意味のわからないことをわめき散らしながら、部屋から部屋へと駆けめぐった。ついにロングスカートに火がつくと、泣き叫びながら建物から走り出た」

「まあ、恐ろしい！」ミリーが言った。

ドレイトンはうなずいて、先をつづけた。「カルフーン・ストリートを猛然と走るあいだに、スカートはいっそう燃えあがり、うしろになびく髪にも火がついた。すっかり正気を失ったルーラは、そのまま線路に立ち入った。ちょうどそこへ列車が突っこんできた」ドレイトンはひと呼吸おいた。「列車の前面についている排障器によって彼女の体は持ちあげられ、そのまま数ブロック運ばれたのだが、その間もずっとルーラは泣き叫び、不気味な声をあげていたと言われている」

「驚いたな」とティムが言った。「すごい話だ」

デレインは大きくため息をついた。「びっくりしたわ、ドレイトン。なんて悲惨な話なの！」

「恐ろしいわ」ミリーが言った。「本当に恐ろしい」そう言いながらも、魅せられたような顔をしていた。「あの、そういう不思議な話をどうやって調べるんですか」

ドレイトンははにかんだようにほほえんだ。

「早い話が、わたしは南部の伝説に目がないのだよ」


一時間後、すべて終わった。セオドシアとヘイリーはティーカップを洗って積み重ね、残ったケーキポップをひとまとめにし——残ったのはせいぜい十個ほどだった——カウンターを拭いた。

「ねえ」ヘイリーが言った。「明日の夜も同じことをやるんだよね」

「インディゴ・ティーショップだってそうでしょ」セオドシアは言った。

「言えてる」ヘイリーは食べかけのチョコレートのケーキポップをくるくるまわした。

「あなたはもう帰っていいわ」セオドシアは言った。「あとはわたしがやっておく」

「いいの？」

「ええ、もちろん。もう充分やってくれたもの。充分すぎるくらいにね」

「じゃあ、お言葉にあまえて」ヘイリーはケーキポップの残りを口に入れ、手を振った。

「またあした」

セオドシアはキッチンをあわただしく動きまわり、ティータオルを集めて柳細工のバスケットに詰めこんだ。グランヴィルの家の洗濯機と乾燥機を動かすよりは、タオルを自宅に持ち帰るほうが楽だ。今夜のうちに自宅の洗濯機でまとめて洗ってしまおう。

三段のトレイの最後のひとつをすすいでいると、カウンターにメモがあるのに気がついた。青と白のギンガムチェックのナプキンの山に、なかば差しこむようにしてあった。

なにかしら？　ヘイリーの忘れ物？

手に取ると、厚手の四角い紙にくるくるした筆記体でなにか書いてあった。

やっぱりメモだ。

しかも妙なことに、メモはセオドシアあてに書かれていた。文面には〝セオドシア、今夜十時にギブズ美術館の裏でお会いしたく存じます〟とあり、署名はなかった。

セオドシアはわずかに不安をおぼえ、同時にひどく困惑し、あわてて周囲を見まわした。

いったいこのメモを書いたのは誰？

わたしがドレイトンたちと庭にいるあいだにマックスが立ち寄ったのかしら？　彼がメモを残したの？

ヘイリーも共犯？　なにかびっくりするような趣向が待っているとか？　ちょっと待って。そもそもこれはマックスの字かしら？

セオドシアはあらためてメモをじっくり見たが、なんとも判断がつかなかった。つま先で床をとんとん叩く音が、がらんとした家全体にうつろに響く。その音のせいで、じっとしていられなくなった。なにかしなくては、なんとかこれを書いた人物を突きとめなくてはという思いに駆られ、携帯電話を出し、マックスの番号を押した。今夜は美術館のイベントに出ているはずだが、早めにあがれたのかもしれない。あるいは、ちょっとサボったのか。

わたしに会うために？　だったらうれしいけど。

しかし、残念ながら、マックスは電話に出なかった。留守番電話につながると、聞き慣れた彼の明るい声が応答し、メッセージをどうぞと告げた。

「マックス。こっそり忍びこんでメモを残したのはあなたなの？　今夜、ギブズ美術館の裏で会いたいと書いたのはあなたなの？　ロマンチックな夜を演出したつもり？　だって、こんなの薄気味悪いわ。電話して、お願い」

電話を切り、自分に問いかけた。さて、どうしよう？

指定された場所に行くべきだろうか。それともさっさと家に帰ったほうがいい？　もう一度、指先でメモの紙に触れる。そうすれば、誰がどんな目的のために書いたものか、教えてくれるとでもいうように。

けっきょく、不安な気持ちを押し殺し、出かけることにした。

ゲイトウェイ遊歩道は緑豊かな庭園、古い墓地、それに有名な錬鉄の門を通る、距離にして四ブロックほどの裏道だ。聖ピリポ教会の裏にある十六世紀の墓地を起点に、サーキュラー会衆派教会、ギブズ美術館、そしてチャールストン図書館協会の前を通り、アーチデール・ストリートで終点となる。この由緒ある遊歩道は静かで物思いにふけるのにぴったりなうえ、色とりどりの植物を楽しめる。おまけに幽霊が出るという噂もある。

ドレイトンからも今夜そう聞いたし、スパニッシュ・モスとなって、いまも無邪気な訪問者を不気味に手招きする髪の毛にまつわる古い伝説もある。頭のない南軍兵士がゲイトウェイ遊歩道の静かな庭園や秘密の袋小路をあてもなく歩いていたという目撃証言は数知れず。青く光る人魂も何度となく撮影されているが、いまだはっきりとした説明はついていない。

そんなことをつらつら考えながら、セオドシアはギブズ美術館のわきを通る道を急ぎ足で歩いていた。車はミーティング・ストリートにとめてきた。来てみると、りっぱな円柱を四本そなえたギリシャ復興様式の優雅な美術館は、完全に闇に沈んでいた。演奏会が終わったばかりとは思えない。フォーマルな装いに身を包んだ客の姿がどこにもないからだ。

セオドシアを出迎えてくれたのは、大西洋からただよう細い巻きひげのような霧と、一緒に流れてくるかすかな潮のにおいだけだ。

いつもマックスと待ち合わせる裏庭まで来たところで、セオドシアはためらった。真っ暗で人っ子ひとりいない。

さあ、どうしよう。

磨きあげられた粘板岩に足音を響かせながらパティオを突っ切り、ぼんやりとした彫刻の前を忍び足で通りすぎた。淡い光しかないなかでは、おかしな形をしたものがうずくまっているようにしか見えなかった。ひょっとしてマックスはまだ美術館にいるのかも。ううん、そんなはずはない。美術館全体が闇に包まれているのだから。

じゃあ、このあとどうすればいいの？　彼が来るのを待つ？

それ以外にできることはある？

マックスがロマンチックな夜を演出したくてこんなことをしたとはとても思えない。とは言え、なにか特別なものを準備しているのかもしれない。こんもりとした生け垣をまわりこんで、葉の生い茂る暗い一角に行ったら、シャンパンとバラの大きな花束を手にしたマックスが満面の笑みで迎えてくれるかもしれない。

本当にそうなら、ものすごくすてきだろう。それにとてもロマンチックだ。そうでない場合は、いささか気味が悪すぎて、なんと言っていいかわからない。

「どっちなの？」セオドシアは疑問を声に出した。「このあとどうなるの？」

その問いに答えるかのように、砂利の上で足を引きずるような音が、遊歩道の遠くのほうから聞こえてきた。

なんだろう？　この先に誰かいるの？

「マックス？」と呼びかけた。

木々が風にさやぐだけで、なんの答えも返ってこない。

そっちがそう来るなら、こっちにも考えがある。セオドシアは足音をしのばせ、狭い遊歩道をゆっくりと進んだ。肩が満開のハナミズキをかすめる。近くの噴水から軽やかな水音が聞こえ、どこに巣があるのか、ハトがもの悲しげに鳴いている。

錬鉄のガバナー・エイケン門のところで足をとめた。うっすらとした月明かりのなかに、金属の銘板が浮かびあがった。

手作りの門をくぐり、魅惑的な小径を進むと
心地よき場所に出る
長く忘れ去られた物ごとの亡霊が
しかと見定められぬ痕跡を残すあの場所に

「亡霊」セオドシアはつぶやいた。「さっきの音は亡霊の仕業かも。ここに埋められたものの、あの世に行けない哀れな魂がいるのよ、きっと。おそらくマックスは来ない。誰かがわたしをからかって、意地悪くにやにや笑っているんだわ」

シモーン・アッシャーの繊細な手が、この待ちぼうけに一枚噛んでいるのだろうか。可能性はある。今夜、グランヴィルの家から出ていくよう言われたことでカッとなり、手のこんだいたずらを仕組んだのかもしれない。

もちろん、チャールズ・ホートンかアラン・グラムリーだとしてもおかしくない。セオドシアがドゥーガン・グランヴィル殺害事件を調べはじめてからというもの、ふたりの態度はおよそ感じがいいとは言いがたい。でも、セオドシアに無駄足を踏ませ、ささやかな喜びを得たりするだろうか。どうだろう。うん、あのふたりならやりかねない。

おそるおそる数歩前に進むと、たちまち、むせ返りそうなジャスミンの香りに包まれた。警戒心を少しだけ緩め、えも言われぬ香りを吸いこんだ。このあたりには花や灌木がふんだんにあるため、もともとたくさんのいい香りに囲まれているも同然なのだ。

セオドシアは闇に目をこらし、もう一度においを嗅いだ。べつのにおいもする。暖かくて湿っぽい空気に、潮と濃厚な花の香り以外のにおいがただよっている。

でも、なんのにおい？

もう一度深く吸いこむと、香ばしくて、心地よい渋みのある、ほとんど甘いとさえ言える香りが嗅ぎ分けられた。今度は本能をつかさどる大脳辺縁系がそれを察知した。

葉巻の煙だわ！

セオドシアはくるりと向きを変えて逃げ出した。必死の思いで来た道を引き返し、美術館の前を通りすぎた。わたしの身に危険が迫ってるの？　胸のなかの激しい鼓動とこの過剰なまでの反応から、体と頭が〝イエス〟と告げる。絶対に〝イエス〟だと。

24

土曜日のインディゴ・ティーショップは営業時間が短い。あいているのは午前九時から午後一時まで。営業時間が短いのに合わせ、メニューも短縮版だ。

レディ・ガガの黄色いTシャツに淡いブルーの薄手のロングスカートでかわいいヒッピー風にまとめたヘイリーが、カウンターのところでメニューを読みあげた。

「クリーム・スコーン」とセオドシアとドレイトンに告げる。「それから、クランベリーとクルミのブレッド。ランチタイムには二種類のティーサンドイッチをつくるわね。チキンサラダをシナモンとレーズンのブレッドにのせたものと、ローストビーフを全粒粉パンにのせたもの。どっちもマッシュルームのクリームスープ付き」

「すばらしい」ドレイトンが言った。

「調子はどう?」セオドシアは訊いた。

ヘイリーはあくびをした。「元気よ。ひと休みの時間は楽しみだけど」

ドレイトンは蝶ネクタイを直した。赤い水玉模様のネクタイが、紺のジャケットとグレーのスラックスを見事に引き立てている。「ふたりとも今夜も仕事とは、気の毒なことだ」

「いつでも立ち寄って、手伝ってくれていいのよ」ヘイリーは言った。その声には期待するような響きがにじんでいた。

「わたしがかね？」ドレイトンは啞然とした顔をした。

「わたしたちなら大丈夫。夕べやってみて、ちゃんとコツをつかんだから」セオドシアはふたりに向けて言った。しかし、ゲイトウェイ遊歩道に出かけた一件は話さなかった。謎のメモのことも、甘い葉巻の香りが風にのってただよってきたことも。何者かにおびき出されたという事実に、いまも心を乱されていた。なにが目的だったんだろう？　いいことでないのはまちがいない。

ドレイトンは手をのばし奇蘭茶の缶を取った。「きょうポットで淹れるお茶は、福建省のお茶にしようと思う。少々思いきった選択ではあるが」

「それでこそ、ドレイトンよ」ヘイリーが言った。「いつだって大胆な姿勢を崩さない」

「ヘイリー」セオドシアは声をかけた。「オフィスの箱を動かすから、手伝ってくれる？　茶漉しとお茶用のタイマーが入ってる箱を発掘したいの」

「うん。お安いご用よ」

ふたり揃ってセオドシアのオフィスに入ると、いつもながら、あいているスペースはほとんどなかった。

「うわあ」ヘイリーは散らかったあれこれと段ボール箱の山を見まわした。「なるほどね。たしかに場所がないわ」

「かれこれ三年も場所がない状態がつづいてるの。それでも、ついついティーポットやマグ、それに木の茶箱なんかを買っちゃうのよね」

「その気持ち、わかる」ヘイリーは山の上にあった箱をふたつつかむと、小さなうめき声を洩らしながら持ちあげ、それをセオドシアのデスクに置いた。「残りの三箱もどければ、なんとかなるんじゃないかな」

「助かるわ」

目当ての箱を発掘したあとも、セオドシアはオフィスに残り、もう少しお茶の道具を出したり、いつ届いたかもわからないお茶の雑誌の山を見つけたりしていた。

「これもディスプレイしておきましょう」とひとりつぶやく。「次の号が届くまで」

しかし、両腕いっぱいの荷物を抱えてティールームに飛びこむと、びっくりするようなことが待っていた。ドレイトンがジェドとティムのベックマン兄弟と同じテーブルについていたのだ。

「また来てくれたのね」ゴーストハンターたちに声をかけた。

「どうしても来たくなっちゃうんですよ」とジェド。

「セオドシアさんとドレイトンさんのおかげで、ぼくたち、すっかりお茶が好きになっちゃいました」とティム。

ドレイトンはセオドシアと目を合わせて言った。

「ひじょうに興味深いお招きをいただいてね」

「なにかしら?」セオドシアは言った。

ドレイトンはにっこりとした。「今夜、バロウ・ホールの撮影に同行してほしいと、このふたりから申し出があった」

セオドシアは驚きのあまり目を丸くした。「で、一緒に行くつもり?」なんとなく、ドレイトンらしくない気がする。たしかに昨夜の彼は、幽霊にまつわる蘊蓄《うんちく》や不思議な話でみんなを楽しませていたけれど。

「断る理由はないのでね」ドレイトンは言った。

「ドレイトンさんは地元が誇る歴史の専門家ですから」ジェドがしてやったりという顔で笑った。

「そうなんです」とティム。「伝説をよくご存じですし」

「バロウ・ホールにまつわる伝説を?」セオドシアは訊いた。あの建物に伝説なんかないはずだ。精神科病院としての悲しく、不快とさえ言える歴史的事実があるだけだ。

「バロウ・ホールを探索するのは一興ではないかと思うのだよ」ドレイトンは言った。

「超おもしろいですよ」ジェドが言った。

「たしかに超おもしろいかもしれないけど」セオドシアは言った。「滑りやすい階段を真っ逆さまに落ちたりしないようにね。あるいは、迷路のような病棟で迷子にならないよう気をつけて」

「まったく心配性だな、きみも」ドレイトンは言った。

観光客が大挙して押しかけたため、ランチタイムは大忙しだった。数カ月前、セオドシアは表に店の外観の写真、裏にメニューと住所を記したカラフルな葉書大のカードを作成した。それを持って、近隣にある四十を超えるB&B、宿屋、ホテルをまわったのだ。努力の効果はすぐに現われた。いまや週末になるたびに人でごった返し、店内の棚と食器棚は常に補充が必要なほどだ。ワドマロウ・アイランドのお茶のプランテーションを訪ねるツアーでは、B&Bでアフタヌーン・ティーも楽しめると聞く。歴史地区という有利な場所に店をかまえるインディゴ・ティーショップの人気もあって、誰も彼もがお茶に関心を持つようになっていた。

「セオ」ふたり揃って厨房でバタバタしているときにヘイリーが言った。「ケーキポップをもうちょっと余分につくったほうがいいかな？」

「いまあるものにプラスするという意味？　それともきのうつくった数よりも多くするということ？」セオドシアは訊いた。

「ゆうべよりも数を増やすという意味よ」

セオドシアはしばし考えた。「そうね、今夜のほうが盛況だと思うの。サマーガーデン・ツアーの見学者は多くなるはずよ。だから充分にそなえておいたほうがいいわね」

「うん」ヘイリーは言った。「あたしもそう思ってたんだ」

「わたしもアイシングをかけたり、デコレーションするのを手伝うわよ」

「セオ、電話だ」

ドレイトンはかけ直してくるのをずっと待っていた。

「うん、場合によってはお願いする」

ドレイトンが出入り口からひょっこり顔を出した。「セオ、電話だ」

「マックスから？」彼には朝いちばんに電話し、かけ直してくるのをずっと待っていた。

「ちがう」ドレイトンは言った。「デレインからだと思う」

セオドシアはオフィスに引っこみ、受話器を取った。

「ハーイ。話し合いはもう終わったんでしょ？　どんな具合だった？」

盛大な笑い声がしたのち、デレインが言った。「なにもかも最高の結果だったわ。紹介してもらった弁護士さんはすごく有能ね」

「そう言ってもらえてうれしいわ」セオドシアは言った。胸をぎゅっと締めつけていた不安というワイヤーが、一瞬にして緩んだ。これでデレインも心を乱すことはなくなるだろうし、ヒステリックな行動もしなくなるだろう。「で、どうだった？　遺言書を読みあげたのはわかる。あなたも相続したんでしょ？　チャールズ・ホートンはなにを相続したの？」

「すべて明らかにされたわ」デレインが言った。

「それで？」あれだけ泣いたりわめいたりの大騒ぎにつき合わされたのだ、セオドシアだって内容を知らされていいはずだ。それだけの権利はある。

「夜になったら全部話すわ」デレインは言った。

「デレインたら！　そんなもったいぶらないでよ」もったいぶるなんて不愉快だ。もったいぶるのは信頼していない証拠だ。

「夜になるまで待って」デレインは言った。「今夜、すべて話すと約束するから」

あっという間に二時になり、お客はすべていなくなったが、セオドシアはまだティーショップに残っていた。いつの間にかヘイリーからミスタ・リアリティー・ショーと呼ばれるようになったドレイトンは、十五分ほど前に帰っていった。自宅に戻って、今夜着ていくものを準備するつもりなのだろう。カーキ色のジャケットにスラックス、足もとはおそらくブーツ、それになにか適当な帽子。あらたな伝説についてメモを取る場合にそなえ、例の黒革の手帳もだ。

ヘイリーは厨房で鍋をガチャガチャいわせ、アイシングをぐるぐるかき混ぜていた。やる気充分の顔からは、〝邪魔しないで〟というメッセージが伝わってくる。

そういうことなら、邪魔しないでおこう。すでに、必要ならケーキポップのデコレーションを手伝うと言ってある。それまでは、ということで、リースの材料を広げ、ティーカップのリースづくりに励んだ。

まず最初に、切って乾燥させて形を整えた野生のブドウの蔓に、ピーチ色のサテンのリボンをとおした。おもしろいのはそこからだ。ガレージセールで見つけた小さなティーカップを結びつけ、シルクでつくった花束をいくつか配し、ブドウの実もワイヤーで結びつけた。

ドライのスターフラワーを使おうか、シルクでつくった小さな青い花にしようかと悩んでいると、携帯電話が鳴った。

「マックス！」

「留守電に何度かメッセージを残してくれたんだね」マックスは言った。「きのうの夜と、それにけさも。メモがどうかしたのかい？」

「あのメモを残したのはあなたじゃないわよね？　ゆうべ、グランヴィルさんのお宅に」

「ゆうべは資金集めのパーティに出ていたよ」マックスは怪訝そうな声で言った。「十一時すぎまで」

「ならいいの。ちょっと確認したかっただけ」

「なにかあったのかい？」

「そういうんじゃないの」昨夜の出来事を話してしまおうかとも思ったが、すぐに話題を変えた。彼を心配させるほどのことじゃない。「今夜はグランヴィルさんのお宅に顔を出せる？　あなたにとても会いたくて……」

「行けるよう努力するよ」マックスは言った。「でも、約束はできないな」

「いいことを教えてあげる。ヘイリーがすごいことをやらかしたの」

マックスは小さく笑った。「チョコレートを使ったデザートかな？」マックスは熱烈なチョコレート大好き人間なのだ。

「あたり」

「だったら、行けるように本気で努力しないといけないな」

「がんばって」

午後もなかばになると、ヘイリーはセオドシアにもケーキポップのデコレーションを手伝ってもらうしかないと観念した。セオドシアは丈の長い白いエプロンと白いビニールの手袋という恰好で、チョコレートにくぐらせたケーキポップを砕いたペカン、ココナッツフレーク、カラフルなシュガースプレーなどが入った皿に転がした。

「わあ、楽しい」セオドシアは言った。両手はチョコレートでべたべたするし、落ちたシュガースプレーを踏むたびにざくっという音がするが、流れ作業はことのほかスムーズに運び、ふたりはラジオから流れる「ムーブス・ライク・ジャガー」に合わせて歌ったり体をゆすったりしながら手を動かした。

「あと二秒したら、バタースコッチのアイシングに替えるね」ヘイリーが言った。彼女は食べられるウィーブル人形のように並んだ、ケーキポップの完成品をながめわたした。「よし、約六十パーセントがチョコレートのアイシングになってる」

「六十対四十の比率にしようとしてるの？」セオドシアは訊いた。

「なんでも数値化するのが好きなんだ」ヘイリーはにやにやしながら言った。「ケーキポップでもね」

ドンドン！

「んもう」ヘイリーは言った。「いったいなんなの」

「誰か裏口に来てるのかしら」セオドシアは手袋をはずし、濡れタオルをつかむと、それで手首や腕にべたべたとついたアイシングをぬぐい取った。「見てくるわ」

「閉店だって言ってね」

セオドシアは急ぎ足でオフィスを抜けた。たぶん、路地の向かいの庭付きアパートメントに住む誰かだろう。残りもののスコーンやクロワッサンやキッシュをもらいに、ひょっこりやってくることがたまにあるのだ。

しかし小窓からのぞいたところ、訪ねてきたのはティドウェル刑事だった。

セオドシアは驚いてドアをあけた。「どうして裏口なんかに？」

「正面のドアをノックしたんですがね。聞こえませんでしたかな？」

「ごめんなさい。厨房で作業してたし、ラジオを大音量でかけてたから」ドアをさらに大きくあけた。「どうぞ、入って。なにがあったの？」

ティドウェル刑事はセオドシアを警戒するように一瞥《いちべつ》してから、大きな体でゆっくりとなかに入った。

「あなたのほうから教えていただけるものと思っていたのですがね」

セオドシアはなにがなんだかわからなかった。

「教えるってなにを？」

また、この人を怒らせるようなことを言ったか、やったかしたかしら？

刑事は両手を天秤のように上下させた。

「殺人事件のことですよ。あなたのおかしなご友人のミス・ディッシュのことです」

「まだ犯人はわからないわ」セオドシアは言った。「だいいち、よけいなことに首を突っこむなと刑事さんは言ったじゃないの。ちゃんと覚えてるんだから。それにデレインは頭がおかしいわけじゃないの。ストレスで疲れてるだけ。彼女はさっきまでグランヴィル&グラムリー法律事務所でおこなわれた会合に出ていたわ。その場で遺言書が読みあげられたんでしょう?」

「そのとおりです」刑事は不機嫌な声で言った。

「それについてもわたしはなにも知らないの。デレインから電話はあったけど、なにも教えてくれなかったし。夜まで待てば、ビッグニュースを話すとしか」セオドシアは少したてつくように、両手を腰に置いた。「それで……刑事さんのほうこそどうなの? わたしたちが払ってる税金に見合うような徹底した捜査をしてるんでしょうね」

「とんでもなくいいにおいがしますが、いったいなんですかな?」刑事は訊いた。

セオドシアはため息をついた。まったく、この人はわかりやすい。

「今夜のサマーガーデン・ツアーで出すケーキポップをつくってるところ。だめよ、まだできてないんだから」

「ううん、できてるよ」ヘイリーが厨房から声をあげた。「よかったらいくつか食べてもらって」

「きっと召しあがらないわよ」セオドシアは大声で言い返した。

ヘイリーはオフィスに顔を出し、わざとらしく驚いた顔をした。

「本当に食べないの？」

「そこの偏屈な雇い主は無視してけっこう」刑事は言った。「ぜひとも、あなたの絶品スイーツを味見させていただきたいですな」

「うちのテイクアウト用ボックスにいくつか入れてあげる」ヘイリーは指を一本立てた。

「ちょっと待ってて」

「それはありがたい」

「恥ずかしいと思わないの？」セオドシアはたしなめた。「ヘイリーのやさしくて気前がいい性格につけこむなんて。彼女にとって手作りの焼き菓子は自慢の種だから、誰彼かまわずひとくち食べてと言わずにはいられないのはわかってるでしょ」

「たしかに、それをあてにしておりました」刑事はセオドシアのデスクの向かいにある椅子のほうに歩き出した。「すわってもよろしいですかな？」

「どうぞ」

「どうやら行き詰まってしまったようで」刑事はセオドシアをまともに見つめて言った。

「そう」こんなのははじめてだ。ティドウェル刑事はめったなことで弱音を吐かない。

「ようやく、三一四号室の謎のミスタ・チェイピンを探しあてました」

「それで？」

「ごく普通の、巡回セールスマンでしたよ。それも、あまり成績のよくないセールスマンです。いろいろ調べた結果、ミスタ・グランヴィルとはまったく接点がありませんでした」

「振り出しに戻ったわけね」セオドシアは言った。刑事の落胆ぶりが痛いほどわかった。わたしだってがっかりだわ、もう。

「そういうことです。たしかに、容疑者は複数名おります。ですが、これといった動機が見つかりません」

「その容疑者というのは……？」

「まずはグラムリーです。しかし、あの男はすでに充分な金があり、しかも共同経営者経営権売買協定をしっかり結んでいるのですよ」

「というと？」

「つまり、ミスタ・グラムリーとミスタ・グランヴィルが、これ以上一緒にやっていけないと思った場合は、事務所を分割するという但し書きがあるということです」

「言い換えれば、友好的に終わりにできたわけね。なにも相手を殺す必要なんかなかった」

「的確な理解です」

「グランヴィルさんが扱った過去の案件は調べたの？　彼が刑務所送りにした人が最近釈放されて、復讐を図ったのかもしれないわ」

「ミスタ・グランヴィルはその方面の弁護士ではありません」

セオドシアはしばらく考えこんでから口をひらいた。「どうしてもシモーン・アッシャーが気になるわ」

ティドウェル刑事は肩をすくめた。「元恋人、ショップのオーナー、美人。彼女からは話を聞いています。とりたてて悪い人には見えませんでしたが」

「彼女がどんな心根の持ち主か、刑事さんは知らないからよ」セオドシアは昨夜のことを思い返した。「実はね、シモーンがゆうべ、グランヴィルさんの家に現われたの」

「ほう？」

シモーンが二階のグランヴィルの寝室に入りこみ、名残惜しそうにながめていたことを話した。さらに、クローゼットにベージュのリネンのジャケットがあったことも。

「同じ色だと思うわけですか？」刑事は興味を惹かれたようだった。

「それはわからない。でも……偶然にしてはできすぎだと思う」

「わたしは偶然などというものはあまり信じません」

「とにかく繊維のサンプルを採取してみてよ。鑑識に持ちこんで、一致するか調べてもらって」

「いまから行って、屋敷に入れますかな？」

「入れるわよ。デレインがまた、クリーニング業者を呼んで、きれいにしてもらってるはずだから」

「さきほどの説明では、シモーン・アッシャーは〝名残惜しそうにながめていた〟とのことですが、それがあなたには奇妙に思えるのですな」

「まあね。でも、元恋人がデレインなら、そういうことをするのもわかるの」

「多くの女性がそうするものでしょうに」刑事は言った。

「ううん。多くの女性はそんなことはしない。現実を直視できない人だけよ」

25

セオドシアが思ったとおり、手順はすっかり体が覚えていた。彼女がお湯を沸かして茶葉を量るかたわら、ヘイリーはチャールストン・クッキー、レモンのバークッキー、エスプレッソのクッキー、それにケーキポップを箱から出した。サマーガーデン・ツアーのふた晩めにして最後の夜は、気温が二十五度を大きく超えないと予想されることから、昨晩よりも多くの見学客が見込まれていた。

「ドレイトンがゴーストハンティングにつき合うなんて信じられないね」ヘイリーが大きなトレイにスイーツを並べながら言った。「全然、らしくないもん」

「わたしはむしろ、理解できるわ」セオドシアは言った。「南部ゴシックにちょっとでも関係してる話をしようものなら、ドレイトンのアンテナが即座にぴんと立つもの」

「でも、彼は信じてないじゃない。霊的な存在を」

「それは関係ないの。伝説とか言い伝えの話を始めたとたん、われらがドレイトンは興味を持たずにいられないの。歴史マニアの血が騒ぐのよ」

「バロウ・ホールって、なんだか薄気味悪そうなところだよね。ドレイトン、大丈夫かな」

「大丈夫に決まってるじゃない」

「あら」ヘイリーはキッチンに颯爽《さっそう》と入ってきたデレインに声をかけた。「きょうもすてきね」デレインはワンショルダーの黒いロングドレスに、天にも届きそうにかかとが高い銀色のサンダルで装っていた。

「そろそろ教えてよ」セオドシアはチャンスとばかりに切り出した。「会合はどんな具合だったの？」ずっと知りたくてうずうずしていたのだ。

「待つのはもう終わりよ」デレインは喜びに声を震わせた。「すべてに徹底的に目をとおした結果、全部わたしのものになったの！」

「全部？」ヘイリーが訊き返した。「本当に？　すごーい！」

「なにが全部なの？」セオドシアは訊いた。デレインはなんでも大げさに言うきらいがあるから、具体的なことを知りたかった。「この家のこと？」

「ちがうわよ、ばかね」とデレイン。「この家じゃないわ。でも、それ以外のほとんどよ。ドゥーガンの生命保険の支払金のほか、けっこうな額のお金、いくつかの超優良株、それに大量の投資信託」

「お金持ちになるんだ」ヘイリーは言った。「そうじゃない……お金持ちになったんだね」

「もう少ししたらよ」

「とにかく、おめでとう！」

「よかったわね」セオドシアは言った。「というか……ほっとしたわ。もちろん、ドゥーガンが戻ってくるなら、そんなものはなくてもいいのはわかってるけど」

デレインはどうにか小さくほほえんだ。「ええ。本当にそう」

「それで」セオドシアは言った。「この家は誰のものになったの？」

デレインは浮かない顔になった。「アラン・グラムリーよ。この家は法律事務所の子会社経由で購入したらしいの。だから、すでにあの人が所有権の半分を持ってたってわけ」

「それはまたできすぎた話ね」セオドシアは言った。「少なくともグラムリーさんにとっては」昨夜、この家を買うつもりかという質問をはぐらかしたのも道理だ。「義理の息子のチャールズ・ホートンはどうだった？　異議を申し立てた？　なにか相続したの？」

「ありがたいことに、なんの異議も申し立てなかった。でも、ドゥーガンのポルシェ911のほか、〈DGストージーズ〉とそこそこのお金を相続するみたい」デレインはハンカチをさっと取り出し、アイメイクを崩さないよう気をつけながら、目もとに押しあてた。「あたしが相続するお金にくらべたら少ないけど」

「よかったわね」セオドシアは言った。デレインはホートンよりも自分が少しでも上だったことを喜んでいるが、そもそも彼女はあと二十分でドゥーガン・グランヴィル夫人になっていたのだ。だから、近親者も同然と言える。

「肩からたくさんの重荷がおりた気分」デレインはチャールストン・クッキーをひとつつまむと、なにか考えるようにひとくちかじり、残りを口に放りこんだ。「胸のつかえが取れて、すっかり気分が軽くなったわ。あのね……」彼女はセオドシアとヘイリーに人差し指を振ってみせた。「今夜は本当に記憶に残る晩になりそうよ。予感がするの……これからなにもかもよくなりそうな予感が」そう言うと、キッチンを飛び出していった。

「いまの聞いた？」ヘイリーが言った。「デレインは遺言書の内容にご機嫌みたいだけど、グランヴィルさんの事件はまだ解決してないのよ」

「しかも警察の捜査はちっとも真相に近づいてないし」とセオドシア。

ヘイリーはクッキーの列をまっすぐに直してから、セオドシアを見やった。

「あなたはどう？　少しは真相に近づいた？」

セオドシアは肩をすくめた。「そうとは言えないわね。それにデレインの関心はあきらかに薄れてるわ。べつの線から追ってほしいともせがんでこないもの」

「それはどうだっていいの」とヘイリー。「だってデレインが気まぐれなのはいつものことだもん。肝腎なのは、セオがこれからも事件の真相を追うつもりかどうかよ」

「できることなら、正義が果たされてほしいと思ってるわ」

「法と秩序を重んじるタイプだもんね」

「そんなふうに考えたことはないけど。でも……そうね……そうかもしれない」

セオドシアの父はチャールストンでも有名な弁護士だった。子どもの頃は同じ道を歩むことも考えないではなかったが、広告やマーケティングに興味をおぼえたところに、顧客主任のポストがたまたま転がりこんだ。その仕事もしばらくは楽しかったが、とにかく忙しさに追われ、時間がいくらあっても足りなかった。意を決してインディゴ・ティーショップの経営に鞍替えしてからは、人生がより楽しくなった。この仕事はやっただけのものが返ってくる。原因があれば、必ず結果がある。行動すれば、反応がある。それにもちろん、大好きなお茶に囲まれていられるし。

ヘイリーはまだセオドシアの顔をのぞきこんでいた。「チャールズ・ホートンはどうなの？ほんの数日前は、あなたのレーダー画面でぴかぴか光ってたみたいだけど」

「殺人事件の容疑者という感じはしないのよね」セオドシアは言った。「きっと本当に、義理の父親との関係を修復したかっただけなのかも」

「ついでに法律事務所で一旗あげようと思ったってわけ？」

「野心家だからって責められないでしょ。幹部になりたいという野心だけではね」

「じゃあ、アラン・グラムリーはどう？」ヘイリーは訊いた。

「あの人はいまも有力な容疑者だと考えてるわ」

口のうまいグラムリーなら、結婚前にちょっとコカインでも決めようとグランヴィルをそそのかすのも簡単だったろう。そうしておいてなんらかの手段で仕留めたのだ。それにくわえ、グラムリーは結婚式の当日、淡いベージュのジャケットを着ていた。セオドシアが見つけた繊維片はそのジャケットのものかもしれない。

「でも、あなたは確信が持てないわけね」

「警察だって確信を持ってないわ」

「警察はなにか見落としてるんじゃないかな？　それにあなたも」

「たしかに見落としてる気はする。でも、それがなんなのかわからない。そして、これからなにを調べればいいかもわからないの」

「そのうちなにか見えてくるって」ヘイリーは言った。「だってセオは謎を解くのが得意だもん」

「どうかしら……そうだといいけど。本当になにか見えてきてほしいわ。でも、とにかくいまは、ギアをトップに入れなきゃね。お客様をがっかりさせるわけにはいかないもの」

そのあとはふたりとも忙しく働いた。セオドシアはお茶を淹れ、ヘイリーはスイーツに専念した。それでもセオドシアは、殺人事件についてあれこれ考えつづけていた。それに、昨夜の妙な呼び出しの件もある。さらには、意味があるかどうかはわからないが、例の葉巻の煙も気にかかる。これらすべてを、悩みの数珠をまさぐるように、頭のなかで何度も何度もこねくりまわした。強欲、嫉妬、怒りが大きな動機になりうるのはよく知っている。このうちのどれかひとつでも、人を殺人に駆り立てるには充分だ。問題は、この動機によって一線を踏み越えたのは誰かだ。


「すてきなテーブルに仕上がったね」ヘイリーが言った。

ふたりは裏のパティオにいた。スイート・ティーを入れたピッチャーが並び、サモワールにはロシアンキャラバン・ティーとブラックスパイス・ティーがたっぷり入って、いつでも注げるようになっている。ヘイリーお手製のクッキーとケーキポップの盛り合わせは並びも美しく、金平糖の精が舞い降りて魔法の杖を振ったかのようだ。それに繰り返しになるが、パティオも庭も風情たっぷりで美しかった。デレインは造園業者に指示して、パティオ沿いの白い電球を淡いピンクの電球に取り替えさせていた。その結果、パティオ全体が幻想的な光に包まれていた。

そのとき突然、裏口のドアがガタガタと音をたててあき、甲高い笑い声が夜の静けさを破った。

「誰か来たみたい」ヘイリーはそう言って腕時計に目をやった。「でも、まだ十分くらい早いわ」

「七時までは正面玄関のところで待ってもらうよう、警備の人にはデレインから指示がいってるはずなんだけど」セオドシアは言った。

ショッキングピンクをしたものがさっと動いたかと思うと、デレインの姉のナディーンが、長身でハンサムな男性と腕を組んで現われた。きのうの午後、ティーショップに連れてきたのと同じ男性だ。

「あの男の人は誰?」ヘイリーが声をひそめて訊いた。

「さあ」セオドシアは言った。「きのう、ティーショップに一緒に来た人だけど、どういうわけか、紹介してもらえなかったの」

ヘイリーは肘でセオドシアを軽く押した。「セオがうまいこと言って聞き出すほうに五ドル賭ける」

セオドシアは表情をゆるめ、やってみるのもおもしろそうだと思った。

「こんばんは、ナディーン」と声をかけた。「あなたとお友だちが第一号のお客様みたいね」

ナディーンが頭をつんとそらすと、クリスタルのイヤリングに服のショッキングピンクが映りこんで、きらきらと光った。

「そんなことないわよ。ここに来るまでにデレインと話したし。それに、実行委員の人が何人かと、案内係だか警備員だか、とにかくやたらと大きな男の人たちも一緒だったわ」

「じゃ、今夜、庭に出てきたのはおふたりが最初だと言い換える。お茶と軽食も召しあがっていってね」セオドシアは言うと、ナディーンの連れににじり寄って、魅力的と思ってもらえるようなほほえみを浮かべた。「はじめまして、セオドシア・ブラウニングです。きのうの昼間、わたしのお店にいらっしゃいましたよね。そのときにおたがい、ちゃんと名乗らなかったように思いまして」

「こちらはわたしの彼よ」ナディーンがあわてて割って入った。すでに、誰にも渡さないと言わんばかりに男性の腕にもたれかかっていたが、さらに体をすり寄せた。「わたしが言うのもなんだけど、とてもすてきな人なの」

セオドシアはなおもナディーンの連れにほほえみかけながら言った。

「よろしければお茶をお注ぎしましょうか、あの……？」問いかけるように首を傾けた。名前を教えてほしいと、態度でうながしたのだ。

しかし、教えてもらえなかった。というか、そのチャンスすらなかった。

「お茶ならぜひいただきたいわ！」ナディーンがキンキン声で割りこんだ。「それに食べるものも。あちこち走りまわって忙しくしてたら、夕食を食べそこねちゃって。食べる暇がなかったの」

「そう」セオドシアはお手上げとばかりに言った。「あ、言うのを忘れたけど、お茶もお菓子もセルフサービスでお願いね」

すばらしい夜だった。見学客は続々と入ってきては屋敷を褒め、ティーテーブルを褒め、最後は風情ある庭を褒めちぎった。セオドシアはいつでもスイーツの補充をしたり、お茶を持って外に出ていけるよう、ほぼずっとキッチンで待機していた。

「スパイス・ティーが残り少なくなってきてる」配膳室から入ってきたヘイリーが言った。

「大丈夫、まだポットふたつ分、淹れてあるから」セオドシアは言った。

「裏はものすごくにぎわってるよ。たくさんの人で庭がごった返してる」

「だから、ガーデン・ツアーと銘打ってるんでしょ」セオドシアは言った。

「そうだね……たぶん」ヘイリーはべつのバスケットからプラスチック容器を出しはじめた。

「そうそう、例のアラン・グラムリーって人が外にいるわよ。あなたを探してたみたい」

「なにかしら」セオドシアはお茶のポット二個を手に取った。「なんの用かたしかめてくるわね」

外に出るとサモワールにお茶を注ぎ足し、グラムリーはどこかとあたりを見まわした。

そう遠くに目をやる必要はなかった。グラムリーは十フィート先のパティオで、なんとなんと、フランクとサラのラトリング夫妻となにやら話していた。邪魔をしたくはなかったが、なにを話しているのか気になって、セオドシアはトレイのスイーツをせっせと並べ直しながら、三人の会話に耳を傾けた。

「本当にすばらしい家だ」フランク・ラトリングが言った。「いまのやつにくらべ、立地も抜群にいい」

〝いまのやつ〟ですって？　セオドシアは心のなかで言い返した。もう〈レイヴンクレスト・イン〉の所有者じゃないくせに。差し押さえられたんでしょ。それに手を貸したのは、もちろん、ドゥーガン・グランヴィルだ。

「キッチンをのぞいてみたの」サラ・ラトリングが熱っぽい声で言った。「とてもモダンで広々してた。あそこならいろんなことができそう。ありきたりの宿にするのはもったいないわね。超デラックスなB&Bがいいんじゃないかしら」

なんですって？　ラトリング夫妻はアラン・グラムリーからこの屋敷を買うつもり？　冗談じゃない。絶対にいやよ！

セオドシアはあわてて駆け寄り、会話にくわわった。

「すみません、立ち聞きするつもりはなかったんですけど」フランク・ラトリングに向かって言った。「でも、本当なんですか？　おふたりがこの屋敷の購入を検討しているのは」

ラトリングは鷹のような顔を引き締め、セオドシアに向き直った。「そうなれば夢がかなうでしょうね。わたしも妻もこの家にすっかり惚れこんでしまって」

「ここは売りには出ていないと思ってましたけど」セオドシアはそう言ってグラムリーをじっと見つめると、相手はぶっきらぼうに肩をすくめた。

「何事も絶対ということはありませんのでね」グラムリーは言った。

「そのとおり」フランク・ラトリングが言った。「価格さえ折り合えば……」

セオドシアはラトリングの威勢のよさに啞然とした。この夫妻は〈レイヴンクレスト・イン〉の月々の支払いがとどこおり、そのせいで差し押さえ処分を受けたはず。なのに、もっと高価な不動産を買おうというの？　大風呂敷を広げているだけ？　それとも、グランヴィルに対するゆがんだ仕返しのつもりかしら？　相手はもう死んでいるけれど。

グラムリーはフランク・ラトリングを指差した。「そちらの希望価格を提示してほしい」そう言いながら、歩き出した。「ひょっとしたらひょっとするかもしれないのでね」

「ふたりとも本気なの？」セオドシアは言った。心臓が激しく脈打ち、いまにもパニックを起こしそうだ。

「もちろんですよ」フランクは答えた。「それなりの金額を提示すれば、グラムリーさんも売ってくれるような気がします」

そうなったら、わたしのお隣さんになるわけね、とセオドシアは胸のうちでつぶやいた。まったく突拍子もない話だわ。

セオドシアはどうにかこうにか、気持ちを落ち着けた。

「だめもとで、金額を提示してみたら？」

「そうするつもりです」サラが言った。

「うまくいくといいわね」セオドシアはあまり熱のこもらない声で言った。ラトリング夫妻が本気で交渉に入るなら、引っ越しも考えざるをえない。このふたりとご近所さんになるなんてとんでもない。とてもがまんできそうにない。

キッチンに戻ると、ナディーンと恋人がバタバタ動きまわりながらヘイリーに話しかけていた。

「はさみがあればいいの」ナディーンが言った。「スカートの裾がちょっとほつれてるのが、気になってしょうがないのよ。動くたびにくすぐったくて」

ヘイリーは戸棚の抽斗をいくつかあけて、なかを引っかきまわした。

「はさみならこのへんで見た気がするんだけど。ごめん。ここのキッチンに慣れてないもんだから。どこになにがあるかよくわかんないの」

「そんなこともわからないなんて」ナディーンが言った。

恋人が彼女の腕を引っ張った。「しかたないじゃないか。ダイニングルームにパイン材のサイドボードがあったみたいだよ」

「まったく、役に立たないんだから」ナディーンが言い、ふたりは急ぎ足で出ていった。

「どうかした？」セオドシアは訊いた。まだラトリング夫妻の大風呂敷のほうに気を取られていた。

「なんでもない」ヘイリーは言った。「いつものナディーン節よ。デレイン節とよく似てるけど、いやみ成分が少し多めって感じ」

「強烈な個性の持ち主だものね」

「でも、彼氏のほうはいい人みたい。少なくともナディーンよりはいい人だった」

「ナディーンったら、まだ、あの人を紹介してくれないの。なんだか変じゃない？」

「礼儀を知らないだけでしょ」

セオドシアはクッキーを一枚取った。「そうかもしれないけど」

「で、グラムリーさんは見つかった？」

「ええ。ラトリング夫妻と話してた。あのご夫婦、この屋敷を買うだなんて、大きなことを言ってたわ」

「まさか」

「わたしもまさかとは思う。少なくとも、通常の銀行ローンで買うのは無理ね。〈レイヴンクレスト・イン〉の支払いもできないんだもの、銀行から融資を受けて買い換えるなんてできっこないわ」

ヘイリーはその言葉をしばらく考えていたが、やがて小さな声でぽつりと言った。

「共同出資者がいれば話はべつなんじゃないかな」

ヘイリーのひとことにセオドシアは意表を突かれ、あやうくクッキーを喉に詰まらせるところだった。

「どういうこと？」しどろもどろになって訊いた。「いったいなんの話？」

26

「ごめん」ヘイリーは言った。「そんなに驚かせるつもりはなかったんだけど」

「そうじゃないの」セオドシアは言った。「いまの話、もっとくわしく聞かせて」

「ほら、出資するだけで実務にはタッチしない、サイレント・パートナーのこと。そういうの、ビジネスではよくあるよね」

「ええ、たしかに。でも、まともな頭の持ち主なら、いまのラトリング夫妻を信頼しないと思う。なにしろ経営に失敗したことがあるわけだから」

「そんなのわからないじゃない」ヘイリーは鋭く言い返した。「アラン・グラムリーがなんらかの行為と引き替えに、取引するのかもしれないし」

「ヘイリー！」またもセオドシアはショックを受けた。「出資者になるということ？　あなた、わたしが知らないことをなにか知ってるんじゃないの？」

今度はヘイリーが驚く番だった。「まさか、そんなんじゃないって。あたしはただ……」

しかし、無警戒の牡蠣に埋めこまれた砂粒のように、セオドシアはその思いつきを頭のなかで何度も何度も転がした。

「グラムリーさんはどんな事情があってそんなことをするわけ？」

ヘイリーは手を振った。「わかんない。べつに具体的な根拠があって言ったんじゃなくて、なんとなく口から出ただけなんだってば」

「そう」

「セオに聞かされたラトリング夫妻の話のせいじゃないかな。聞いた感じでは……かなり真剣みたいなんだもん」

セオドシアはまだ不安をぬぐえずにいた。「本当になにも聞いてないのね」

「もちろんよ。だいいち、なにか聞いてたら、とっくにセオに話してるってば」ヘイリーは不安そうな表情でセオドシアを見つめた。「悪く思わないでほしいんだけど、ちょっと気にしすぎじゃないのかな」

「自分でもそう思う」

「ラトリング夫妻がお隣さんになるかもしれないから？」

「それもある」セオドシアは言った。「でも、アラン・グラムリーをこれっぽっちも信用できないのが理由の大半かな」

「のらりくらりとしたつかみどころのない弁護士だもんね。そうだ、グラムリーさんが自力でここをしゃれたB&Bかなにかにするつもりで、それでラトリング夫妻を利用してるってことは考えられないかな。ふたりから情報なりアイデアなりを得ようとしてさ。そういうことをしそうな人だと思う？」

「あの人ならやりかねないわ」

「ふうん」ヘイリーはプラスチック容器のふたをはずした。「いろんな人がいるものね。ねえ、セオ、このシュガークッキーを出したいの。大きなトレイはあるかな」

「どうかしら……必要なら、ダイニングルームから適当なのを持ってくるけど」

「どうしても必要なの」

「じゃあ、待ってて」セオドシアはスイングドアを抜けながら、いまではアラン・グラムリーがこの家の持ち主なのだと考えていた。

いやだわ、まさかここに引っ越してきたりしないでしょうね。それだけはごめんだわ。あんないやな人がお隣さんだなんて。それにアール・グレイだってなつきっこない。

リビングルームに足を踏み入れたセオドシアは、一瞬、目がくらんだ。ものすごい数の見学客が列に並んでいて、これだけの人をどうもてなせばいいのかわからなかった。とは言え、これこそがサマーガーデン・ツアーなのだとも思う。チャールストン市内のりっぱな屋敷のうち六軒を開放し、観光客と地元住民に見学してもらう。しかも、チケットの売り上げは慈善事業に寄付される……となれば、すばらしく意味のあるイベントと言える。

警備のふたりの仕事ぶりは実に手際がよかった。ていねいでありながら頑とした物腰で、質問に答え、列をとどこおりなく進めている。デレインもちゃんと自分の役割をこなしていて、見学客と談笑したり、握手したり、何人かに音だけのキスまでしていた。

デレインはセオドシアがドアのところに立っているのに気づくと、急いでやってきた。

「今夜は大成功ね」と昂奮した声を出した。「ヒラリーとマリアンヌからいま聞いたけど、あたしたちのところは過去最高の動員数を記録しそうだって！」

「すごいじゃない」セオドシアはそう言うと、少しためらった。「でも、好奇心もひとつの要因だとは思わない？　だってほら、グランヴィルさんが殺されたばかりだから」

デレインの顔が青ざめた。「でも、場所はここじゃないわ！　だから、そんなのが要因だなんて、全然思わない。成功したのは、あたしたちの仕事ぶりが最高だったから。まったく、セオったら、なんでそう悲観的な見方をするのよ」

「変ね、みんなからは現実主義者と言われてるのに」

ふたり並んでダイニングルームに入り、パイン材のサイドボードに歩み寄った。

「ヘイリーがもっとスイーツを出したいって言うから、もう一枚、トレイが必要になったの」セオドシアは膝をつき、いちばん下の抽斗をあけた。「きょうのスイーツはどれも、同じものを四回ずつ焼いたみたい」

「どれでも好きなものを使って」デレインが言った。「このうちのいくつかは、あたしのものになるらしいの」

重たいシルバーのトレイを出そうとする際、セオドシアはたまたま視線を下に向けた。そのとき、金色に光るものが見えた。細長いテープ状のものが絨毯の上で丸まって、食器棚の下に半分隠れた状態で落ちていた。

セオドシアは顔をしかめた。なんだろう？　クリーニング業者は気づかなかったのかしら？　それともそのあとで落としたか、捨てられたかしたの？

「このシルバーの食器は全部取っておく意味があるのかしらね」デレインはまだひとりでしゃべっている。「たしか、まだほかにも……まあ、シルバーはこのところ高値で安定してるけど」

セオドシアはトレイをへりのところで持ったまま、その物体に指で触れた。デレインの声は聞こえなくなっていた。紙切れだった。金色のメタリック紙だ。拾いあげてじっくり観察するうち、セオドシアの心臓が急にどくんと大きく脈打った。葉巻に巻いてあるシガーバンドだった。〝アレハンドロ〟という文字が書いてある。

どういうこと？　誰がここで葉巻を吸ったの？

というより、誰がダイニングルームを引っかきまわしたの、と問うべきかも。ロープで仕切って入れないようにしてあるのに。

即座に答えが頭に浮かんだ。

ナディーンと恋人だわ。

「失礼するわね」

セオドシアはデレインにわびると、急ぎ足でキッチンに戻った。

「ああ、よかった」ヘイリーが手を差し出した。「あったのね」

「ねえ、ヘイリー」セオドシアは言った。「何分か前にナディーンと恋人がここにいたけど、ふたりはなにをしてたの？」

すでにトレイを受け取り、クッキーを並べはじめていたヘイリーは顔をあげずに答えた。

「これと言ったことはなにも。はさみを探してたみたい。うーん、きょうのレモンのバークッキーは、自分で言うのもなんだけど最高の出来だわ。一流のシェフがマイヤーレモンを使うのにはわけがあるのね」

「それだけ？」

「うん、そう。ここでは見つからなかったんだけど、ナディーンの彼氏がダイニングルームのサイドボードにあるんじゃないかって言ったの。抽斗のどれかに入ってるはずだって」

セオドシアは体を硬くした。「そう」

変だわ。ナディーンの恋人ははさみがある場所をちゃんと知っていた。抽斗のなかにあると。でも、わたしの知るかぎり、あの人は今夜以前、この屋敷に足を踏み入れたことはないはず。

それとも、あるのかしら？

シガーバンドを手にして、書いてある文字をもう一度読んだ――アレハンドロ。その下には小さな筆記体で〝プライム・クバーノ〟とある。つまり、キューバ産の葉巻だ。ナディーンの恋人が落としたのだろうか。あの人はこの家のなかをよく知っているのだろうか。その場合、どんないきさつで知ることになったのか。

セオドシアはしばらくぴくりとも動かず、ほとんど息もとめていた。ナディーンの恋人が先日の泥棒なのだろうか。彼女が路地を追いかけていった、あの人物なのだろうか。

そのとき、デレインが颯爽とキッチンに入ってきた。「失礼するわね、おふたりさん、でも必要なものがあって……」デレインは最後まで言わずにセオドシアを呆然と見つめた。「どうしちゃったのよ、セオ？　幽霊でも見たような顔をしてるじゃないの」

セオドシアは金色の紙をてのひらで握りしめた。

「ナディーンの恋人は葉巻を吸うの？」

デレインは顔を近づけ、目が寄るほどセオドシアをまじまじと見つめた。

「ええと、そう思うけど」としばらくしてから答えた。「そう言えば、たしかに吸うわね」

セオドシアは苦しい選択を迫られた。ナディーンの恋人が二日前の晩にこの家を引っかきまわした犯人かもしれないと、デレインに説明すべきだろうか。それとも黙っているべき？　もちろん、まったくの勘違いということもある。その場合、おそらくデレインは怒ってセオドシアの前から去り、二度と口をきいてくれないだろう。

セオドシアはすぐに心を決め、もう少し遠回しに話すことにした。

「ねえ、デレイン、おかしな話に聞こえると思うけど、お姉さんが危険にさらされてる可能性があるの」

デレインは怪訝な顔をした。「それ、どういう意味？」

「ナディーンが恋人と出会ったいきさつは知ってる？」

デレインは肩をすくめた。「たしか…… か。友だちの紹介じゃなかったかしら」

「ちゃんとしたお友だちなの？」

「そんなこと言ったって、セオ、よく覚えてないわ。もう、変なことを言って怖がらせないでよ。あなたったら、心配のしすぎよ」

「そうやって、すぐはぐらかす」

デレインは体をのけぞらせた。「はぐらかしたわけじゃないわ」

「いいこと。どうしてもナディーンと話をしなきゃいけないの。いますぐに」

「どうしても？」デレインはぷりぷりして言った。

セオドシアは彼女のわきをすり抜けた。「あとでわたしに感謝することになるわよ、デレイン！」


あわてて外に出ると、目の前に人垣ができていた。ティーテーブルはごった返し、テーブルと椅子はすべて埋まり、パティオは見学客でひしめいている。談笑する声やティーカップと磁器のソーサーが触れ合う軽やかな音、それにハープが奏でる甘い調べがにぎにぎしい夜を演出していた。

さて、ナディーンはどこかしら？

セオドシアはショッキングピンクのワンピース姿のナディーンを求め、パティオをざっとながめわたした。心を決め、神経が張りつめてくるのを感じながらも、顔にはにこやかな笑みを貼りつけ、右に左に人混みをよけながら進みはじめた。この一週間、ナディーンの恋人はどんな役割を果たしてきたのだろう。結婚式には来ていたのだろうか。グランヴィルの屋敷を引っかきまわしたのは彼なのか。メモを置いたのも彼なのか。だとすると、この恋人というふれこみの人物が、動機はなんにせよ、ドゥーガン・グランヴィルを殺したことになる。

セオドシアはあせりはじめた。見学客全体が見わたせる場所を求め、遠ざかるほうに足を向けた。ナディーンが見つかるのではないかと期待して、いま一度、人混みに目を走らせた。しかし、どこにも姿が見えなかった。

もう帰ったのだろうか。恋人がうまいこと言って人のいないほうに誘い出し、狼が一頭の羊だけを群れから引き離すように、人混みという安全地帯から連れ出したのだろうか。

胃が不安できりきりしはじめ、セオドシアは息を大きく吸いこんだ。その瞬間、夜の空気にほんのりただよう葉巻のにおいが鼻孔をくすぐった。

つづいて、デレインによく似たナディーンの甲高い笑い声が聞こえた。

セオドシアは振り返り、背後の庭にすばやく視線を走らせた。

いた！　しぶきをあげる噴水のそばでぴったり寄り添い、いちゃいちゃとなにやらささやき合っている。

でも、どうやってナディーンをあの男から引き離そう。だって、もしも――かなり可能性が低い〝もしも〟だけど――彼が人殺しだったらどうするの？

そのとき、恋人がナディーンの顔に触れ、やさしく頬をなでた。

走り寄ってナディーンを引き離そうかと思ったが、思いとどまった。ちょっと待って。どんな手順でやるつもり？　いったいどうするつもりでいるの？　ナディーンに駆け寄り、頭がおかしくなったみたいにわめく？　危険が迫っていると耳打ちする？　でも、あの男の人が無害だったら、数百人ものチャールストンの良識ある市民の前で、大恥をかくことになる。そんなことになったらもう生きていけない。

セオドシアはくるりと背を向け、急ぎ足で引き返そうとした。もっと作戦を練らなくては。考える時間が必要だ。行動するなら、もう少しはっきりしたものが必要だ。

ランプポストに巻きつくジャスミンの茎に手が触れた。黄色い花が放つ香りはかぐわしく、気持ちを落ち着かせてくれる。カモミール・ティーがいらだった神経を鎮めてくれるのによく似ている。

お茶。いま必要なのはそれだ。セオドシアはお茶を一杯飲もうと思いたった。ナディーンの恋人のことは、しばらく保留だ。もしかしたら、犯罪とはなんの関係もないかもしれないのだし。単に……勘ぐりすぎなだけかもしれないのだ。

ティーテーブルに歩み寄り、カップを取って、注ぎ口の下に差し入れた。ハンドルを上にあげ、香り高い熱々のお茶がカップに注ぎこまれたそのとき、人混みの後方で驚いたような声が次々とあがった。つづいて、驚きと怒りを含んだつぶやきが地震波のようにセオドシアのほうに押し寄せた。

いったい何事？　両手でティーカップをしっかり持って振り返ると、青い制服が一列縦隊でパティオに飛びこんでくるのが見えた。

つづいて、大きな声が叫んだ。「警察だ。全員、そこを動くな！」

前に顔を合わせたATF捜査官のジャック・オールストンが、ブルース・ウィリスの映画に出てくる熱血警官のようにパティオに駆けこんできた。あとにつづくのはV字形フォーメーションをとった警察官で、バート・ティドウェル刑事がしんがりをつとめていた。警官はパティオを囲むように散開し、ロングホーン種の牛を追うように、見学客をゆっくりと真ん中へと追い立てていた。

「なんでこんなことをするのよ？」デレインのわめく声がした。凶暴なシュナウザー犬のように警官を追いまわし、怒りにまかせた抗議を次々にまくしたてている。

もちろん、警察は取り合わなかった。デレインは人混みをひたすらかき分け、セオドシアの真ん前までやって来た。

「お願い、セオ！　お友だちの刑事さんに話してよ！　いったいなにがどうなってるのか突きとめて！」

好奇心でうずうずしたセオドシアは人混みのなかをじりじり進み、なんとかティドウェル刑事と十フィートも離れていない場所までたどり着いた。

「こんなに大勢引き連れて、いったいなにをするつもり？」セオドシアは強い口調で訊いた。

彼女も、社交行事の真っ最中になだれこまれ、なにもかもめちゃくちゃにされたことに愕然としていた。

「邪魔をしないでいただきたい」ティドウェル刑事は肉づきのいい手をあげた。

デレインもセオドシアの隣にやって来た。「やめてちょうだい！」と刑事に向かってわめいた。「せっかくのイベントが台なしじゃないの」

ティドウェル刑事はまたも片手を振った。「お静かに」ふたりにそう言うと、ジャック・オールストンを指差した。ATF捜査官はいつの間やら庭の奥にいて、ナディーンの連れの目の前に立ちはだかっていた。

「あの人を逮捕するの？」セオドシアはデレインと同じくらいショックだった。けれども、正直なところ、少しほっとする気持ちもあった。ティドウェル刑事の袖をつかんで訊いた。「なんの容疑？　あの人、なにをしたの？」これで殺人事件は解決ということ？　けっきょくわたしの推理は合っていたわけ？

「得体の知れないボビー・セイント・クラウドを覚えていますかな？」刑事は言った。

「ええ」でも、それがこの異様な光景となんの関係があるんだろう。

刑事は親指をそらし、ナディーンの連れをしめした。

「あの男がボビー・セイント・クラウドです」

27

「なんですって？　本当なの？」そう言ってからセオドシアはデレインに向き直った。「あなた、彼の名前を知ってたのね」

「え……なんのこと？」デレインは急におたおたしはじめた。

「知ってたんでしょ」セオドシアは言った。「ひどいわ、デレイン。冗談じゃないわよ。警察がボビー・セイント・クラウドを捜してるのを知っていながら、なにも言わないなんて。どうしちゃったのよ！」

　デレインの声は冷ややかだった。「ボビーはなにもしてないもの。ドゥーガンの仕入れ先ってだけよ」

「ＡＴＦ捜査官に追われている仕入れ先じゃないの」セオドシアは怒りをぶちまけるように言った。「それにチャールストン警察も総力をあげて捜してたのよ」

「やめてよ、そんな」とデレイン。

「おそらく彼は逮捕されるわ」もしかしたら殺人の容疑もかけられるかも。

「でも、ボビーは本当になんにもしてないのよ！」デレインは歯を食いしばるようにして言

った。「姉さんを慰めてくれただけ」そう言うと、憤懣やるかたない様子で、立ち去った。

セオドシアはティドウェル刑事に向き直った。

「ボビー・セイント・クラウドはドゥーガンの殺害容疑で逮捕されるの？」

ティドウェル刑事はわざとらしくぎょっとしてみせたが、こんな状況でなければ笑えたかもしれない。

「あ、いや……そうではありません。あの男は密輸に関わっていたと見ております。しかし、それについても決定的な証拠が山ほどあるわけではなく、とりあえず任意で事情を聞く程度ですな」

「びびらせようという魂胆ね」セオドシアは言った。「権力にものを言わせて」

「まあ、そんなところです」

「でも、ドゥーガンを殺害した犯人とは思ってないのね」

「そうは言っておりませんよ」今度はお茶を濁すようなことを言った。「セイント・クラウドが殺害したとしてもおかしくありません。なんらかの原因で仲違いしたとも考えられます」

「でも、確固とした証拠はない」

「それに、あきらかな動機も」刑事は口を尖らせた。「現実的に考えれば、グランヴィルはいい顧客だったわけです。普通、いい顧客を始末したりはしないものでしょう」

セオドシアはティドウェル刑事の理屈を時間をかけて考えていたが、やがて口をひらいた。「でも、ドゥーガンが都合よくいなくなったおかげで、自宅に押し入って商品を取り戻せたとも考えられるわ」

刑事はうなずいた。「セイント・クラウドが木曜の晩の泥棒である可能性は、充分高いと言えますな」

自分も刑事と同じように推理していたとわかり、セオドシアは少し誇らしい気持ちになった。

「葉巻はまだここにあると思う？　屋敷のどこかに隠してあるのかしら」

刑事は首を左右に振った。「それはないでしょう。きのうの朝、徹底的に捜索しましたから。探知犬まで使いましたが、収穫はゼロです」

「じゃあ、行方不明のキューバ葉巻はどこにいったの？」セオドシアは首をひねった。べつに本気で気にしているからではない。彼女の関心は殺人犯を捕まえることにある。

ティドウェル刑事は庭の奥にいるジャック・オールストンを見やった。相手はいきおいよく手を振り返した

「でも、セイント・クラウドは人殺しかもしれないのよ」

「その可能性は考慮に入れておかないといけません」

「シモーン・アッシャーはどう？　二階にあったジャケットの繊維と、わたしが見つけた繊維片をくらべてみた？」

「もちろんです」

「で？」

「一致しませんでした」

「なんだ」セオドシアは少しがっかりしながら、ジャック・オールストンとボビー・セイント・クラウドがさっきから激しくやり合っているのをながめた。ナディーンはそれをはたで見ているが、ときどき割って入っては言いたいことを言っている。

「葉巻が原因でしょう」ティドウェル刑事はうんざりしたように言った。

「ばかだと思われるかもしれないけど、ドゥーガンは葉巻が原因で殺されたとは思えない。からんでるお金が少なすぎるもの」

「五ドル程度のために人を殺す者もおりますよ」

「でも、ドゥーガンの周辺にそんな人はいないわ。コカインの密売にでも手を染めていれば、そういうこともあるかもしれない。でも、彼が所持していたドラッグは、気晴らし程度の量でしかなかったわ」

退屈した見学客が立ち去りはじめても、ふたりはその場を動かず、オールストンとセイント・クラウドの激しい応酬をじっと見守っていた。

ややあって、ジャック・オールストンはセイント・クラウドを置いて、ティドウェル刑事のほうにやってきた。

「なにもしゃべらない」オールストンは言った。

「逮捕はできそう？」セオドシアはふたりに訊いた。

「根拠にとぼしいと思いますな」刑事が言った。

「同行を求めて事情聴取するのは？」

「それはやりますけどね」とオールストン。「長時間は拘束できませんよ」

「ドゥーガン殺害についてはあきらかに無理でしょうね」セオドシアは言った。「具体的な証拠がひとつもないんだもの。でも、不法侵入の件ならどう？　だって……あの人が泥棒なのはほぼたしかなようだし」

「あなたが路地を追いかけた相手ですな」とティドウェル刑事。

オールストンの口もとがゆるんだ。「なんですか、それは？　路地を追いかけたですって？」

「厳密に言うなら、わたしの犬が追いかけたんだけど」

オールストンのきらきら光る目とセオドシアの目が合った。「すごい人だな、きみは」

「申し訳ないが」とティドウェル刑事が言った。「喫緊の課題に話を戻してくれませんかな」

「セイント・クラウドのやつを連行します」とオールストン。「質問をごまんと浴びせ、揺さぶってやりますよ」

「そんな簡単にびびるような人とは思えないけど」セオドシアは言った。

庭の向こうで、セイント・クラウドが両腕を大きく振りながら呼びかけた。「なあ、嘘じゃない。おれは本当にキューバ葉巻なんか持っちゃいないんだって！」力こぶを見せるときのように、ジャケットの袖を引っ張りあげた。「な？　袖にも隠してないだろ？」

「ちゃんと調べてやるとも」オールストンが言い返す。

「キューバ葉巻とやらが見つからなければ、もともとないってことだよ」セイント・クラウドが大声で言った。

「いいや、絶対にある」オールストンは言った。

セオドシアはセイント・クラウドの厚かましさに舌を巻いた。これはそう簡単には落とせそうにない。

「しっかり取り調べてね」セオドシアは言った。「動機はなんにせよ、ドゥーガンを殺しているなら、うっかり口を滑らすかもしれないし」

「しっかり取り調べますとも」刑事は言った。「まかせてください」

「少なくとも、密輸の容疑は固まってるんだものね」セオドシアは言った。

「その容疑も根拠薄弱ですがね」ティドウェル刑事が言った。

セオドシアはオールストンをにらんだ。「あの人が密輸に関わっているのは確実なの？」

「九十九パーセント確実ですよ」とオールストン。

「九十パーセントでしょう」と刑事。

庭の向こうではセイント・クラウドがわざとらしい仕種で携帯電話を出した。

「悪いが、弁護士に電話させてもらうよ」

ティドウェル刑事は怒りもあらわに吐き捨てた。

「おそらく、短縮番号に登録してあるんでしょうな」

一時間後、グランヴィルの屋敷はがらんとしていた。見学客はいなくなり、警察も最後には引きあげ、デレインとナディーンもぶすっとした顔で出ていった。

「やれやれって感じ」ヘイリーが言った。「おまわりさんたちは帰ったし、おかしな姉妹も見学客もいなくなった。これで静かで落ち着いたなかで片づけができるわ」

「たいへんな夜だったわね」セオドシアは精も根も尽き果て、キッチンの食器棚にもたれていた。疲れていたし、足は痛いし、それに初期段階の頭痛が前頭葉周辺に出現していた。

「まったくだわ。警察がV字形フォーメーションでキッチンを急襲してきたとき、あたしがどれだけびっくりしたかわかる?」ヘイリーはそう言うと、あたりを見まわした。「あたしが言ったってばらさないでほしいんだけど、制服警官のうち何人かはケーキポップをつまみ食いしてたのよ」

「驚くようなことじゃないでしょ」セオドシアは慎重な手つきでこめかみを揉んだ。「もう、ちょっとやそっとのことでは驚かないわ」

「でさ、お姉さんがボビー・セイント・クラウドなる人物とつき合ってるのをデレインは知っていたと思ってるんでしょ?」

「まあね」

ヘイリーはうなずいた。「つまり、デレインはセイント・クラウドという人がグランヴィルさん殺害と関係あるとは思ってなかったってことだよね。ちょっとでもなにか知ってたら、デレインのことだもん、あの人よと指差して、逮捕させたはずだし」

「もういろんなことがごちゃごちゃ」セオドシアは言った。「整理する気も起きないわ」

「あれはプロの仕業だと思う？」ヘイリーは訊いた。

セオドシアはティータオルを引き寄せてたたんだ。「ええ」はやく家に帰りたかった。リラックスできる音楽を聴きながら、バブルバスでのんびりしたい。アール・グレイを抱き寄せ、いい子ねと言ってやりたかった。

「だったら、ティドウェル刑事にまかせるのがいちばんだね」ヘイリーは水を出し、ちょっとさわってから、蛇口をシャワーに切り替え、ティーカップを並べたトレイをすすぎはじめた。「壊れやすいものはこれで最後。水気を切ったらすぐ、ていねいに箱詰めするね。箱は全部、あなたのジープのうしろにのせておくのでいい？」

「ええ」セオドシアは言った。

「入れたまんまにしちゃだめよ。でこぼこ道なんか走ったら、全部粉々になっちゃうから」

「気休めになるかどうかわからないけど、明日の朝いちばんに、全部ティーショップに運びこんでおく」

「充分、気休めになったわ」とヘイリー。「だって、なかにはものすごく貴重なティーカップもあるみたいだから」

「ものすごく貴重ってわけじゃないけど、コレクターアイテムなのはたしかね」

最後の仕上げにかかるヘイリーを残し、セオドシアはリビングルームに入った。ビニールの敷物はオービュッソン絨毯の中央に敷かれたままだし、ビロードのロープを張った銀色のパーティションポールもまだ置いてある。大勢の人が訪れた映画の初日か豪勢なパーティが終わり、すっかり人がいなくなった会場の雰囲気がただよっている。デレインがレンタルした鉢植えのヤシですら疲れ果てて見えた。引き取りに来た業者が入念にアフターケアしてくれることを望むばかりだ。このままべつのイベント会場に搬入なんてことはしてほしくない。

「終わったわよ」ヘイリーがリビングルームにのんびりと入ってきた。「全部積みこんだ」そう言って、室内を見まわし、ため息をひとつつくと、両手を払った。「片づいたから、あたしは帰るね」

「いろいろありがとう。もう言葉では言い表わせないほど感謝してる」

ヘイリーはもう一度リビングルームをぐるりと見まわした。

「このお屋敷は本当にすごいよね。絵とアンティークの家具が二十世紀初頭の古いチャールストンの雰囲気を醸し出してて。ロングドレスを着た貴婦人や、同じ色の馬たちが引く馬車が、どこからともなく現われそうな感じ」そこでいったん言葉を切った。「まさかラトリング夫妻はここを買ったりしないよね?」

「それだけはごめんだわ」セオドシアは言った。アラン・グラムリーとちょっと話をしてみようか。ラトリング夫妻にこの界隈に来られるのはうれしくないと、あまり遠回しにならない程度に言ってみよう。「わたしのことなら気にしないで」そう言って小さく手を振った。

「ただちょっと……なんて言うのかしら……むかむかして疲れてるだけ」

「だったら、家に帰って、ベッドにもぐりこんだほうがいいよ」

「ええ」

「さてと、今度こそ本当に帰るね。そうだ、保冷ボトルにスイート・ティーを入れて、キッチンのカウンターに置いてあるんだ。冷たくてさっぱりしたものが飲みたくなるかもしれないと思って」

「ありがとう」セオドシアは言った。「帰るときに裏口の鍵を締めてくれる？」

「うん。でも、いつまでもいちゃだめだよ。心配だもん」

「二分したら帰るわ」


しかし帰らなかった。二分が経過しても、セオドシアはまだ屋敷のなかにいた。ひとりで歩きまわっていると、本当にがらんとしてものさびしい感じがしてくる。あそこといい勝負だ……〈レイヴンクレスト・イン〉と。

ラトリング夫妻とアラン・グラムリーがタッグを組むのかと思うと、いても立ってもいられなかった。でも、そんなことにはならないはず。そうよね？　セオドシアはそう信じていた。グラムリーはチャールストンの上流社会の一員を自任するやり手弁護士だが、かたや、ラトリング夫妻は経営に失敗した宿の主人。夫妻としてはグラムリーが出資者として名乗りをあげてくれるのを期待しているのだろうが、昔のクイズ番組の表現を借りるなら、

〝残念でした、またどうぞ《クロース・バット・ノー・シガー》〟だ。

葉巻《シガー》と言えば、あれはどうなったのだろう。ドゥーガンの死にはやはり葉巻がからんでいるのだろうか。

ヘイリーには捜査はプロにまかせると言ったものの、すべての関係者、すべての手がかり、すべての未解決の謎が次から次へと頭に浮かんできてしまう。

やがて、例の繊維片のことを思い出した。二階にあるジャケットからティドウェル刑事が採取した繊維片。〈レイヴンクレスト・イン〉の窓枠に引っかかっているのを彼女が見つけたものとは、一致しなかった繊維片。

でも、もしかしたら採取する場所をまちがえたのかもしれない。ジャケットはコットンと麻、あるいはシルクとウールの混紡かもしれない。べつの繊維を採取してしまったのかも。

ありうる。きっとそうだ。

自分でも知らぬ間に、また二階にあがっていた。廊下の明かりをつけ、空元気を出してグランヴィルの寝室に向かった。

とりあえず、もう一度確認するだけよ、と自分に言い聞かせる。あるいは、サンプルを採取するくらいはするかもしれない。

クローゼットの明かりをつけ、なかに入った。今夜はかびくさくて、しばらく使われていない場所特有のにおいがし、古くて誰も見向きもしない服が長いことかかっていたかのようだ。

ここにある上等なジャケット、スラックス、スーツ、それにあつらえたシャツはどこかの団体に寄付されることになりそうだ。なんという運命の皮肉だろう。豪華な屋敷、美術品のコレクション、上品な銀製品、アンティークの家具、自分に首ったけの婚約者などなど、すべてを手中におさめた男の服が、ホームレスかもしれない相手に渡るなんて。

これもひとつの教訓かもしれない。でも、いったいどういう教訓？　持ち物に執着しすぎてはいけない？　強い者でも倒れることはある？　人生は予測不可能、とか？

セオドシアはかぶりを振り、女ものの服がある場所を見つけ、問題のジャケットをハンガーからはずした。このまま全部持ち帰ろう。なにしろ、グランヴィル殺害はいまだ解決とはほど遠い。隠した葉巻が見つからないくらいだ、ジャケットが一枚なくなったってかまわないはず。どうせわかりっこない。

クローゼットのドアを閉め、室内を見わたした。さすがにデレインも二階までは掃除をさせなかったらしい。ナイトテーブルや整理箪笥が細かい埃に覆われている。一瞬、アラン・グラムリーはここに越してくるのだろうかと考えた。その場合、全部、このままにしておくのだろうか。家具も、銀製品も、美術品も。クローゼットのなかの服はすべて処分する一方、そうとう豪奢な四柱式ベッドはそのまま使うのだろうか。

だとしたら、あまりよく眠れないことだろう。

ジャケットを腕にかけて、室内を見まわした。先日の夜に見たときよりいくらか簡素な感じがするのは、壁の絵が減っているせいだろう。絵をひとつひとつ見ていくと、小さめの絵に目がとまった。凝った金縁の額に入った油彩画で、少し傾いてかかっている。パイプをくゆらせている北欧系とおぼしき老人の肖像画だった。暗く陰鬱な作風はオールド・マスターの誰かの手になるものと言ってもおかしくない。もっとも、いくらグランヴィルでもレンブラントやハンス・ホルバインの絵が買えるほど裕福だったはずがない。

セオドシアはジャケットを近くの椅子にかけ、その絵に近づいた。額の両側を手で持ち、まっすぐに直す。一歩さがって、じっくりながめた。不思議なことに、描かれている人物は顎ひげがないだけで、尖った鼻の形といい、年老いたグランヴィルではないかと思うほどよく似ていた。めったにない作品だ。

自分に似ているからグランヴィルはこの絵に惹かれたのだろうか。それとも老人が陶製のパイプをおいしそうにぷかぷかやっているという絵が気に入っただけなのだろうか。

惜しむらくは、額がよくないのか、さっき慎重にまっすぐに直したにもかかわらず、もう傾いていた。セオドシアは一歩進み出て、もう一度、まっすぐにした。それからふと、裏のワイヤーを調節したらいいのではと思いつき、絵を壁からはずした。

絵をひっくり返すと、木の額のへりにぺらぺらの黄色い紙がはさまっていた。

なんだろう？　額装業者からの請求書？　それともほかのものだろうか。

セオドシアはゆっくりと紙を広げた。

地元の額装業者からの請求書ではなく、ライトニング宅配便という名の会社が出した送り状だった。

あら？

脳の奥のほうでピンと音が鳴った。この会社名には聞き覚えがある。答えがどうしても出てこなくて、セオドシアはかぶりを振った。顔をしかめ、紙きれを額にはさみ直した。そこでひらめいた。ちょっと待って。

たちまち、アメリカンエキスプレスからグランヴィルあてに出された請求書を調べたときの記憶がよみがえった。ライトニング宅配便からの請求があったことも。

もう一度、さっきの紙きれを広げ、なんのためのものか、なぜここにはさまっているのかと考えた。ざっとながめわたし、手書きの文字を読んだ——四箱とある。

なにが四箱なの？

箱の中身はなんだろう。ビール？　ワイン？　じっくり考えるうち、答えがいきおいよく飛び出した。

密輸葉巻に関係しているものよ、きっと。グランヴィルが購入し、ジャック・オールストンが捜している密輸品なのでは？　ボビー・セイント・クラウドがグランヴィルに売り、そしておそらくは取り戻そうと盗みに入ったキューバ葉巻では？

シモーン・アッシャーが昨夜捜していたのはこの紙きれだったの？　名残惜しそうに見てまわるふりをして、ここにあがってきたときに。

おそらくそうだ。

だとすると、葉巻が入っているはずの四箱はどこに運ばれたのだろう。

セオドシアは不鮮明なタイプ文字に目をこらした。あった。いちばん下に、とても読みにくい汚い字でバロウ・ホールと書いてある。

セオドシアの目が大きくなり、口が完璧なOの形になった。それから、聞いている人は誰もいないのに、絞り出すような声で言った。

「ドレイトンとベックマン兄弟がいまいるところだわ！」

28

セオドシアは携帯電話を操作しながら、片手で運転した。月光のかけらがフロントガラスに降り注ぐなか、ローガン・ストリートを飛ばしてカミング・ストリートに入り、それからカルフーン・ストリートに折れた。数分後にはアシュレー・リバー橋を猛スピードで渡っていた。

ようやく正しい番号を押せたと思ったが、ティドウェル刑事の留守電につながっただけだった。甲高い声で助けを求める要領を得ないメッセージを吹きこむと、電話を切って緊急通報の番号をプッシュした。今度はできるだけ冷静かつ簡潔に状況を説明し、ティドウェル刑事と連絡を取ってほしいと係に頼みこんだ。

「電話を切らずにお待ちください」通信係がはきはきした落ち着いた声で指示した。

セオドシアはアクセルを踏む足にさらに力をこめ、ハイウェイを突っ走った。

「刑事は出ません」通信係の声が聞こえた。「よろしければ伝言を――」

「呼び出しをつづけて！」セオドシアは訴えた。「本当に大事なことなんです！」

「電話を切らずに――」

セオドシアは〝切〟ボタンを押し、電話を助手席の、スイート・ティーが入った保冷ボトルの隣に放った。「しょうがないんだから」とつぶやく。次の瞬間、赤信号に突っこんだうえ、青い小型車のフロントフェンダーにあやうくぶつかりそうになり、彼女は震えながらスピードを緩めた。

心臓が激しく脈打つのを感じ、そこそこまともなスピードまで落とし、運転に集中しなくてはと自分に言い聞かせた。しかし、わかっていてもむずかしかった。ドレイトン、ジェド、ティムの三人がうっかり危険な場所に足を踏み入れてしまったかもしれないのだ。

本当にそう？　過剰反応しているだけじゃなく？

そうじゃない。すべての手がかりはひとつの方向をしめしている。その方向とはバロウ・ホールだ。

セオドシアは運転しながら、異なる考えをまとめようとしていた。A：何者かがグランヴィルを殺害した。B：犯人はかっとなり、はずみで、しかしそれ相応の理由があって（と本人は思っている）やってしまった。C：そしてボビー・セイント・クラウドかシモーン・アッシャーか、はたまた未知の何者かが葉巻の行方を必死に追っている。これらすべてがひとつにつながっている気がした。ひとつひとつのピースがどこにどうおさまるかまではわからない。わかっているのは、神経が警告音をかき鳴らし、胃がむかむかしていることだけだ。バロウ・ホールに駆けつけて三人に注意喚起をしなければ、なにか恐ろしいことが起こりそうな気がする。

急ハンドルを切り、ハイウェイ六一号線に乗った。この道を行けば、プランテーション地帯の中心部にたどり着く。マグノリア・プランテーションやミドルタウン・プレース、それにいくつかの由緒ある屋敷があるあたりに。さらに絵のように美しいプランテーションを過ぎれば、いずれはバロウ・ホールまで行けるはずだ。

窓外の景色が次々と変わっていく。常緑のオークがつくる長いトンネル、葛で覆われた納屋、水面が真っ黒な石炭のように光る汽水性の沼。

バロウ・ホールまでどのくらいあるのだろう。もう何年もこっちには来ていない。一分一分が長く感じられ、こんなに時間がかかるなんておかしいんじゃないかとさえ思えてくる。もう一度携帯電話を手にし、ティドウェル刑事の番号を押したが、またも留守番電話につながった。応援を要請するにはタイミングが遅すぎる。もう自分でなんとかするしかない。

マグノリア・プランテーションへの入り口を通りすぎた。昼間のここは、由緒ある農園主の屋敷を見学し、広々とした庭を足の向くまま歩いてまわり、ボートや連結バスでめぐるのが目当ての観光客でひしめき合っている。この時間ともなると、前方の道路と同じく閑散としている。

あとどれだけ走ればバロウ・ホールだろう。セオドシアは頭をしぼった。あと三マイルぐらい？　それとも五マイル？　スピードを少しあげた。このあたりなら歩行者もいないだろうし、車もそう多くないと思ったからだ。

実際、そうだった。イトスギやヌマミズキが生え、古いあぜ道と草ぼうぼうの土地があるだけだ。それらの古い道標をちらちら見るのに忙しく、バロウ・ホールのほうに曲がる道をあやうく見逃すところだった。

石の柱とぼろぼろになった錬鉄の標識は、のびすぎた高木や低木にほとんど隠れていた。しかし、門がわりに石を積み重ねたものが目の端に見えた。ブレーキを強く踏むと、ジープは右に左に大きく揺れた。ようやくがくんととまると、セオドシアはすばやくギアをバックに入れて後退した。それからウィンドウをおろし、暗闇に沈んだ長いドライブウェイをじっと見つめた。

月が灰色の雲のうしろから顔を出し、バロウ・ホールの輪郭がぼんやり見えた。セオドシアの目には、古くて崩れかけた城のように巨大で不気味なものに映る。大きな石造りの建物の両脇には高い塔がふたつ建ち、そのてっぺんについたヴィクトリア朝様式の屋根が恐ろしげな雰囲気を醸し出している。建物の中心部分は影に隠れてよく見えなかった。

でも、明かりがひとつもないのはいい兆候だ、とセオドシアは思った。なかにはドレイトンとベックマン兄弟しかおらず、懐中電灯と磁力計とカメラを手に徘徊しているということだから。

車は砂利をざくざく踏みながらドライブウェイをゆっくり進んだ。三十ヤード前方に赤い小型車がちょっとした林になかば隠れるようにとまっているのが見えた。わざと茂みに突っこんだようなとめ方だ。

誰の車だろう。首をかしげ、すぐにこうも思った。どうやら楽観できそうにないわね。

ヘッドライトを消し、さらに五十ヤードほど進んだ。生い茂る草に覆われた狭いドライブウェイをガタガタと揺れながら進んでいくと、骸骨の指のような木の枝がウィンドウを叩いてくる。

青と白のツートンのワゴン車が古い建物の正面近くにとまっていた。三人はここにいるようだ。でも無事だろうか。何事もなくやっているのだろうか。

それを知る手立てはない。しかし、安全かつ賢明なのは、三人に声をかけ、ただちにバロウ・ホールから避難させることだ。

車内を見まわした。なんの準備もしないまま、ガーデン・パーティにしか向かないシルクの服という恰好で飛び出してきてしまった。せめて、なにか武器になるようなものがあればいいのだけど。ナイフでも園芸用の鍬でも何でもいい。しかしこれと言ったものはなく、あるのはせいぜい……保冷用ボトルだけ。金属でできた筒状のボトルを手に取り、目の前にかざした。いざというときには、これを棍棒がわりにしたらどうだろう？　いいかもしれない。

そろそろと車を降り、肩を怒らせ、建物に向かって歩き出した。コンクリート仕上げの堂々たる姿を見るうち、自分のほうに倒れてくるような錯覚をおぼえた。板や鉄格子で覆われた細長い窓に見おろされているような気がしてくる。なめらかな石造りの階段がどこまでもつづいていた。

セオドシアはくたびれた階段をゆっくりのぼった。かつては収容者が、ありあまるほどの不安を感じながらこの階段をのぼったことだろう。気の毒に。いまもさまよう彼らの霊が目に見えるような気がする。

玄関の前まで行くと、巨大な木の両開きドアが片方だけわずかにあいていた。なかに入った。カビ臭と腐敗臭が渾然一体となったにおいが鼻を突き、思わずくしゃみが出そうになる。しばらく鼻の下を指でさすりつつ、吐きそうな気分と押しつぶされそうな気持ちの両方を感じながら立っていた。やがて大きく息を吸いこんで気持ちを落ち着かせた。ここでやらなくてはならないことがあるのだ。ドレイトンとベックマン兄弟を見つけなくては。

でも、どこから捜せばいいの?

エントランスホールはだだっぴろく、天井はドーム形で、ふたつあるらせん階段が右と左の両方から上へとのびている。三人は二階に行ったのだろうか。ちがう気がする。ベックマン兄弟のゴーストハンティングに同行した経験から、上ではなく下に向かったように思う。あのふたりなら、ちょっと普通でない場所を求めて下に行くだろう。処置室、地下通路、ボイラー室、それに死体安置室。

セオドシアはため息をついた。地下に行くのはあまり気が進まない。落ちた漆喰、ぼろぼろの紙の山、それに朽ちかけた敷物とおぼしきものをまたぎながら足を進めた。エントランスホールの奥にスイングドアが見つかった。

保冷ボトルを小脇に抱え、ショルダーバッグに手を入れて愛用のマグライトを取り出した。二秒後、淡い黄色の光線のなかで、埃がゆっくりと舞った。

さて、これで準備完了。

セオドシアはおそるおそる手をのばし、片方のスイングドアを押した。ぽっかりあいた先にあるのは、長いコンクリートのスロープだった。

スロープ？　どうしてスロープになってるの？

しかしすぐに理由がわかった。食べ物を厨房に搬入したり、汚れたシーツを洗濯室に運ぶには、このほうが楽だからだ。それに、ストレッチャーを押して死体安置室に運び入れるのにも適している。

歩きはじめてみると、スロープは濡れて滑りやすかった。内部の湿気が結露となって現われているのか、それとも白カビがびっしり生えているせいで、つるつるしたカーペットの上を歩いているように錯覚しているのか、どっちだろう。無理に答えを考えるのはやめたほうがよさそうだ。

懐中電灯の光を壁に向けると、こういう施設でよく見られる緑色の塗装が剝げかけ、ところどころスプレー塗料で落書きされている。場所もあった。いったいどんな人たちがバロウ・ホールに敢然と立ち向かい、なかを探索したのだろう。おそらくはベックマン兄弟と似たようなうな人たちだったにちがいない。それにドレイトンとも。彼はまだ愉快な仲間と一緒だろうか。それとも、最後の最後になって離脱しただろうか。その答えはもうすぐわかる。

スロープをおりきったところで、セオドシアは足をとめた。どこからか、ゆっくりと一定間隔でしたたる水の音が聞こえてくる。それにもっと遠くのほうからは、ゴーゴーという小さな音もしている。トンネルを抜けてくる風の音だろうか。機械が動いている？　それともまったくべつのもの？

セオドシアは動きをぴたりととめ、はっきりとした冷静な声に聞こえるよう呼んだ。

「ドレイトン」

声はむなしくこだました。

「ドレイトン」ともう一度呼んだ。「セオドシアよ」

返事はなく、ポタポタという絶え間ない音以外、なんの音も聞こえてこない。

セオドシアは光を右に左に向けた。いまいるところから通路は正反対の方向に枝分かれしている。持ってきた小さな懐中電灯では通路の奥まで照らせないが、どちらにも複数のドアがあるのは見えた。変なものにつまずいたり踏んだりしないよう気をつけながら、左の通路を十五フィートほど進んだ。最初のドアの前まで来ると、なかを照らした。

いい光景ではなかった。

その部屋は暴れる患者を収容しておく拘束室のようだった。薄汚れた壁から中綿のようなものが房となって飛び出し、天井からは革ひもが垂れていた。

クッション張りの安全室という言葉が頭に浮かんだが、嫌悪のあまり、それ以上、想像をたくましくすることはできなかった。

さらに光を前後に動かし、十フィートごとに立ちどまりながら通路を進んだ。調剤室があり、小さな診療室があり、金属の車椅子や古いオフィス家具が天井まで積みあがっている部屋があった。カサコソという小さな音が聞こえ、ネズミだろうと判断した。

通路に戻ると、なにかが目に入った。

なんだろう？

見えたのは――というか見えたと思ったのは、さっと動いた光だった。

三人はこの地下にいるのかしら？　撮影中？　たしかめる方法はひとつしかない。

ひたすら廊下を進んでいった。ゆっくりと、足音をしのばせて。三人がいるなら、びっくりさせたくはない。とは言うものの、いずれはいることを教えなくてはいけない。

網入りガラスの小さな窓がついた両開きドアの前まで来ると、そこは死体安置室だった。

いやだわ。いちばん避けたいところだったのに。

しかし、そこがさっきの光の出所なのはほぼ確実だった。

三人はこのドアの反対側にいて、神経をぴりぴりさせ、いったい誰が入りこんできたのかと頭を悩ませているかもしれない。磁力計だか温度計だかで彼女の存在をとらえ、幽霊かなにかだと思っているのかも。

あけようと手を前にのばした瞬間、ドアがきしみながら内側にあきはじめた。さびついた蝶番《ちょうつがい》がうめき、ドアが大きくあくと、その奥に闇が現われた。

つづいて怯えた震え声――セオドシアはジェドではないかと思った――が言った。

「誰だ、そこにいるのは」

心臓が胸から飛び出しそうになった。

「わたしよ、セオドシア」と大声で返答した。

不安そうな三つの顔が懐中電灯の明かりのなかにひょっこり現われた。

「セオドシアだって？」ドレイトンは言った。見るからにショックを受けている。「いったいここでなにをしているのだね？」

セオドシアは一秒たりとも時間を無駄にしなかった。

「あなたたち三人を連れ出しに来たの。キューバ葉巻がここに隠されている可能性が高く、何者かがそれを取り返しに現われそうだから」

「キューバの葉巻？」ジェドはなんの話かさっぱりわかっていなかった。

「いまは気にしないで」セオドシアは言った。「あとで説明するから」

しかしドレイトンはセオドシアの言葉に飛びついた。

「取り返しに来るだと？　いったい誰がだね？」

「わからない。でも、とにかく、外の茂みに赤い車が隠してあった。あれは、あなたたちどっちかの車？」セオドシアはジェドとティムを鋭く見つめた。

「ぼくたちは全員、ワゴン車一台で来ましたけど」とジェド。

「そう。ということは、ここに侵入した人がほかにもいるのよ。装置を全部片づけて、いますぐ出ましょう」

「本当にぼくたち、危険にさらされてるんですか？」ティムは出ていきたくなさそうな顔で訊いた。

「その可能性は充分あるわ」

「べつの都市探検の連中かもしれませんよ」とジェド。

「いいかげんにして」セオドシアは言った。「なにがおもしろくて真夜中にここまで車を飛ばしてきたと思ってるの？　さあ、早く。さっさと出ないと」

「セオはこういうことに関してとても勘が鋭いのだよ」ドレイトンが言った。「その彼女が危険が迫っていると言っているのだから、引きあげるのが賢明だ」

装置を片づけると、セオドシアを先頭に、大急ぎで廊下を引き返した。スロープが見えてきたところで彼女は足をとめ、三人がついてくるまで待った。

「ここは最高ですよ」装置を肩からかけ、カメラを両手で抱えたジェドはかなり遅れていた。

「幽霊がいるのが肌で感じられます」

「声まで聞こえそうだ」ティムは言い、そこで耳をすました。「ちょっと待って。この音はなんだろう」

「水がポタポタ落ちている音だな」ドレイトンが言った。「来るときにも聞こえていたが」

「パイプから洩れてるのかもしれない」とティム。

「あるいは地下の水脈かもしれん」とドレイトン。

しかし、さっきから熱心に耳を傾けていたセオドシアには、べつの音も聞こえていた。奇妙なブンブンという音。それに金属が触れ合うようなカチャカチャという音。

ジェドにも同じ音が聞こえたようだ。

「なんだか……機械のような音がする」

「でも、ここでなにかが動いているはずはあるまい」ドレイトンは心配そうに首をめぐらした。「そうだろう？」

前方を見あげたセオドシアは、スロープの上の壁にかすかな光がちらちら動いているのに気がついた。

「ここにある道具を動かしてるんじゃないですかね？」ティムが言った。

セオドシアの目はまだ、頭上の壁に釘づけだった。サイケデリックな光のショーのように、光と影が躍りはじめた。この不思議な現象はなににによって引き起こされたのかと考えながらも、さっきよりも大きくなったカチャカチャという規則的な音に耳を傾けていた。

「きっとなにかの機械だ」

ジェドがうしろを振り返り、さっきと同じ答えを繰り返した。

そのとき、それが目に入った。『エルム街の悪夢』に出てくる亡霊のように、金属の古いストレッチャーが突然、四人めがけ、まっしぐらにスロープを下りはじめた。上にのっているもの――古い新聞紙か、灯油にひたしたぼろ布か――が燃えていた！

「くっそ、マジかよ《ホーリー・クラップ》！」ティムがおよそ神聖《ホーリー》とはほど遠い言葉を発した。「あれは……あれは……」

炎に包まれたストレッチャーが自分たちに猛然と、カタカタと激しく揺れながら向かってくるのを、セオドシアは信じられない思いで見つめていた。炎が高くまであがっている。そのとき、頭上でおかしな笑い声があがった。

「なんたることだ！」ドレイトンが声をあげた。奇妙な仕掛けが炎をたなびかせ、真っ黒な煙を噴きあげながら、猛然と近づいてくる。「泣き叫ぶルーラがいる！」

29

「こっちに来る！」ジェドが叫んだ。しかし、うっとり見とれてでもいるのか、根が生えたように動かない。

　地獄のストレッチャーは四人めがけて突き進んでいた。あと二十フィートまで接近し、しかもぐんぐんスピードを増している。あと十五フィート。もう少しでまともにぶつかり、全員が炎の嵐に包まれそうになる寸前、セオドシアは保冷ボトルのふたを取って、燃えさかる炎めがけて投げつけた。スイート・ティーはあたり一面に飛び散り、炎にも降り注いだ。十二匹の化け猫が一斉に威嚇《いかく》したようにシューッという音があがり、それからプスプスという音に変わって白煙が渦を巻きながらあがりはじめた。

　四人が飛ぶようにして道をあけたところへストレッチャーが猛然と突っこみ、壁にまともにぶつかった。煙と火花、それに金属のこすれる音が同時にあがった。

「いったいこれはなんなんだ？」ティムが言った。

「葉巻よ」セオドシアは言った。「何者かがキューバ葉巻に火をつけ、わたしたちを殺そうとしたの」

セオドシアの全身に怒りがみなぎり、ふと気づくと、スタートを告げるピストルが鳴ったかのように走り出していた。誰かがついてくるのも待たず、コンクリートのスロープをなりふりかまわず駆けあがった。

「セオ！　いかん！」

ドレイトンが背中に声をかけたが、そのくらいでとまるはずもなかった。

セオドシアは自分たちに危害をくわえようとした犯人をつかまえるべく、必死に走った。スロープのてっぺんにたどり着くと、すばやくあたりを見まわし、ほっそりした人影が遠くのドアのところに立っているのを確認した。

「誰なの？」しわがれたうなり声で叫んだ。見たところ、女のようだ。

「シモーン、あなたなんでしょ！」セオドシアは声を張りあげた。「そこにいるのはわかってるのよ。もう逃がさないから！」

漆喰、ガラスの破片、埃を蹴散らしながらエントランスホールを突っ切った。玄関ステップを駆けおり、逃げる女との距離を少しずつ縮めていった。

女のほうが先を行ってはいたが、セオドシアのほうが足は速いし、怒っていたし、気持ちで上まわっていた。アール・グレイと日々走ってしっかり鍛えている脚をピストンのように動かしながら、砂利道を猛スピードで進んだ。

あと二十フィートまで迫ったとき、白黒ツートンのパトカーが猛烈ないきおいで駐車場に入ってきた。サイレンを音高く鳴らし、バーライトが赤と青に点滅している。二秒後、運転席側でまぶしいスポットライトがぱっとついた。

たちまち女のシルエットがまばゆい光のなかに浮かびあがった。

「ティドウェル刑事！」

セオドシアは大声で呼んだ。よかった、わたしのメッセージを受け取って、パトカーで駆けつけてくれたんだわ。ちゃんと対応してくれて本当によかった。

しかし、ドライブウェイに立ちこめる土煙とスポットライトを浴びた女は、なにを血迷ったのか、針路を変えて左に向かって走り出した。

白黒ツートンの助手席側のドアが大きくあき、ティドウェル刑事が出てきたかと思うと、リボルバーを片手に、パトカーのボンネットに身を乗り出した。

「伏せて！」刑事が叫んだ。

セオドシアはその指示の意味がわからなかった。女が左に走り去ったのを見ると、絶対に追いつめてやるとばかりにあとを追った。

「だめです！　行ってはいけません！」

ティドウェル刑事の必死の声もむなしく、ふたりは建物のわきをまわりこんで見えなくなった。

草ぼうぼうのごみだらけの庭を全力で走るうち、女の足音が聞こえてきた。だが、姿は見えなかった。

それでも、大声で言った。「シモーン！　見えてるわよ！」

セオドシアの声が届いたのか、女はふいによろけ、木の門に激しくぶつかった。一瞬、方向を見失って、よろよろと向きを変えたものの、すぐに気を取り直してがむしゃらな走りを再開した。

セオドシアは足もとに用心しながら追いかけた。バロウ・ホールの裏手は漆黒の闇で、月はもつれたような雲のうしろにふたたび姿を消していた。あぶなくて走りにくかった。古い農具——さびついてはいるが、まだ充分に物騒な感じがする——のそばをあたふたと通りすぎ、あちこちに散らばったごみの山も次々と通りすぎた。古い井戸なり泉なりがぱっくり口をあけていないことを祈るばかりだ。

少しペースを緩めると、足もとの地面が変わったことに気がついた。これまでは砂利か頭の高さほどもある雑草だらけの砂地だったが、水気をたっぷり含んだものになっていた。ここはどこだろう。沼があるほうに向かっているの？　古い農地のほうに？

周囲をぱっと見まわして、答えがわかった。いくつもの崩れかけた墓、木の十字架、傾いた石碑が目に飛びこんだ。

墓地だわ。

バロウ・ホールの古い墓地を走っていたのだ。

セオドシアは寒気をおぼえた。ここに収容された気の毒な人たちが眠る場所だ。何十年も放置されたも同然の、薄気味の悪いじめじめした場所。いま追いかけている相手は何者なんだろう。よく鍛えている。それに足が速い！

わたしじゃ追いつけないかも？

ううん、捕まえなきゃ。なんとしても追いつめなきゃ。

呼吸にゼーゼーいう音が交じり、低くうなるような声が洩れるようになっても、セオドシアは体に鞭打って走りつづけた。顔を下に向け、こぶしをかため、ひたすら突き進んだ。しかし、しばらくして顔をあげると、女の姿は見えなくなっていた。跡形もなく消えていた。

え？　どこ？　どこに雲隠れしたの？

きっと、お墓か傾いた墓標のうしろにうずくまっているにちがいない。でも、どれだろう。

セオドシアは用心しながら速度を緩めて立ちどまり、草ぼうぼうの墓地をざっとながめた。管理人も患者もいないせいで、高木も低木も、それにとげのある植物も好き勝手な方向にのびている。葛も手のほどこしようがないほどのび、一部は木に巻きついて、青葉の茂るローブと化している。古い銘板や墓石には苔がむし、なにかの怪人みたいな様相を呈していた。

セオドシアは急に不安をおぼえ、次にどうすべきか、このおかしな状況にどう対処すべきか考えた。あの女を隠れ場所から追い立てる？　ティドウェル刑事がいる建物の正面に追いやる？　それが妥当だろう。でも、どうやればいいの？

腰をかがめ、ごつごつした石をてのひらいっぱいに拾いあげた。手のなかでじゃらじゃらと動かしながら、鬱蒼とした藪をかき分けて進んだ。つづいてゆるやかな斜面をゆっくりと下った。ようやく墓地の反対側の端に出ると、女は自分とバロウ・ホールのあいだのどこかにいるという確信のもと、いくつか石を投げた。石は音をたてて墓石にあたり、ころころと転がった。

もう一回。

もう一度、二、三個の石を墓地の中央部分に向かって投げた。今度はかすかにこすれるような音が返ってきた。標的にぶつかったのだろうか。そうだと思いたい。

大きく振りかぶり、またいくつか石を投げた。このときは、〝ウッ〟というはっきりした声があがった。見事、あたったらしい。

それだけわかれば充分だ。かつては十字架の横木部分だったらしき、ささくれだった木片を拾いあげ、墓地の中央に向かって駆け出した。

ジャックウサギが隠れ場所から跳びあがるように、女はいきなり立ちあがって一目散に駆け出した。セオドシアはあとを追った。さあ、追いつめてやる。斜面をのぼらせ、バロウ・ホールのほうに追いやるのだ。

「ティドウェル刑事！」セオドシアは大声で呼んだ。「いま、そっちに行くわ！」この声が届いていればいいけど。お願いだから、ちゃんと待ちかまえてて。

セオドシアはかかとをひねらないよう注意しながら右に左に墓をよけ、ひたすらあとを追った。前を行く女との距離は十五フィート足らずで、乱れた呼吸まで聞こえてくる。あとは顔をとっくり見てやるだけだ。

「刑事さん！」

セオドシアはもう一度大声を出した。金属のポストに腰をしたたかに打ちつけ、痛みに思わず顔をしかめた。足が一瞬とまり、女との距離が少し広がった。

このままでは逃げられてしまう。

セオドシアは果敢にもふたたび走りはじめた。今度は彼女のほうが息を切らし、足を少し引きずり、一歩進むごとにいきおいを失っていった。

がんばら……ないと。

女が急に足をとめた。腰をかがめ、地面からなにかを拾いあげた。

金属の棒を肩にかついだ女がセオドシアを振り返った。

「こっちに来たらどう」と低い声ですごんだ。「捕まえてごらんなさいよ」

セオドシアはためらった。こんなことがしたいの？　廃屋となった精神科病院の裏で取っ組み合うなんてことが？　とんでもない、そんなのはばかげてるにもほどがある！

女は一歩近づき、威嚇するように棒を振りまわした。「かかってきなさいよ」と喉の奥から絞り出すような太い声で言った。

斜面の上から足音が聞こえた。最初、女は振り返って確認しようともしなかった。しかし月が雲のうしろから顔を出し、すべてが暗い銀色に染まると、好奇心に負けたらしい。

少し高いところにティドウェル刑事が立っていた。足を広げ、手本そのままの射撃姿勢を取っている。

「武器を捨てろ！」刑事は大声で命じた。「さもないと撃つ！」

女は追いつめられた動物のように、いきなりセオドシアに飛びかかった。その際に、喉の奥からくぐもった悲鳴を発した。怒りと無念の思いが入り交じった声だった。

「やめるんだ！」

ティドウェル刑事が声を絞り出した。

女はやめなかった。女が金属の棒を振りあげると同時に、セオドシアも木片を持ちあげた。果たし合いに挑むふたりの中世の騎士のように、両者の武器が激しくぶつかり合った。セオドシアは目がまわるほどくるくる円を描きながら、相手の攻撃を受け流しては突きを入れたりを繰り返した。

「まさか、嘘でしょ！」

セオドシアはかすれた叫び声をあげた。ようやく至近距離まで近づいてみれば、相手は知っている顔だった。

「どけ！」ティドウェル刑事が叫ぶ。「伏せろ。伏せるんだ、いますぐ！」

そこではじめて刑事の乱暴な命令に気づいたセオドシアは、その意味するところを察し、横に跳び、ホームベースに滑りこむランナーよろしく地面に伏せた。砂利でてのひらと膝をすりむき、腐ったような土の味が口と喉に広がったそのとき、ものすごく大きな銃声が三発、耳に届いた。

バン！　バン！　バン！

ティドウェル刑事が放った銃弾が頭のほんの数インチ上を通ったとき、焼けつくような熱さをはっきりと感じた。

次の瞬間、聞こえたのは……悲痛な叫び声だった。

30

ドゥーガン・グランヴィルの秘書だったミリー・グラントが、死にかけた泣き妖精バンシーのようにわめいていた。怒りのこもった声をあげ、悪臭を放つ泥のなかで身をよじらせながら、肩をきつく押さえている。

「撃ったわね！　痛いじゃないのよ、もう！」

なにがなんだかさっぱりわけがわからず、唖然としていたセオドシアは、頭をあげ、ぼんやりと見つめるばかりだった。

「大丈夫ですかな？」ティドウェル刑事が大声で訊ねた。「弾が当たりましたか？」

「当たったわよ、わたしに当たったわ！」ミリーがヒステリックに叫んだ。

「ミス・ブラウニング！」刑事は一喝した。「訊かれたことに答えてください！」

「わたしなら大丈夫」セオドシアは息を詰まらせながら答えた。ふいに寒気に襲われ体がぶるぶる震え出した。とても、元気が出る状態ではなかった。「わたしは……なんともない」

まあ、なんともないわけじゃないけど。

セオドシアはさんざん苦労したあげく、どうにかこうにか立ちあがった。それからよろよ

ろとミリーに近づき、震える声で言った。「あなたの仕業だったなんて！」

「助けて！」ミリーはせがんだ。セオドシアのスラックスを必死につかもうとしている。

「救急車を呼んで。重傷なの」

　セオドシアは彼女を見おろした。

「あなたがドゥーガンを殺したの？」すごむように声を荒らげた。「どうなの？」

　ミリーの顔がゆがんだ。「むかつくふた股男。あんなやつは死んで当然だわ。わたしを愛してるって言ったのよ。あなたの友だちの、高慢ちきで小うるさい女じゃなく。わたしのものだったのよ。わたしの！」

　ティドウェル刑事がそばに来ているのが漠然とわかった。同行の警察官がドレイトン、ジェド、ティムの三人を近づけないよう苦労しているのも見えた。

　セオドシアは精も根も尽き果てながら、ミリーを指差した。

「この人がドゥーガンを殺したの。聞いたでしょ？」

　ティドウェル刑事はセオドシアの顔をのぞきこみ、そこに疲労感と安堵感が奇妙に同居しているのを見てとった。それからミリーに視線を移した。

「秘書の方がですか？」刑事はそう言い、顔をしかめてミリーを見おろした。そして呆気にとられたような声でつづけた。「法律事務所の？」

「ミリー・グラント」セオドシアは吐き捨てるように言った。「彼女はドゥーガンを愛していながら、殺したの」

「ねえ、なんとかしてってば！」ミリーが哀れっぽくうめいた。肩の出血箇所を押さえ、体を前後に揺すり、かかとで地面を蹴っている。

ドレイトンが心配そうに前に進み出た。

「しかし、どうしてまた？」と訊くのが精一杯だった。質問はセオドシアに向けたものだった。「なぜミリーはグランヴィルを殺したのだね？」

「嫉妬よ」セオドシアは言った。「それに怒り。デレインに彼を取られたくなかったんだわ」唇がゆがみ、声には侮蔑がたっぷりと交じっていた。髪をなでつけようと手をあげると、指先についた泥が固まっていた。目を下にやると、あんなにすてきだったシルクの服に泥が飛び散り、膝のところが破れている。

「なんたることだ《グッドネス》」ドレイトンはあんぐり口をあけ、制服警官が膝をついて、ミリーの肩を手早く圧迫するのを見ていた。

「善良《グッドネス》とはほど遠いわ」セオドシアは言った。「ミリー・グラントは正真正銘の悪魔よ。ドゥーガンをコカインで誘惑し、最後にもう一度、切々と訴えたんだわ。デレインとの結婚を思いとどまるようにと。その作戦が失敗したから、彼を殺した」

「いとも簡単に」とティドウェル刑事が言った。

「それにミリーは葉巻の件も知っていた」とセオドシア。「ここに運ばれていたことを知ってたのよ。ドゥーガンがここの所有者であることも。ここは彼がもてあましていた不動産のひとつだったの」

「グランヴィルがここを所有していたのかね？」ドレイトンが訊いた。

セオドシアは肩をすくめた。「おそらくね。ミリーはドゥーガンの副業にまつわる秘密も全部知ってたんだと思う」

「しかも、われわれがここに来ることを知っていた」ドレイトンの声が少し非難がましくなった。「ゆうべ同じテーブルを囲んでいろいろ話をするうち、ジェドとティムがバロウ・ホールを探索するつもりなのを知った」

「あなたたちがなかに入って、隠した葉巻を見つけることを恐れたんでしょうね」セオドシアは言った「賭けてもいいけど、ここにはほかにも密輸した葉巻が隠されてるはず。美術品やその他の高価な品を横流しししていたのだとしても驚かないわ」

「へええ」ジェドは片腕でカメラを抱えてセオドシアの説明に聞き入っていた。「感激しました。よくそこまで突きとめましたね」

「それでこそ、われらがセオだ」ドレイトンは誇らしさのにじむ声で言った。「すご腕の素人探偵なのだよ」

「彼女をテーマにしたリアリティーショーをやったらどうかな」

ティムはそう言うと、ジェドに合図した。ジェドがカメラを持ちあげたそのとき、甲高いウーウーという救急車のサイレンが夜のしじまを切り裂いた。あと三分もすれば、到着するだろう。

ジェドがセオドシアにカメラを向けると、彼女は冷ややかな目でレンズをのぞきこんだ。

それから彼は、うなり声を発しては顔をしかめているミリーにカメラを向けた。

「これならいいシナリオが書けそうだ。彼女を撮《シュート》ってもかまいませんか？」

「そんな必要はないわ」セオドシアは言った。ささやかな笑みを口もとに浮かべ、横を向いてバート・ティドウェル刑事と意味ありげな視線を交わし合った。「ティドウェル刑事が先に撃《シュート》ったもの」

＊作り方＊

1　鶏肉は皮を取り、適当な大きさに切り分けておく。リーキとセロリはスライスする。

2　大鍋に鶏肉、水、タマネギのみじん切り、ジャガイモの角切りを入れて沸騰させ、その後火を弱くして1時間ほどコトコト煮る。

3　鶏肉を出して骨を取り、ひと口大に切って、鍋に戻す。

4　濃縮チキンスープ、リーキ、セロリ、パセリ、食塩、黒コショウをくわえ、45分から1時間煮る。この分量で6人前できる。

※米国の１カップは約240ml

ドレイトンのコッカリーキ

＊用意するもの＊

鶏肉……1kg
水……5カップ
タマネギのみじん切り……⅓カップ
ジャガイモの角切り……中くらいのものを2個分
濃縮チキンスープ……1缶（約300g）
食塩……小さじ¼
リーキ(西洋ネギ)…… 3本
セロリ……1本
パセリのみじん切り大さじ……½
食塩……小さじ½
黒コショウ……小さじ¼

死ぬほどおいしいスイート・ティー

（復讐は冷たくしていただくのが最高においしいとか。それはスイート・ティーも同じ！）

＊用意するもの＊

水……3カップ

ティーバッグ……3つ

砂糖……¾カップ

冷水……6カップ

角氷……製氷皿1個分

＊作り方＊

1　3カップの水を小鍋で沸騰させて、ティーバッグを入れ、2分間煮出したのち、鍋を火からおろす。

2　鍋にふたをして10分間抽出したのち、ティーバッグを取り出し、砂糖をくわえ、かき混ぜて溶かす。

3　4リットル弱入るポットかピッチャーに**2**を移し、冷水6カップと角氷をくわえる。

サマータイム・ティースパークラー

＊用意するもの＊

茶、ラズベリー・ティー、
ローズヒップ・ティーのいずれか
ジンジャーエール……適宜

＊作り方＊

1 小さなポットで茉莉花茶、ラズベリー・ティー、ローズヒップ・ティーのいずれかを淹れて冷ます。
2 クラッシュアイスを入れたグラスに**1**を半分まで注ぎ入れ、ジンジャーエールをくわえて混ぜる。
3 レモンの薄切りを添える。

トマトとクリームチーズのティーサンドイッチ

＊用意するもの＊

カットトマト缶……1缶(400g入り)
クリームチーズ……225g
刻んだチェダーチーズ……1カップ
バター……½カップ
タマネギ……小1個
食塩……小さじ½
全粒粉パン……適宜

＊作り方＊

1 トマトは水気を切っておく。クリームチーズとバターはやわらかくしておく。タマネギはみじん切りにする。

2 材料すべてをよく混ぜ合わせる。

3 **2**を全粒粉パンに塗り広げ、上からべつのパンではさみ、耳を切り落として三角形に切る。

簡単に焼けるショートブレッド

＊用意するもの＊

バター……2カップ

ブラウンシュガー……1カップ（きっちり詰めて量る）

中力粉……4½カップ

＊作り方＊

1 オーブンを160℃に温めておく。

2 バターとブラウンシュガーをよく練り混ぜ、そこへ中力粉のうち3¾カップをくわえてよく混ぜる。

3 中力粉の残りでたいらな台に打ち粉をし、**2**の生地を5分間こねる。

4 生地がやわらかく、扱いやすくなったら厚さが1cmほどになるまでのばし、1個が2.5cm×7.5cmの長方形になるように切る。

5 フォークで表面に模様をつけ、油をしいていない天板に並べる。20分、あるいはキツネ色になるまで焼く。

ブリーチーズと洋梨のクロスティーニ

＊用意するもの＊

バゲット……1本
ブリーチーズ……適宜
洋梨……1個
蜂蜜……適宜

＊作り方＊

1　ブリーチーズはやわらかくしておく。洋梨は薄くスライスしておく。
2　バゲットを薄切りにして軽くトーストする。
3　**2**にブリーチーズを塗りひろげ、上に洋梨の薄切りをのせ、蜂蜜をたらす。

ピーナッツバターのスコーン

＊用意するもの＊

中力粉……1カップ
ブラウンシュガー……½カップ
ベーキングパウダー……小さじ1¾
バター……⅓カップ
ピーナッツバター……½カップ
牛乳……¼カップ
卵……1個
バニラエッセンス……小さじ1

＊作り方＊

1 オーブンを190℃に温めておく。

2 中力粉、ブラウンシュガー、ベーキングパウダーを混ぜ、そこへ溶かしたバターをくわえ、全体がポロポロした感じになるまで混ぜる。

3 べつのボウルにピーナッツバター、牛乳、卵、バニラエッセンスを混ぜ合わせ、それを**2**にくわえて生地をつくる。

4 油をしいた天板に**3**の生地を8つに分けてのせ、約15分、全体がキツネ色になるまで焼く。

＊作り方＊

1 オーブンを175℃に温めておく。バターはやわらかくしておく。

2 大きなボウルでバター、ブラウンシュガー、エスプレッソをクリーム状になるまで練る。そこへ溶き卵もくわえて混ぜる。

3 別のボウルで小麦粉とシナモンを混ぜ合わせて**2**に少しずつくわえていき、なめらかになるまで混ぜる。アーモンドもくわえる。

4 **3**の生地を25cm×38cmの天板に広げ、およそ20分、うっすらキツネ色になるまで焼く。

5 小さめのボウルにグレーズの材料を入れ、なめらかになるまでよく混ぜる。**4**が温かいうちにグレーズを塗り広げ、適当な大きさに切り分ける。

ヘイリー特製
エスプレッソのバークッキー

＊用意するもの＊

●バークッキー

バター……¼カップ

ブラウンシュガー……1カップ（きっちり詰めて量る）

淹れたエスプレッソ……½カップ

卵……1個

ベーキングパウダー入りの小麦粉……1½カップ

シナモン粉末……小さじ½

細切りアーモンドのみじん切り　……¾カップ

●グレーズ

アイシング用粉砂糖……1½カップ

水……大さじ3

アーモンドエッセンス……小さじ¾

＊作り方＊

1 オーブンを190℃に温めておく。

2 大きめのボウルに中力粉、塩、砂糖、ナツメグ、ベーキングパウダーを入れて混ぜ、フォークまたはペストリーブレンダーを使ってバターを切り混ぜる。

3 べつのボウルで割りほぐした卵、サワークリーム、アーモンドエッセンスを混ぜ合わせ、**2**にくわえて生地をつくる。さらに桃をくわえてひとつにまとめる。

4 油を塗った天板に**3**の生地を1/4カップずつ落とすか、油を塗ったマフィン型に入れ、予熱したオーブンで16〜18分、キツネ色になるまで焼く。

桃のスコーン

＊用意するもの＊

中力粉……2カップ
塩……小さじ½
砂糖……¼カップ
ナツメグ（粉末）……小さじ1
ベーキングパウダー……大さじ1
バター……大さじ6
卵……2個
サワークリーム……⅓カップ
アーモンドエッセンス……小さじ½
生あるいは缶詰の桃（さいの目切りにしたもの）……1カップ

チキンの紅茶煮

＊用意するもの＊

食用油……小さじ2
ニンニク……2かけ
水……1カップ
しょう油……½カップ
鶏胸肉……4枚
紅茶またはフレーバー・ティーのティーバッグ……2袋

＊作り方＊

1　ニンニクはみじん切りにしておく。
2　中くらいのフライパンで油を加熱し、**1**のニンニクを3分ほど炒める。
3　**2**に水としょう油をくわえて5分間加熱する。
4　**3**に鶏肉を入れ、5分間煮る。
そこへティーバッグを入れて、
さらに弱火で30分間煮込む。熱々を炊いたごはんとともに出す。

ダンディな
クロテッド・クリーム

＊用意するもの＊

生クリーム(乳脂肪分が36%以上のもの)……225g

サワークリーム……大さじ1

粉砂糖……小さじ1

＊作り方＊

1 生クリームを2〜3分固くなるまで泡立て、サワークリームと粉砂糖をくわえて混ぜる。好みのスコーンのトッピングとして添える。

column and recipe illustration by GOTO Takashi
artwork by KAMIMURA Tatsuya (**l'autonomie!**)

訳者あとがき

近年は、結婚式や披露宴にお金をかけるよりも新生活にお金をかけたい、というジミ婚がずいぶんと浸透してきているとか。経済的な理由だけでなく、派手なことが苦手、形式にこだわりたくないという方もシンプルな形の結婚を選んでいるようです。でも、この〈お茶と探偵〉シリーズにはなくてはならないバイプレイヤーであるデレイン・ディッシュの辞書に、ジミ婚なんて言葉はありません（わたしが愛用している『広辞苑』にもありませんでしたけど）。彼女の夢は誰もがうらやむ男性と相思相愛になり、みんなから祝福される結婚式をあげること。もちろん、高級感あふれる会場で、ハイセンスなウェディングドレスを身にまとって。

シリーズ第十四弾となる『スイート・ティーは花嫁の復讐』は、デレインの結婚式当日の模様から幕をあけます。

前作『ローズ・ティーは昔の恋人に』でデレインがチャールストン屈指のやり手弁護士、ドゥーガン・グランヴィルとの婚約を発表したのは覚えておいでですか。あのときは、二ヵ月後の七月には結婚したいと言っていましたが、その予定をなんと一ヵ月も早め、六月の第二土曜日に挙式の運びとなったようです。それもこれも、女性にもてるドゥーガンと一刻も早く婚姻の契りを交わしたいという、デレインのいじらしいまでの女心のなせるわざですが、結婚式当日はあいにくの大雨。それも叩きつけるような雨にくわえ、建物を揺るがすほどの雷が鳴り響くというおまけつきです。そんなお天気だからデレインはいらいらしっぱなし。

花嫁付添人《ブライズメイド》の代表として身のまわりの世話を一手に引き受けているセオドシアは、そんなデレインをなんとかなだめようとするのですが、花嫁入場の直前、とんでもないことが起こります。新郎のドゥーガンが控え室で死んでいるのが発見されるのです。その死はのちに他殺と判断され、警察の捜査が始まります。第一発見者であるセオドシアは、今度こそ傍観者でいようと思うのですが、デレインから〝いつものあれをやって〟と頼みこまれ、渋々ながらも調査をすることに。デレインはドゥーガンの元恋人があやしいと疑っているようですが、調べを進めるうち、葉巻の密輸業者、元妻の息子、法律事務所のパートナーなど、容疑者候補が次々と出てきます。

もちろん、セオドシアは事件の調査ばかりしているわけではありません。経営するインディゴ・ティーショップは連日大忙しなのにくわえ、サマーガーデン・ツアーというイベントの手伝いという大仕事も飛びこむ始末。さらに、ゴーストハンティングのリアリティーショーを撮影するというふれこみの愉快な兄弟の依頼までこなしと、まさに八面六臂の活躍ぶりで、そのパワーをわたしにも少し分けてくださいと言いたくなります。

今回、いちばん目立っていたのは初登場のゴーストハンター、ベックマン兄弟ではないでしょうか。ゴーストハンターなんて本当にいるのかしら、テレビのスタッフがそれらしくやっているだけなのではと思っていたのですが、なんとなんと、アメリカでは専門の養成講座もあるんだそうですね。また、イギリスのある大学では、超常現象の科学的捜査を専門とするコースが設けられているとか。いや、おそれいりました。おのれの不明を恥じるばかりです。

それにしても、前作のパーカーにつづき、今度はドゥーガンがこの世を去るとは、本当にびっくりです。前向きで明るい性格のパーカーとはちがい、ドゥーガンは人好きのするタイプというわけではありませんでしたが、シリーズをおもしろくしてくれるキャラクターだと思っていたので残念でたまりません。とても存在感のある人でしたから、今後も回想シーンなどで登場するのではないでしょうか。もしかしたら、霊感の強いデレインのもとには幽霊となって現われたりして。ちょっぴり怖いですが、そんなエピソードを期待します。

さて、十五作めとなる『*Steeped In Evil*』の舞台はチャールストン近郊にあるワイナリー。セオドシアとドレイトンはそこのパーティにお呼ばれするのですが、ワイナリーのオーナーの息子がワインの樽のなかから死体で発見されるという事件に遭遇してしまうというお話です。セオドシアはどんな活躍を見せてくれるのでしょうか。そしてどんなおいしいものが登場するのでしょうか。日本でも人気沸騰中のドラマ『ダウントン・アビー』をテーマにしたお茶会も登場するようですよ。楽しみにお待ちください。

二〇一五年七月

コージーブックス

お茶《ちゃ》と探偵《たんてい》⑭

スイート・ティーは花嫁《はなよめ》の復讐《ふくしゅう》

著者　ローラ・チャイルズ
訳者　東野《ひがしの》さやか

2015年　7月20日　初版第1刷発行

発行人　成瀬雅人
発行所　株式会社　原書房
〒160-0022 東京都新宿区新宿1-25-13
電話・代表　03-3354-0685
振替・00150-6-151594
http://www.harashobo.co.jp
ブックデザイン　atmosphere ltd.
印刷所　中央精版印刷株式会社

落丁・乱丁本はお取り替えいたします。
定価は、カバーに表示してあります。
 ISBN978-4-562-06041-2 Printed in Japan